W0307599

Béla Bolten

Aschenputtel tanzt nicht mehr

Ein Berg und Thal Krimi

Impressum

© 2014 - Béla Bolten
In den Reben 11
D-78465 Konstanz
belabolten@email.de

Alle Rechte vorbehalten

Lektorat: Michael Lohmann, www.worttaten.de

Cover-Design: Sabine Herke, www.sabineherke.de
Foto Grabmal: Sabine Herke, Münster
Foto High Heel: Kramografie - Fotolia.com

Der Autor im Internet:
belabolten.wordpress.com

Inhalt

Ein Spaziergänger entdeckt in einem Wald am Bodensee die Leiche einer jungen Frau. Die Kommissare Bettina Berg und Alexander Thal stehen vor einem Rätsel. Warum hat der Mörder dem Leichnam einen Zeh entfernt? Was hat der blutgetränkte Stöckelschuh zu bedeuten, der bei der Toten gefunden wurde? Gibt es weitere Opfer?
Bald steht fest: Die Wirklichkeit ist grausamer als jede Vorstellung. Und Berg und Thal haben es mit einem brillanten Gegner zu tun.

Über den Autor

Nach den Bestsellerkrimis »Leahs Vermächtnis«, »Sünders Fall«, »Bankers Tod«, »Claras Schatten« und »Tote Mädchen weinen nicht« ist »Aschenputtel tanzt nicht mehr« der sechste Einsatz für das Konstanzer Ermittlerduo Bettina Berg und Alexander Thal.
Béla Boltens zeithistorische Krimiserie um den Ermittler Axel Daut (bisher erschienen: »Codewort Rothenburg« und »Der Aufbewarier«) spielt während des zweiten Weltkriegs in Berlin.
Bolten lebt und arbeitet in Konstanz am Bodensee.
Mehr Informationen im Internet:
http://belabolten.wordpress.com/

Rucke di guh, rucke di guh, Blut ist im Schuh

»Und tot bist du!«
Er flüsterte den Satz wie eine Beschwörungsformel, während er am Tisch saß und die Fotos wie Karten eines Memory-Spiels anordnete. Mit ruhiger Hand schob er ihr Bild nach oben. Er hatte es schon gespürt, als er sie zum ersten Mal sah. Ihr Blick, mit dem sie den Betrachter ansah, bestätigte seinen Eindruck. Sie war eine der Schwestern.

Mit einer raschen Geste wischte er die anderen Bilder von der Tischplatte. Sie waren nur Staffage, allenfalls gut genug, um ihn in Stimmung zu bringen. In dem einzigen, dem wahren Spiel, blieb ihnen nur eine Statistenrolle.

Er zog das verbliebene Foto in die Mitte und richtete es so aus, dass der Abstand zur oberen und unteren Tischkante exakt gleich war. Die Frau hatte ein Ganzkörperbild eingereicht, was ihn generell skeptisch machte. Nur Blenderinnen stellten ihre körperlichen Reize dermaßen zur Schau. Er studierte die Fotografie, als handelte es sich um einen kostbaren Stich, dessen verborgenes Geheimnis er entschlüsseln wollte. Hätte ein Fremder ihn derart fokussiert auf die Abbildung schauen sehen, wäre er niemals auf die Idee gekommen, welcher Plan in seinem Kopf reifte. Mit klarem Blick und konzentriert inspizierte er Gesicht und Körper der Frau. Oberflächlich betrachtet war sie eine Schönheit, aber sein Auge sah mehr. Er schaute in den Abgrund weiblicher Durchtriebenheit. Wie sie dasaß, die Beine übereinandergeschlagen, auf dass der Rock an den Oberschenkeln gerade so weit hinaufrutschte, dass es nicht unziemlich, aber dennoch aufreizend wirkte. Den Oberkörper hatte sie kerzengerade gestreckt, damit die Konturen ihrer Brüste klar unter dem leichten Gewebe einer hellen Bluse hervortraten. Er brauchte nur zwei Sekunden, bis er sicher war, dass hier noch kein Chirurg Hand angelegt hatte. Wäre es anders gewesen, er hätte seine Entscheidung überdenken müssen. Künstlich aufgeblasene Schönheit ekelte ihn derart an, dass er nicht in der Lage war, sich auch nur eine Stunde mit ihr zu beschäftigen.

Ihr Gesicht war etwas zu lang und die Nase eine Idee zu groß, was sie durch eine voluminös aufgeblähte Frisur und mit breitem Schmink-Strich auf den Lippen zu übertünchen versuchte. Er lächelte. Wie durchsichtig die Frauen waren. Wer konnte, las in ihnen wie in einem offenen Buch. Und ja, er konnte. Sein Wissen basierte auf der Erfahrung von Jahrzehnten.

Er lehnte sich zurück und starrte auf ihre Augen. Ohne Zweifel, sie hatte es. Er suchte noch immer einen Namen dafür. Es war kein Blitzen, wie es Hass oder Libido auslösten, sondern eher ein Schatten, der den Blick nur so leicht verschleierte, dass ein ungeübter Betrachter darin Naivität, möglicherweise gar Unschuld erkannte. Was für eine Fehleinschätzung! Diese Frau tat nichts ohne Kalkül. Ihre Kleidung, ihre Frisur, ihre Schminke, die Körperhaltung, das Lächeln, alles diente einem Zweck. Sie setzte sich in Szene, benutzte ihren Körper und die Accessoires, mit denen sie sich umgab, wie ein Schauspieler auf der Bühne, nur dass sie sich nicht mit Applaus zufriedengab. Sie wollte manipulieren – zu ihrem Nutzen und zum Schaden der anderen, der Ehrlichen, der Guten, der wahrhaft Schönen.

Er spürte, wie das Gemisch aus Ekel und Hass in ihm aufstieg, das ihn seit seinem vierten Geburtstag begleitete. Damals war ihm zum ersten Mal die Luxusausgabe einer Hure begegnet, die ihre hässliche, nach Geld gierende Fratze hinter einer Theatermaske versteckt hatte. Obwohl sie behauptete, seine Mutter zu sein, durchschaute er sie in der ersten Sekunde. Er konnte sich retten, sein verblendeter Vater bezahlte mit dem Leben.

Mit einer schnellen Handbewegung wischte er über das Foto, als könnte er damit die Bilder der Vergangenheit auslöschen. Langsam drehte er das Bild um und las den Namen der Frau. Er würde sich gut machen in seiner Galerie.

Mit der rechten Hand ergriff er das kostbare Feuerzeug seines Vaters, ließ den goldenen Verschluss aufschnappen und hielt die Fotografie über die Flamme. Nach drei Sekunden lag ein Aschehaufen in der gläsernen Kristallschale, die er vor Jahren nur für diesen Zweck gekauft hatte.

Er schloss die Augen und atmete aus. Körper und Geist entspannten sich, das Ritual hatte seine Gefühle besiegt, sein Verstand übernahm das Kommando und würde es in den nächsten Tagen nicht abgeben.

»Und tot bist du!«, flüsterte er erneut, aber diesmal klang es nicht wie eine Beschwörung, sondern wie eine sachliche Feststellung.

Erster Tag

Eins

Zehn Uhr fünf

Thal trat ans Grab und griff nach der kleinen Schaufel, die in einem Erdhügel neben der Grube steckte. Ihn überkam das bittere Gefühl, inzwischen Routine darin zu haben, Menschen auf ihrem letzten Weg zu begleiten. Dies war die dritte Beerdigung in vierzehn Tagen. Zuerst hatte er seine Mutter in Münster zu Grabe getragen. Es war eine erstaunlich friedfertige Feier mit einer ansehnlichen Trauergemeinde. Die alte Dame hatte nicht wenige Freunde, von den meisten kannte er nicht einmal den Namen. Ihr Tod entsprach dem natürlichen Lauf der Dinge. Thal war gerade sechzig geworden und da verwunderte es eher, dass seine alte Dame erst jetzt und nicht schon vor längerer Zeit gestorben war.

In St. Gallen schied Madlainas Mutter genau in dem Moment aus dem Leben, als er in Münster einen Klumpen Erde auf den Sarg fallen ließ. Bei ihr stimmte der Spruch von der Erlösung, die das Sterben sein konnte, denn sie hatte in den letzten Monaten nur mehr körperlich existiert, aber nicht gelebt. Die Demenz hatte ihr nicht nur die Erinnerungen geraubt, sondern auch sämtliche Fähigkeiten.

Und jetzt Auer. Nicht einmal vierzig war er geworden. Dabei hatte alles so harmlos ausgesehen, die Geschwulst in seiner Lunge war gutartig. Aber dann kam der Tod über Nacht und ohne Vorwarnung.

Thal stieß die Schaufel in die Erde und warf einen Klumpen auf den Sarg. Er schlug mit einem dumpfen Geräusch auf das Holz, einige Partikel rieselten an der Seite herunter. Selbst zu dieser Morgenstunde war es heiß, Thal schwitzte und hätte sich am liebsten das Jackett ausgezogen, aber das schien ihm unschicklich. Er drehte sich um und ging auf Auers Eltern zu, die in sich zusammengesunken am Rand des Grabhügels standen. Er gab ihnen stumm die Hand und wendete sich zum Gehen. Nach ein paar Metern blieb er stehen und sah sich um. Bettina sprach mit der Mutter, nahm sie sogar in den Arm. Kannte sie Auers Eltern? Sie hatten nie darüber geredet. Er wartete, bis die Kollegin zu ihm aufschloss. Sie sah ihn an und seufzte. »Schlimm, wenn die Eltern ein Kind zu Grabe tragen müssen.« Thal nickte, ohne etwas zu sagen, ihm fehlten die Worte und so gingen sie schweigend Richtung Ausgang. Als sie an der Abzweigung des Gangs vorbeikamen, an dem Leahs Grab lag, überlegte er eine Sekunde, Bettina alleine weitergehen zu lassen. Fast zwei Jahre war es her, dass seine Frau einem Bombenanschlag zum Opfer gefallen war, der ihm gegolten hatte. Er hatte getrauert wie ein Hund. Er spürte, wie Bettina ihn ansah, und schüttelte kaum merklich den Kopf. »Madlaina wartet im Auto. Sie kann Beerdigungen überhaupt nicht ab, am liebsten wäre sie nicht mal zur Beisetzung ihrer Mutter gegangen.«

Der Chevrolet parkte hundert Meter die Straße runter. Bettina blieb stehen und schaute, ob die anderen ihnen folgten. »Wir treffen uns alle im Präsidium zu einer Gedenkstunde für Frank.«

Thal ging auf den Oldtimer zu und rief über die Schulter: »Bis gleich.«

Als er seinen Kopf in den Wagen streckte, sah er, dass Madlaina geweint hatte. Sie schniefte, wischte sich eine

Träne von der Wange und legte ihm eine Hand auf den Unterarm. »War es so schlimm?«

»Sieht man es mir an?«

Sie nickte. »Soll ich dich ins Präsidium fahren?«

»Mir wäre es lieb, du kämst mit.«

Er hätte ihr gerne gesagt, dass er sich ihrer Liebe versichern wollte, fürchtete aber, sie könnte es missverstehen. Nichts hasste Madlaina mehr als eine Einschränkung ihrer Freiheit. Er führte das auf ihre amerikanische Sozialisation zurück, immerhin hatte sie vom fünften bis zum fünfzigsten Lebensjahr in den Staaten gelebt und war erst vor zwei Jahren in die Schweiz zurückgekommen, um ihre Mutter zu pflegen. Thal hätte gerne mit ihr über die Zukunft geredet, traute sich aber nicht. Seit dem Tod ihrer Mutter fürchtete er sich vor jedem Gespräch mit ihr – aus Angst, sie könnte ihm eröffnen, in die USA zurückkehren zu wollen, jetzt, da sie keine Verpflichtung zurückhielt. Das FBI nähme die erfahrene Profilerin mit offenen Armen auf. Dabei hätte er ja auch jederzeit seine Stelle kündigen können, Geld hatte er dank Leahs Erbe genug. Aber die USA? Er konnte sich nicht vorstellen, dort zu leben.

Madlaina startete den Oldtimer. Während sie Richtung Innenstadt fuhren, vibrierte Thals Handy in der Hosentasche.

»Ja bitte«, meldete er sich.

»Kriminalhauptkommissar Thal?«

»Ja. Wer spricht?«

»Berger vom KDD. Tut mir leid, dass ich Sie stören muss, ich weiß, dass Sie auf der Trauerfeier für den Kollegen Auer sind.«

Thal atmete hörbar ein und der Anrufer entschlüsselte es zutreffend als Stoßseufzer der Ungeduld.

»Ein Spaziergänger hat da etwas im Lorettowald gefunden, das sollten Sie sich ansehen.«

Zwei

Elf Uhr fünf

Als sich die Tür öffnete, ging ein Raunen durch den Saal. Zwölf Frauen, die auf bequemen Stühlen hinter ergonomisch geformten Tischen saßen, hoben synchron die Köpfe. Die freudige Erwartung in ihren Gesichtern wich binnen Sekunden der Enttäuschung, denn nicht ER, auf den sie sehnsüchtig warteten, betrat den Raum. Dabei war der Mann, der eingetreten war, optisch durchaus eine Sahneschnitte. Die Frauen blickten auf seine große und schlanke Gestalt. »Guten Tag, meine Damen!«, sagte der Mann, »wie Sie wissen, spielen Namen bei uns keine Rolle, trotzdem möchte ich mich vorstellen. Ich bin der Adjutor des Lehrers – und als solcher für Ihr Wohlbefinden während der kommenden fünf Tage zuständig. Geht es Ihnen gut?«

Ein zustimmendes Nuscheln kam als Antwort. Lydia lief eine Gänsehaut den Rücken herunter. Die Sache mit den verbotenen Namen hatte sie schon gehört, aber dass es gleich am Anfang so strikt angewendet wurde, erzeugte eine geheimnisvolle Atmosphäre.

»Fein, fein. Es soll Ihnen an nichts fehlen. Wenn Sie etwas zu trinken brauchen oder Ihr Tisch anders eingestellt werden muss, melden Sie sich bitte jetzt. Der Lehrer möchte nicht, dass die kommende Lektion durch solche Lappalien gestört wird.« Er schaute noch einmal in die Runde, hob die Schultern, schien vor so viel weiblicher Ignoranz zu resignieren und öffnete die Tür. Als der Lehrer mit festem Schritt hineinstürmte, glaubte sie, fast eine Verbeugung des Assistenten zu sehen, wie sie Butler in englischen Spielfilmen der sechziger Jahre vollführten. Nur eine leichte Beugung des Oberkörpers, mehr nicht. Aber vermutlich spielte ihr nur die Fantasie einen Streich.

Der Lehrer stellte sich in die Mitte des Raums und ließ seinen Blick von links nach rechts über die Reihe schweifen. Obwohl seine Augen höchstens eine Sekunde auf ihr ruhten, glaubte sie, von oben bis unten gescannt zu werden. Sie ertappte sich dabei, mit beiden Händen den Sitz ihrer Frisur zu kontrollieren, eine Geste, die sie sich seit Jahren ohne Erfolg abzutrainieren versuchte. Hatte er tatsächlich wissend die Augenbrauen gehoben, als hätte er sie bei etwas Verbotenem erwischt?

Ohne ein Wort zu sagen, trat er an die weiße Tafel, nahm einen roten Stift und schrieb in schwungvollen Buchstaben Sagt: Ja! Er verharrte eine Sekunde, den Stift noch in Höhe des Ausrufezeichens, als überlegte er, etwas hinzufügen. Langsam drehte er sich um und sah die Frauen an. »Bitte«, sagte er leise. Eine füllige Mittvierzigerin hauchte ein kaum hörbares Ja. Der Lehrer wandte sich ihr zu, sein Körper schien sich der Frau zuzuneigen. »Wie heißen Sie?«

Die Angesprochene schluckte, ehe sie, immer noch kaum hörbar, antwortete. »Marianne. Marianne Klemmstein.«

»Marianne«, rief der Lehrer. »Warum so leise? Rufen Sie mir Ihr Ja entgegen.«

Marianne tat, wie ihr geheißen. »Ja!« Sie sprach lauter, aber immer noch mit brüchiger Stimme.

»Rufen, Marianne, nicht flüstern.«

»Ja!«

Der Lehrer sah sie an.

»Ja!«, rief sie und strahlte ihn an.

Er breitete die Arme aus. Ohne weitere Aufforderungen begannen die Frauen, im Chor Ja zu sagen. Zuerst noch vorsichtig, bald aber fest und bestimmt. »Ja! – ja! – ja!«

Der Lehrer strahlte und sie hatte das Gefühl, dass er sie – und nur sie – anlächelte.

»Ja ist das einzige Wort, das ich in den nächsten fünf Tagen von Ihnen hören möchte. Egal, was ich Sie frage, Ihre Antwort ist ...?«

»Ja«, kam es aus zwölf Kehlen.

»Wenn ich Sie bitte, aufzustehen und sich auf ihre Stühle zu stellen, lautet die Antwort ...?«

»Ja«, rief sie und hörte, wie der Chor immer lauter wurde. Aus dem Augenwinkel sah Lydia, dass Marianne, die Füllige außen rechts, ihren Stuhl zurückschob und hinaufkletterte. Langsam erhoben sich auch alle anderen und taten es ihr gleich, sie beeilte sich, nicht die Letzte zu sein.

Der Lehrer hob die Arme, streckte den Kopf zur Decke und ballte die Fäuste. »Ja! Ihr habt es! Wenn ich euch morgen auffordere, barfuß über ein Bett aus Scherben zu laufen, lautet eure Antwort ... ?«

»Ja!«

»Wenn ich euch bitte, eine Banane an eine Schnur zu binden und sie zur Hauptverkehrszeit wie einen Hund durch die Konstanzer Fußgängerzone zu ziehen, lautet die Antwort ...?«

»Ja!«, brüllte sie und spürte ein Kribbeln ihre Wirbelsäule hinunterlaufen.

»Wenn ich euch sage, dass ihr in fünf Tagen bereit sein werdet für ein neues Leben, lautet eure Antwort ...?«

»Ja!« Sie schloss die Augen und Blitze zuckten durch das Dunkel. Sie hatte Mühe, das Gleichgewicht auf dem leicht wackeligen Stuhl zu halten, aber paradoxerweise fürchtete sie nicht herunterzufallen.

»Wenn ich euch sage, dass dieses Seminar der Anfang von etwas Großem ist, das euch zu Glück und Wohlstand führt, lautet eure Antwort ...«

»Ja!«

Sie hielt die Luft an. Was konnte noch kommen?

Stille breitete sich aus. Sie hörte das Rauschen des Blutes in ihren Ohren, fühlte sich aber leicht und unbeschwert. Sie öffnete die Augen. Der Lehrer war an die rechte Wand des Raumes getreten und hielt einen Filzschreiber in der Hand. Mit fließenden Bewegungen schrieb er:

„Erst muss, bevor die Welt sich ändern kann,

der Mensch sich ändern!"

Er drehte sich um und schritt die Reihe der Frauen ab, die immer noch auf den Stühlen standen, was ihr nicht im Geringsten eigenartig vorkam. Er hob den Kopf und blickte jeder ins Gesicht. Sie hatte das Gefühl, er schaue direkt in ihre Seele. Als er am rechten Rand angekommen war, hob er die Hand und deutete auf den Spruch.

»Wissen Sie, von wem dieser Satz stammt?«

Er wartete einige Sekunden, aber niemand antwortete, und er verzog leicht den Mundwinkel, als wäre er enttäuscht. »Bert Brecht. Schriftsteller, Dramatiker, Menschenfreund.« Er machte eine Pause und lächelte schelmisch. »Und Kommunist – ein Weiser zudem.«

Er ging in die Mitte des Raums und beschrieb mit der rechten Hand einen Bogen, der alle Frauen einschloss. »Sind Sie entschlossen zur großen Veränderung?«

Sie räusperte sich und schämte sich im gleichen Atemzug dafür, denn alle anderen hatten ihre Stimme nicht verloren und schleuderten dem Lehrer ihr Ja entgegen.

»In fünf Tagen werden Sie nicht nur bereit, sondern in der Lage sein, die Welt aus den Angeln zu heben!«

Abrupt ließ er den Kopf sinken, die Hände hingen entspannt herunter. Er atmete tief und hörbar ein.

»Danke! Die Vorstellungsrunde übernimmt mein Adjutor.«

Ohne die Frauen eines weiteren Blickes zu würdigen, verließ der Lehrer den Raum. Der Adjutor, der in den letzten Minuten unsichtbar gewesen zu sein schien, trat nach vorne. »Setzen Sie sich, meine Damen. Wir wollen es doch bequem haben, wenn wir etwas voneinander erfahren.«

Lydia stieg vom Stuhl und merkte, dass ihre Beine zitterten. Schweiß stand auf ihrer Stirn. Mit beiden Händen kontrollierte sie den Sitz ihrer Haare. Als sie sich setzte, war sie erschöpft wie nach einem langen Arbeitstag.

Drei

Elf Uhr dreißig

Für diese Zeit war erstaunlich wenig los. Der Lorettowald, ein ausgedehntes, stadtnahes Erholungsgebiet, war normalerweise Ziel vieler Spaziergänger. An diesem späten Vormittag standen nur zwei Rentnerpaare in einiger Entfernung und starrten auf die Szene, ohne wirklich etwas sehen zu können. Ein alter Mann saß zehn Meter abseits auf einem Baumstumpf, an einer Leine hielt er einen großen Hund, Kurzhaar, mit rehbraunem Fell. Thal ging auf den uniformierten Kollegen zu, der neben einem von einem rot-weißen Absperrband begrenzten Karree stand. Er war jung, Thal schätzte ihn auf Anfang zwanzig, und kreidebleich, vermutlich war es sein erster Leichenfund. Immer wieder irrte sein Blick von dem Fleck vor seinen Fußspitzen zu einem halb von Erde bedeckten Frauenkopf, der deutliche Spuren der Verwesung zeigte; Fliegen schwirrten umher.

»Kommen Sie!« Thal führte den Mann zur Seite und deutet mit dem Kopf auf den Alten mit dem Hund. »Hat er die Tote gefunden?«

Der Polizist nickte und kämpfte sichtbar gegen die aufsteigende Übelkeit. »Passen Sie auf, dass niemand über den Fundort trampelt.« Mit einem Seitenblick bat er Madlaina, sich des Polizisten anzunehmen. Sie hatte sich bisher abseits gehalten, schließlich gehörte sie nicht zum zuständigen Ermittlerteam. Nachdem sie einen kurzen Blick auf die Leiche geworfen hatte, legte sie dem Uniformierten die Hand auf einen Arm und sprach mit ihrer tiefen Stimme beruhigend auf ihn ein.

Thal ging zu dem alten Mann und stellte sich vor. Der Hund setzte sich aufrecht hin und schaute nach oben. Thal hatte Respekt vor großen Vierbeinern, aber die bernsteinfarbenen Augen des Tieres drückten keine Feindseligkeit aus.

»Niebel«, sagte der Mann, aber Thal verstand Nebel und blickte ihn verständnislos an, bis er wiederholte: »Arno Niebel.«

»Schöner Hund«, sagte Thal. Der Mann nickte und streichelte dem Tier über den Kopf.

»Weimaraner«, sagte er, ohne dass Thal nach der Rasse gefragt hatte.

»Wie haben Sie die Leiche gefunden?«

»Ich gar nicht, Zampano war's.«

Thal wartete, ob der Mann von sich aus weitersprach. Als er schwieg, beschloss er, nicht zu direkt zu sein, denn der alte Herr, Thal schätzte ihn auf Mitte siebzig, war sichtlich geschockt. »Seltener Name für einen Hund.«

»Kennen Sie La Strada?«

Thal musste einen Moment überlegen. »Den Film?«

Der Alte nickte. »Fellinis Meisterwerk mit Anthony Quinn. Erinnern Sie sich an den Prahlhans, immer eine große Schnauze, aber im Herzen ein gutmütiges Wesen. Genauso ist er, mein Zampano.« Er strich dem Tier liebevoll über den Kopf.

Thal verstand nur Bahnhof und kam zurück zur Sache. »Zampano hat also die Leiche gefunden?«

»Er brachte mir den Schuh.«

»Welchen Schuh?«, fragte Thal und der Alte deutete mit dem Kopf nach links. Etwa fünf Meter entfernt lag ein goldener Damenschuh mit hohen Absätzen. Er war etwas zusammengedrückt, vermutlich hatte Zampano fest zugebissen, schien aber ansonsten in gutem Zustand. Thal tastete seine Jackett-Taschen ab, ohne zu finden, was er suchte, schließlich hatte er sich am Morgen für eine Beerdigung gekleidet und nicht für einen Leichenfundort. Er rief den Polizisten. »Kommen Sie bitte mit einer Spurentüte und sichern Sie dieses Beweisstück. Lassen Sie es dann bitte liegen, wo es ist.«

Er wandte sich wieder dem Alten zu. »Wo hat Ihr Hund den Schuh gefunden?«

Der Mann hob die Schultern. »Er ist wie immer vorgelaufen und kam plötzlich damit an. Keine Ahnung, wo er lag. Als ich ihm das gute Stück abgenommen habe, rannte er wie von der Tarantel gestochen los. Ich hinterher, so schnell ich konnte, aber als ich ihn einholte, buddelte er schon ...«

Er ließ den Satz unvollendet, aber das Grauen stand ihm ins Gesicht geschrieben.

Thal legte dem Mann die Hand auf die Schulter. »Warten Sie bitte einen Augenblick, der Kollege wird ihre Anschrift notieren, danach können Sie nach Hause gehen. Wir melden uns bei Ihnen, wenn wir noch Fragen haben.«

Bettina Berg und Hartmut Grendel kamen den schmalen Pfad vorm Parkplatz die sanft geschwungene Kuppe hinauf. Sie gingen schweigend und mit gesenkten Köpfen nebeneinander her. Der Kriminaltechniker warf einen kurzen Blick auf den halb freigelegten Kopf, zog schweigend sein Handy aus der Tasche und telefonierte sein Team herbei. »Und bringt meinen Koffer und Schutzkleidung für mich mit, ich ...« Er brauchte den Satz nicht zu vollenden, denn alle wussten, dass er auf Auers Beerdigung gewesen war.

»Wo ist Stephanie?«, fragte Thal. Die jüngste Mitarbeiterin des Kriminalkommissariats 1 hatte gemeinsam mit Grendel den Friedhof verlassen.

»Ich habe sie nach Hause geschickt«, antwortete Bettina. »Sie war völlig fertig.«

»Kein Wunder, sie hat von uns allen am engsten mit Frank zusammengearbeitet.«

Als wäre alles gesagt, trat Schweigen ein. Bettina Berg, Hartmut Grendel und Alexander Thal standen um den abgesperrten Fundort und blickten zu Boden. Madlaina fasste Thal vorsichtig am Arm, er war dankbar für die Zärtlichkeit, die in dieser Geste lag. »Ich fahr dann mal.« Er nickte und sah ihr nach. Sie ging mit festem Schritt, den Oberkörper gestrafft und den Blick nach vorne gerichtet, den schmalen Weg hinunter. Thal spürte, wie sich sein Magen verkrampfte.

Eine Stunde später hatte sich die Szenerie vollständig verändert. Der Leichenfundort war großräumig abgesperrt, vier Tatortermittler in weißen Ganzkörperoveralls legten vorsichtig, um keine Spuren zu verwischen oder zu zerstören, die Tote frei. Grendel hockte am Kopf und wischte mit einem Pinsel Erdkrümel vom Gesicht der Leiche. Thal ging neben ihm in die Hocke. »Was meinst du, Hartmut?«

»Na ja, bei Liegezeit, Todeszeitpunkt und so weiter sollten wir auf den Doc warten. Und auf den Entomologen ...« Er deutete auf eine Made, die langsam über die aufgeplatzten Lippen der Toten kroch. Grendel hatte recht, vermutlich ließen sich die Liegezeit der Toten und der Todeszeitpunkt nur noch von einem Insektenkundler bestimmen.

Das hieß aber, dass sie den Leichnam vor seinem Eintreffen nicht bewegen durften.

»Eine Schätzung kannst du aber abgeben, Hartmut, du hast doch genug Erfahrung.«

»Leider«, sagte der Techniker und Thal verstand, was er meinte. Sie hatten alle schon zu viele Leichen gesehen. »Ich schätze, dass sie zwischen vier und acht Wochen tot ist.«

Thal betrachtete das Gesicht der Frau genauer. Es war durch die Verwesung entstellt, die Haut trocken und rissig wie altes Leder. Obwohl das Antlitz eingefallen war, konnte man ahnen, wie schön sie zu Lebzeiten gewesen war. Thal deutet auf die Augen. »Die Augenlider sehen seltsam aus, findest du nicht?«

Grendel nahm einen kleinen Spatel und hob vorsichtig das rechte Lid an. Es war derartig trocken, dass es beinahe brach.

»Scheiße«, entfuhr es Grendel. Die Augenhöhle war leer.

Vier

Vierzehn Uhr zehn

Sie war müde, die Vorstellungsrunde hatte sie angestrengt. Der Adjutor hatte sie mit Fragen gelöchert, die ihr teilweise zu intim gewesen waren und auf die sie nur ausweichend geantwortet hatte. Der anschließende Rundgang über das Gelände entschädigte für den Stress. Das Seminar fand in einer Industriellenvilla aus dem 19. Jahrhundert statt, direkt am Seerhein. Die Inneneinrichtung bestand aus feinsten Einzelstücken und sehr edlen Designermöbeln. Die Villa verfügte über mehrere Tagungsräume, einen parkähnlichen Garten, in dem ein Teehaus lag, ein Restaurant, das nur den Seminarteilnehmern offenstand, und zwölf großzügige Gästezimmer.

Sie ließ sich in den Sessel am Schreibtisch fallen und nahm das Blatt Papier zur Hand, auf das der Adjutor nachdrücklich hingewiesen hatte, als er sie persönlich auf ihr Zimmer begleitete. »Bitte unterschreiben Sie das vor dem Imbiss!« Sie las den sachlich formulierten Text. Mit ihrer Unterschrift erkannte sie die Hausordnung an und erklärte, den Anweisungen der Seminarleitung Folge zu leisten. Sollte sie sich widersetzen, zöge das unweigerlich den Ausschluss vom Seminar nach sich, ohne dass ihr die Gebühr zurückerstattet würde. Und die war happig, sie hatte dreitausendeinhundert Euro bezahlt. Inklusive Vollpension, sagte sie sich, um ihr notorisch schlechtes Gewissen zu beruhigen, das sich immer meldete, wenn sie größere Ausgaben tätigte. Ihre schwäbische Herkunft ließ grüßen.

Mit einem Seufzer unterschrieb sie das Formular, stand auf und steckte es in eine Halterung vor der Tür.

Das Tagesprogramm wies nur noch zwei Punkte für heute auf. »16 Uhr: Kleiner Imbiss« und »Seminarprogramm nach Ankündigung. Bitte sportliche Kleidung!« Mit Ankündigung waren vermutlich die vom Adjutor geheimnisvoll angedeuteten Durchsagen gemeint, er hatte sie drei Mal darauf hingewiesen, ihnen unbedingt Folge zu leisten. Die Lautsprecher in jedem Zimmer ließen sich nicht abschalten.

Lydia duschte und dachte darüber nach, ob es eine gute Entscheidung war, dieses Seminar zu buchen. Als sie in der Firma davon erzählt hatte, war ihrer Freundin Eva der Neid aus den Augen gesprungen. Aber war das auch etwas für sie?

Sie inspizierte die Gratisproben von Cremes und Kosmetika, die auf der Ablage im Bad aufgereiht standen, und entschied sich für eine Lotion, die sie sich selbst nie geleistet hätte. Nachdem sie sich gründlich eingecremt hatte, zog sie sich einen legeren Hosenanzug und modische Sneakers an, Sportlicheres hatte sie nicht im Gepäck.

Im Restaurant nahm sie neben Melina Platz, einer höchstens dreißig Jahre alten Frau mit Modellmaßen und kecker Kurzhaarfrisur, die bei der Vorstellungsrunde bereitwillig von ihrer bevorstehenden Scheidung erzählt hatte; dass es endlich an der Zeit wäre, an sich zu denken, hatte sie ebenfalls erwähnt. Sie hatte sich nicht an den Dresscode gehalten, sondern trug einen engen, knielangen Rock, dazu Bluse und Jacke. Gelangweilt mümmelte die dürre Schöne an einer winzigen Schale Obstsalat. »Wie war noch mal dein Name?«, quälte sie heraus.

»Lydia«, antwortete sie. Danach schwiegen sich die beiden Frauen an. Nun gut, wenn diese Vorzeigefrau nicht mir ihr reden wollte, sollte es ihr recht sein. Der neidische Blick auf ihr gut belegtes Käsebrot entschädigte sie umso mehr.

Lydia wollte sich gerade ein Dessert holen – die Mousse au Chocolat hatte sie angelächelt –, als ein Fiepen aus den Lautsprecherboxen sie zusammenfahren ließ.

»Wir bitten alle Damen, sich in spätestens fünf Minuten am Ausgang einzufinden und in den dort bereitgestellten Bus zu steigen.«

Der Kleinbus war luxuriös ausgestattet. Wegen der verdunkelten Scheiben konnten sie nicht sehen, wohin die Fahrt ging. Nach einer halben Stunde stiegen sie an einem Kieselstrand aus. Der See wirkte hier weniger ausufernd, als sie ihn von ihren häufigen Besuchen in Friedrichshafen oder Langenargen kannte; sie befanden sich offensichtlich an einem der beiden kleineren Seeteile. Sie versuchte sich zu orientieren, vergeblich.

Der Lehrer war dem Bus vorausgefahren und empfing sie am Saum des Sees. Er musterte Melinas Aufzug von oben nach unten mit tadelndem Blick, sagte aber nichts. Sechs Kanus lagen aufgereiht vor ihnen. Lydia schaute entsetzt auf die schmalen Boote, sie hatte Angst vor Wasser. Sollte sie sich melden und sagen, dass sie nicht schwimmen konnte? Sie schwieg und sah sich stattdessen um. Die füllige Marianne legte sich eine der bereitliegenden Schwimmwesten an; sie hantierte damit, als täte sie jeden Tag nichts anderes.

»Ist bei dir im Boot noch Platz?« Marianne mustert Lydia kurz. »Na, du bist wenigstens halbwegs vernünftig angezogen.« Sie warf ihr eine Schwimmweste zu. Als sie merkte, dass Lydia nicht wusste, wie sie das sperrige Teil anlegen sollte, half sie ihr.

»Schon mal gepaddelt?«

Lydia schluckte. »Nein, nie. Ich habe Angst vor Wasser.«

»Na, das ist doch die beste Voraussetzung, dann willst du wenigstens nicht hineinfallen.« Was als aufmunternder Scherz gemeint war, ließ Lydia den Schreck förmlich in die Glieder fahren. Sie spürte, wie ihre Beine zu zittern begannen, aber es war zu spät, denn der Adjutor bat sie, die Boote zu Wasser zu lassen. Sie nahm allen Mut zusammen und kletterte hinein. Anfangs traute sie sich kaum, die Paddel zu bewegen, weil sie fürchtete, bei jeder Bewegung das Gleichgewicht zu verlieren. Nach ein paar Minuten wich die Angst. Sie fasste Vertrauen.

Der Lehrer und sein Adjutor fuhren in einem elegant durchs Wasser gleitenden Motorboot aus Holz neben der Paddlergruppe her. »Was für eine Schönheit, so ein Riva-Boot«, sagte Marianne.

Nach etwa einer halben Stunde sichteten sie eine Plattform, auf die sie direkt zusteuerten. Je näher sie kamen, desto größer wirkte die künstliche Insel. Sie lag mitten im See, die Entfernung zu allen Ufern war etwa gleich groß. Auf der Plattform standen Bänke und Tische wie in einem Bierzelt, dazu ein paar Kisten und ein Grill. Alles wirkte provisorisch und zusammengewürfelt. »Stark«, sagte Marianne, »wie früher im Ferienlager.«

Lydia teilte ihren Enthusiasmus nicht, war aber froh, das schaukelnde Boot verlassen zu können. Der Umstieg auf die Plattform erwies sich als leichte Übung und sie atmete tief durch.

Der Adjutor legte das Motorboot routiniert an und der Lehrer sprang auf die Plattform. »Willkommen auf unserer kleinen Privatinsel!«

Er ließ die Frauen auf den Bänken Platz nehmen. »Wir wollen, dass Sie sich gut kennenlernen. Aus diesem zusammengewürfelten Haufen soll eine eingeschworene Gemeinschaft werden. Wollen Sie das?«

Zwar kam ein Ja aus allen Kehlen, allerdings wirkte es weniger bestimmt als während der Sitzung am Vormittag. Der Lehrer war nicht zufrieden. »Wollt ihr das?« brüllte er. Zum ersten Mal duzte er die Frauen.

»Ja!« Es klang lauter und fester, er war zufrieden.

»Dann wünsche ich euch eine gute Zeit!«

Grinsend sprang er in das elegante Boot, der Adjutor startete den Motor und sie legten ab. Mit Schrecken sah Lydia, dass ihre Boote mit Tauen am Motorboot befestigt waren, das die Kanus wie eine Perlenschnur hinter sich herzog. Der Lehrer formte mit seinen Händen einen Trichter. »Morgen holen wir euch wieder ab. Punkt acht Uhr, nicht dass jemand verschläft.«

Fünf

Sechzehn Uhr dreißig

Sie saßen um den kleinen Besprechungstisch, der Platz direkt am Fenster, an dem Auer am liebsten gesessen hatte, blieb leer. Er fehlte ihnen. Die Trauerfeier war kurz, aber berührend gewesen. Berg und Thal tranken schweigend Mineralwasser. Stephanie Bohlmann, die doch nicht nach Hause gegangen war, als sie von dem Leichenfund gehört hatte, blies gedankenverloren in die Tasse mit Tee. In die Stille dröhnte ein Klopfen an der Tür. Grendel hatte Gerhard Restle, den Rechtsmediziner aus Freiburg, an der Pforte in Empfang genommen. Alle im Raum schienen aufzuatmen, denn die beiden brachten die Professionalität zurück, die von der Trauer verdrängt worden war. Sie hatten eine Tote, von der sie bisher nicht einmal die Identität kannten; diese Frau verdiente ihre Aufmerksamkeit. Restle nahm zwei Gläser vom Sideboard und schenkte für sich und Grendel Mineralwasser ein. Die Ermittler sahen die beiden interessiert und gespannt an, ohne etwas zu sagen. Die Fragen standen ohnehin im Raum. Grendel räusperte sich. »Viel können wir euch noch nicht mitteilen. Die Leiche liegt noch am Fundort, es wird einige Zeit dauern, bis Schümann fertig ist.«

»Schümann?«, fragte Stephanie.

»Der Entomologe. Er nimmt noch Bodenproben und versucht, so viele Maden und anderes Getier wie möglich zu sichern, bevor die Tote nach Freiburg gebracht wird.«

»Habt ihr ihm denn wenigstens eine Vermutung entlocken können, wie lange die Frau dort schon liegt?«, fragte Thal.

Grendel schüttelte den Kopf. »Die Madenzähler legen sich genauso ungern fest wie die Leichenschnippler.« Er warf einen Seitenblick auf Restle, der missbilligend mit der Zunge schnalzte. »Schümann meint, dass die Verstorbene mindestens drei und höchsten sechs Wochen vergraben war.«

»Hatte die Tote Papiere bei sich?« Stefanie Bohlmann stellte die wichtigste Frage bei einem Leichenfund.

Grendel verneinte, aber Restle hob die Hand. »Sofern sie vermisst wird und ihr einen Zahnstatus habt, dürftet ihr sie leicht identifizieren können. Das Gebiss ist vollständig und bei ihrem Zahnarzt war sie eine gute Kundin. Sie hatte auf jeden Fall ein Hollywoodlächeln, ihre Frontzähne waren alle mit Veneers verblendet.«

Thal sah ihn fragend an und der Rechtsmediziner erläuterte den Befund. »Keramikschalen, die vor die Zähne gesetzt werden, vereinfacht gesagt. In der Realität nur was für Leute, die das nötige Kleingeld für ein strahlendes Lächeln investieren können.«

Grendel nahm den Faden auf. »Ihre Kleidung stand dazu in einem eigenartigen Kontrast. Alles stammt vom Discounter, von der Unterwäsche bis zum Kleid.«

»Alter?«, fragte Bettina Berg, die sich Notizen auf einem in einer edlen Ledermappe steckenden Block machte.

Restle wiegte den Kopf hin und her. »Zwischen 25 und 40.«

Als er das kollektive Aufstöhnen hörte, hob er die Hand. »Was erwartet ihr von mir? Ich habe die Dame noch nicht mal auf meinem Tisch und soll hier am besten ihre Lebensgeschichte parat haben. Bis wir gefahren sind, war sie noch nicht mal vollständig freigelegt, also bitte!«

Bevor jemand etwas erwidern konnte, wurde die Tür geöffnet und herein kam Kriminaldirektor Immanuel Schober, Spitzname Imam, wegen seiner oftmals leiernden Sprechweise. Er trug als Einziger noch die schwarze Krawatte, nickte in die Runde, zog einen Stuhl unter dem Tisch hervor und setzte sich.

»Ich weiß, dass es uns allen nicht leicht fallen wird, zur Tagesordnung überzugehen, aber ich denke, dass Frank Auer gewollt hätte, dass wir uns voll und ganz der heute aufgefundenen Toten widmen.«

Thal hasste Klischees wie dieses, aber er musste Schober Recht geben. Frank war durch und durch Profi gewesen, der immer darauf bestanden hatte, persönliche Gefühle bei der Arbeit außen vor zu lassen. Ehe Thal etwas erwidern konnte, wechselte Schober das Thema. »Der Fall scheint verwickelt zu sein, aber ich nehme an, Sie alle wollen ihn gerne in diesem Kommissariat halten, oder?«

Bohlmann, Berg und Thal nickten fast synchron. »Gut«, fuhr der Imam fort, »dann brauchen Sie personelle Verstärkung.« Für einen Augenblick fürchtete Thal, er könnte ihnen Wagner zuteilen, über dessen Weggang niemand böse gewesen war.

»Ich habe mich dafür eingesetzt, dass der neue Kollege von der Polizeihochschule zwei Wochen früher bei uns einsteigen kann. Er macht sich sofort auf den Weg und wird morgen seine Arbeit aufnehmen.«

Ohne ein weiteres Wort zu verlieren, stand Schober auf, in der Tür drehte er sich noch einmal um. »Er heißt übrigens Jonas Quandt.«

Nach Schobers Abgang saßen sie für einen Moment still auf ihren Plätzen. Bettina Berg seufzte. »Ob uns ein Frischling von der Hochschule wirklich hilft, steht noch in den Sternen.«

»Besser als nichts«, entgegnete Stephanie Bohlmann, die immer noch mitgenommen wirkte. Thal fand bei genauer Betrachtung Schobers Entscheidung gar nicht schlecht, ihnen einen Neuling zuzuteilen. Auf diese Weise war Stephanie nicht mehr das Nesthäkchen des Kommissariats – eine Rolle, aus der sie in den letzten Monaten eindeutig herausgewachsen war. Er stand auf. »Okay, warten wir ab, was der Neue draufhat. Als Erstes müssen wir die Vermisstendatenbank durchforsten. Die Tote muss vor mindestens drei Wochen verschwunden sein.«

Stephanie erhob sich ebenfalls. »Ich kümmere mich darum.«

Bettina gähnte. »Anschließend sollten wir Feierabend machen. Die Tat liegt so lange zurück, dass Ermittlungsgeschwindigkeit keine Rolle spielt, der Täter ist vermutlich ohnehin längst über alle Berge. Selbst wenn wir die Tote identifizieren, brauchen wir die Angehörigen nicht mehr heute Abend zu informieren. Sollen Sie noch eine ruhige Nacht haben, es wird für lange Zeit die letzte sein.«

Zweiter Tag

Sechs

Sieben Uhr fünfundfünfzig

»Lydia!«

Sie schlug die Augen auf.

»Lydia! Wach auf!«

Sie hatte Mühe, sich auf den Rücken zu drehen. Ihre Glieder waren steif, ihr Rücken schmerzte. Sie blinzelte und schaute über den Rand der Plattform auf den See. Die Strahlen der Morgensonne brachten das Wasser zum Glitzern. Es roch feucht, fast modrig.

»Nun komm schon, Lydia! Steh auf! Der Lehrer ist auf dem Weg.«

Sie stöhnte auf, als sie versuchte, sich aufzurichten. Ihr Kopf dröhnte. Warum hatte sie nur so viel Rotwein getrunken, sie vertrug doch nichts. Aber anders hätte sie die feuchte Kälte der vergangenen Nacht kaum ausgehalten. Judith schien trinkfester zu sein, denn sie schob die Hände unter ihre Achseln, half ihr auf und lachte dabei glucksend. »Wie im Landschulheim, oder? Da hatte ich auch jeden Morgen einen ausgewachsenen Kater. Fehlen nur die Jungs, die uns aus glasigen Augen anstarren.«

Lydia kam auf die Füße und reckte sich. Judith sah eigentlich ganz passabel aus, obwohl sie noch vor Kurzem ganz schön einen im Tee gehabt hatte. Sie war etwa so alt wie sie, stammte aus einem Kaff bei Heidelberg, hatte eine paar Jahre als Geliebte eines reichen Bankers hinter sich und vor sich eine Ehe mit einem nicht minder vermögenden Headhunter, der zudem aus adligem Hause stammte.

Hans, so der Name des Blaublüters, hatte ihr zu diesem Seminarbesuch geraten, er selbst war einer der wenigen Männer, die der Lehrer als Unternehmenscoach betreute.

Wie spät es wohl war? Als hätte Judith ihre Frage gehört, deutete sie auf den See. »Auf jeden Fall sind sie pünktlich wie die Maurer. Punkt acht dürften sie anlegen.«

Das elegante Holzboot war schätzungsweise einen Kilometer entfernt, glitt aber schnell durchs Wasser. Wie gestern Abend zog es die Kanus hinter sich her. Lydia erkannte zwei aufrecht stehende Männer, vermutlich der Lehrer und sein Adjutor. Sie fasste sich an den Kopf, um die Haare wenigstens halbwegs zu richten. »Vergiss es!«, sagte Judith lachend, »und einen Spiegel gibt es hier auch nicht.«

Lydia blieb nichts anderes übrig, als die Situation zu akzeptieren. Als der Lehrer sie gestern Abend verlassen hatte, waren die zwölf Frauen zunächst aufgeregt schnatternd wie eine Horde Oberstufenschülerinnen über die Plattform gestürmt, hatten die Schränke ausgeräumt und erleichtert festgestellt, dass es sowohl Sandwiches als auch eine große Auswahl an Spirituosen und Wein gab. Dazu dicke Daunenschlafsäcke für alle. Sie würden also weder verhungern noch verdursten und schon gar nicht erfrieren. Die Stimmung fror allerdings sofort ein, als Melina fragte, wo denn bitte die Toilette wäre und Marianne lachend einen Blecheimer in die Höhe hielt. Lydia hatte es bis kurz nach Mitternacht geschafft, den Harndrang zu ignorieren, danach forderte die Flasche Wein ihren Tribut. Der Alkohol sorgte zum Glück dafür, dass sie sich wegen des plätschernden Geräusches nicht schämte.

Das Boot hatte sich inzwischen auf Rufweite genähert. Der Lehrer winkte theatralisch. »Nun, meine Damen? Alles gut überstanden?«

Ein leises Gemurmel, aus dem man sowohl Zustimmung wie Verneinung herauslesen konnte, war zu hören.

»Geht es Ihnen gut?«, rief er erneut.

Die meisten sagten matt Ja. Nur Marianne Klemmstein ließ einen begeisterten Ausruf hören.

Der Lehrer war noch nicht zufrieden; dieses Mal brüllte er fast. »Geht es euch gut?«

Wieder wechselte er vom Sie zum Du und alle auf der Plattform reckten die Körper.

»Ja!«

Der Adjutor machte das Boot fest und schaute mit leicht zusammengekniffenen Augen zu, wie sein Chef federnd auf die künstliche Insel sprang.

»Nun gut, meine Damen. Ich hoffe, Sie haben die Nacht mitten auf dem See genossen. Es gibt kaum einen besseren Ort, um sich seiner selbst zu vergewissern. Über sich nur Sterne, unter sich 50 Meter tiefes Wasser und um einen herum Land, von dem man niemals sicher weiß, zu welchem Staat es gehört.«

Genossen?, fragte sich Lydia in Gedanken. Was sollte es da schon zu genießen geben? Nur der Wein war nicht schlecht, das musste sie zugeben. Die Sandwiches hingegen waren von der Feuchtigkeit pappig und über die hygienischen Verhältnisse schwieg man lieber. Seltsamerweise war die Stimmung unter den Frauen bald von anfänglicher Hysterie über eine aufgesetzte Albernheit zu einer fröhlichen Ausgelassenheit gewechselt, ehe sich zumindest zu einigen eine nicht erwartete Vertrautheit einstellte. Der Lehrer hatte richtig kalkuliert. Auf dem See in dieser frischen Nacht waren sie sich schneller nähergekommen, als das im gestylten und bequemen Seminarhaus möglich gewesen wäre. Lydia hatte sich in einem Kreis mit der burschikosen Marianne und der taffen Judith wiedergefunden, außerdem gehörte Inge dazu, die Älteste in ihrer Runde, Lydia schätzte sie auf mindestens fünfzig. Irgendwann gesellte sich noch Mareike dazu, die anscheinend die unvermeidliche Ulknudel war, die sich in jeder Runde früher oder später herauskristallisierte.

Der Adjutor hatte inzwischen die Kanus losgebunden und an die Seite der Plattform manövriert. Lydia suchte Marianne, mit der sie sich gestern sicher gefühlt hatte. Der Lehrer fasste sie an den Oberarm. »Haben Sie immer noch Angst?«

Lydia schüttelte den Kopf.

»Warum geben Sie es nicht zu? Nur wenn Sie ehrlich zu sich selbst sind, können Sie Ihre Schwächen besiegen.«

Lydia spürte, wie ihr das Blut in den Kopf schoss. Wurde sie etwa rot? Das war ihr seit der Schulzeit nicht mehr passiert. Sie senkte den Blick und schaute an sich herunter. Über ihren rechten Schuh zog sich ein dunkler Strich und ihre Hose war völlig zerknittert. Am liebsten wäre sie im Boden versunken.

»Sie fahren mit mir«, sagte der Lehrer bestimmt und hob am Ende fragend die Stimme.

»Lydia! Ich heiße Lydia.«

»Ich weiß.« Er lächelte sie aus eiskalten Augen an. »Steigen Sie ein, Lydia!«

Auf wackligen Beinen bestieg sie das schwankende Holzboot, während der Lehrer Marianne anwies, zum Adjutor ins Boot zu steigen, der mit den Frauen zurückpaddeln musste. Drei Minuten später legten sie ab. Der Lehrer drückte den Gashebel ganz herunter und das schlanke Boot schoss geradezu über das Wasser. Lydia klammerte sich an ihrem Sitz fest, während sie versuchte, einen möglichst entspannten Gesichtsausdruck zu machen. Die Fahrt führte am Ufer entlang und dauerte auf jeden Fall länger als am Abend zuvor. Der Adjutor und die anderen Frauen waren nicht mehr zu sehen. Nach etwa einer halben Stunde, Lydia war durchgefroren und merkte, wie sie zu zittern begann, drehte der Lehrer abrupt am Steuerrad, das Boot schwenkte nach rechts auf das Ufer und einen Holzsteg zu, der auf ein großes, gepflegtes Grundstück führte. Der Rasen war üppig grün. Hinter einer mannshohen Hecke sah Lydia den oberen Teil einer riesigen Glaswand, die zu einer Villa in moderner Architektur gehörte.

»Ich möchte Ihnen etwas zeigen, Lydia! Sie haben doch Zeit?«

Der Lehrer zeigte lachend eine Reihe blendend weißer Zähne. Seine Augen aber lächelten nicht.

Sieben

Neun Uhr fünfzehn

Thal trank den zweiten Espresso des Tages und schaute sich die Tatortfotos an. Der Fotograf hatte den Prozess der Freilegung der Leiche minutiös dokumentiert. Der Verwesungsprozess war unterschiedlich stark vorangeschritten. Während Kopf und Hals der Toten noch einigermaßen gut erhalten waren, sahen Hände und Füße deutlich mitgenommener aus.

Es klopfte und Bettina steckte den Kopf herein. »Darf ich dir unseren neuen Kollegen vorstellen?«

Thal schob den Schreibtischstuhl zurück und stand auf. Der junge Mann kam mit zwei schnellen Schritten auf ihn zu. »Quandt. Jonas Quandt«, stellte er sich vor und Thal musste grinsen, weil es ihn an die James-Bond-Filme erinnerte, in denen der Spion ihrer Majestät auch immer zuerst den Nachnamen nannte, um dann den Vornamen nachzuschieben. Ihm fiel auf, dass dies nicht die einzige Übereinstimmung war. Der achtundzwanzig Jahre alte Kommissaranwärter wirkte wie eine jüngere Ausgabe des jetzigen Bond-Darstellers, dessen Namen sich Thal nicht merken konnte. Er war zehn Zentimeter kleiner als Thal, wirkte aber extrem durchtrainiert und fit, wozu das markante Gesicht mit den stahlgrauen Augen beitrug. Während er Thal die Hand schüttelte, spielte ein Lächeln um seine vielleicht etwas zu schmalen Lippen, als ahnte er, welchen Vergleich Thal gerade anstellte. Er ließ sich aber nichts anmerken, sondern sagte mit einer äußerst dunklen, fast rauchigen Stimme: »Es ist mir eine Ehre, in Ihrem Team arbeiten zu dürfen, Herr Hauptkommissar.«

»Thal reicht völlig, wir haben es hier nicht so mit Titeln«, brummte Alexander und bemerkte, dass Bettina ihm einen tadelnden Blick zuwarf. Erwartete sie etwa, dass er dem Jungspund gleich das Du anbot? Er dachte nicht daran, schließlich hatte auch Stephanie Bohlmann sich das erst erarbeiten müssen. Quandt legte in einer, wie Thal fand, viel zu dramatischen Geste die linke Hand, über deren Rücken sich eine deutlich sichtbare Narbe zog, auf die Brust und verneigte sich leicht. »Gerne, Herr Thal.«

Alexander deutete auf die Hand. »Berufsunfall?«

Quandt lachte. »Wie man's nimmt. Ich war fünf und wollte unbedingt in die Fußstapfen meines Vaters treten und ebenfalls Schlachter werden. Ich hatte keine Ahnung, wie scharf so ein Messer ist, und ...« Er ließ das Ende der Erzählung offen und schaute auf Leahs Porträt an der Wand. »Schönes Bild«, sagte er, als müsse er wie auf einer Cocktailparty die Unterhaltung mit Belanglosigkeiten in Gang halten. »Von meiner Frau«, murmelte Thal und ergänzte: »Selbstporträt.«

Quandt hob anerkennend die Augenbrauen. »Eine schöne Frau.«

Aus den Augenwinkeln sah Thal, dass Bettina nervös auf den jungen Kollegen zutrat, gleich würde sie ihn ansprechen, um ihn vor einer Tollpatschigkeit zu bewahren, aber Thal kam ihr zuvor. »Leider ist sie schon gestorben.«

»Oh!« Mehr sagte Quandt nicht und Thal schwankte zwischen Erstaunen über die Unfähigkeit des jungen Kriminalbeamten, auf diese Situation angemessen zu reagieren, und einer gewissen Befriedigung, dass er nicht in die üblichen Beileidsbekundungen verfiel. Bettina schien der Meinung zu sein, die Situation klären zu müssen und Thal war froh, dass sie ihm das abnahm. »Leah war eine bedeutende

Künstlerin und starb vor knapp zwei Jahren bei einem Bombenanschlag.«

Thal setzte sich und deutete auf die silbern glänzende Kaffeemaschine. »Espresso?«

Quandt schüttelte den Kopf. »Ich stehe auf andere Wachmacher.«

Ohne darauf einzugehen, dreht Thal die Tatortfotos, damit Quandt sie ansehen konnte.

»Haben Sie sich schon mit dem Fall vertraut gemacht?«

»Bettina hat mir die wichtigsten Fakten berichtet.«

Sieh an, sie sind also schon beim Du, dachte Thal. Es klopfte an der Tür. Stephanie Bohlmann wedelte mit einem Blatt Papier. »Es sieht so aus, als hätten wir einen ersten brauchbaren Ansatz.«

Thal hob die Hand. »Moment, erst möchte ich dir unseren neuen Kollegen vorstellen.«

»Schon erledigt, Chef!« Stephanie klang aufgeräumt, nachdem die Trauer um Frank Auer sie gestern fast zu Boden gedrückt hatte. »Jonas hat schon die Runde durchs Präsidium gemacht.«

»Sie sind wohl ein Frühaufsteher«, brummte Thal, was die anderen drei unkommentiert ließen. »Was hast du herausgefunden, Stephanie?«

»Es gibt eine einzige vermisste Frau, die unsere Tote sein könnte. Sie heißt Katja Grell, ist neunundzwanzig Jahre alt und wurde vor vier Wochen von ihrem Freund vermisst gemeldet.«

Bettina trat neben Stephanie und schaute auf den Zettel. »Da steht, dass die Kollegen DNA-Material von der Vermissten sichergestellt haben für einen eventuellen Abgleich.«

Stephanie nickte lächelnd. »Das ist schon unterwegs in die Rechtsmedizin.«

»Apropos Rechtsmedizin«, nahm Bettina den Faden auf. »wer fährt zur Leichenöffnung nach Freiburg?«

Thal schob seinen Stuhl zur Seite und stand auf. »Das übernehme ich und der Kollege Quandt wird mich begleiten. Auf der Fahrt können wir uns dann gleich mal ein bisschen beschnuppern.«

Acht

Elf Uhr dreißig

Es lief ab wie meistens. Alles andere hätte mich auch gewundert. Natürlich war die Auserwählte begeistert, die Villa hatte auf Frauen eine hypnotisierende Wirkung. Ich frage mich bis heute, ob das an der Architektur des Gebäudes an sich oder an seiner Lage mit dem atemberaubenden Blick auf den Bodensee liegt. Ausblicke haben eine unglaubliche Symbolkraft. Man stelle sich ein Loft vor, riesig und stylish mit teuren Designermöbeln eingerichtet, bodentiefe Fenster nehmen eine komplette Seitenfront ein. Und jetzt kommt's: Einmal sieht man auf die rote Backsteinwand eines stillgelegten Fabrikgebäudes und einmal auf die Straßenschluchten Manhattans, wobei im Vordergrund die Leuchtreklamen des Times Square bunte Reflexe auf die Scheiben werfen. In welchem Raum dürfte es leichter sein, eine Frau ins Bett zu bekommen? Ich bin mir sicher, dass Perspektiven, die sich aus Innenräumen öffnen, Frauen in magischer Weise beeinflussen. Aber lassen wir dieses Thema, es ist nur am Rande von Bedeutung. Was unsere Damen angeht, haben wir wie jedes Mal das übliche Panoptikum versammelt. Die junge Schönheit, das mittelalte Pummelchen, die ältliche Geschiedene mit dem verzweifelten Blick der letzten Chance und dazwischen reichlich brauchbares Material. Sie gieren nach dem Wissen, der Macht, dem Geld. Und nach Sex. Sie würden es nicht zugeben, aber natürlich träumen sie alle davon, in dieser Woche nicht nur mental, sondern auch körperlich beglückt zu werden. Ich weiß, was man sich von den Seminaren berichtet. Uns eilt ein Ruf voraus wie Donnerhall, möchte man fast sagen. Die wüstesten Geschichten erzählt man sich, aber sind sie auch wahr? Nein, natürlich nicht. Oder wenn, dann stimmen sie in einer ganz anderen Weise als die Frauen denken. Die Dinge sind weit komplizierter und von den Spatzenhirnen der Ladys in ihren Kostümchen und Stöckelschühchen nicht im Ansatz zu begreifen. Sie sind alle noch im Physischen verhaftet, während die wahre Lust nur im Metaphysischen zu finden ist. Darüber sollte man mal ein Seminar anbieten. Das orgiastische Sein – oder: Die Bedeutung taktiler und optischer Reize. Material hätte ich genug zu bieten und die Ausbeute verspricht, auch dieses Mal nicht schlecht zu werden. Was das Haptische angeht, werde ich zwar erst am Abend wissen, was diesmal geboten ist, die optischen Apparate sind aber zum Glück schon in Betrieb. Heute Abend werde ich mir einen ersten Blick gönnen können, denn die Damenwelt wird früh in ihren Betten verschwinden. Der Schlaf auf der schaukelnden Insel mitten im See war eher leicht, umso erschöpfter werden sie nach der Nachmittagssitzung sein, die ihnen ohnehin noch einmal einiges abverlangt. Apropos, ich sollte mich noch eine Stunde ausruhen, die Arbeit ist für den Moment ohnehin getan. Bald beginnt der genussvolle Teil des Jobs, der am meisten Freude macht, wenn man sich ihm völlig entspannt hingeben kann. So entspannt, wie die Tussi mit der schrecklichen Frisur heute in der Villa war. Sie ist wirklich die Richtige, daran gibt es keinen Zweifel.

Neun

Dreizehn Uhr zehn

»Sehr gepflegte Fingernägel. Sieht so aus, als hätte sie regelmäßig Maniküre machen lassen.«

Thal und Quandt standen am Rand des weiß gekachelten Sektionssaals, während Restle und seine Mitarbeiterin Fiona Lee über den Leichnam gebeugt waren. Die Tote war vollständig entkleidet, die Kleidungsstücke in Plastiksäcken verstaut. Lee beschäftigte sich seit einigen Minuten mit den Händen der Toten. Quandt stieß sich locker von der Wand ab und ging mit kräftig gesetzten Schritten zum Seziertisch. Er stellte sich neben die Rechtsmedizinerin koreanischer Abstammung, Thal fand, dass er ihr dabei ein wenig zu nah kam, aber die zierliche Asiatin mit dem fröhlichen, schwäbischen Tonfall zuckte nicht im geringsten zurück, sondern lächelte ihn freundlich an. »Hhmm ...«, machte Quandt. »Seltsam, finden Sie nicht? Die Frau hat manikürte Hände und trägt Klamotten vom Discounter.«

Thal hatte schon im Auto mit Befriedigung festgestellt, dass der junge Kollege sachlich und analytisch an den Fall herangegangen war. Er hatte ihm ein bisschen auf den Zahn gefühlt, indem er ihn gebeten hatte, einen Plan für die Anfangsermittlungen zu entwerfen. Quandt hatte keine Sekunde gezögert, vermutlich war er noch so an die Prüfungssituation auf der Polizeihochschule gewohnt, dass er es nicht seltsam fand, von einem Kollegen auf der Fahrt in die Rechtsmedizin examiniert zu werden. Auf jeden Fall gab es nichts an dem entwickelten Konzept auszusetzen. Seine Beobachtungsgabe schien auch in Ordnung zu sein, denn in der Tat gab es eine Diskrepanz zwischen der Kleidung der Toten und ihren für viel Geld gepflegten Händen.

Fiona Lee nickte und legte den Kopf leicht schräg. »Womit ihr Ermittler schon eine Frage zu klären habt.«

Quandt nickte dem Fotografen Nils Kröning zu, der einige Fotos der Hände schoss. Restle schien genervt von dem Geplänkel, denn er mischte sich forsch und etwas zu laut ein. »So langsam sollten wir uns aber mal der wichtigsten Fragestellung zuwenden, die da lautet: Gibt es irgendwelche Indizien, die uns etwas darüber erzählen, woran diese Frau gestorben ist?«

»Hört sich für mich wie eine rhetorische Frage an, Professor«, mischte Thal sich von der Seite ein. Er kannte den Rechtsmediziner lange genug, um zu wissen, dass er selbstverständlich längst eine Meinung zur Todesursache hatte. Andernfalls hätte er die Frage noch nicht in den Raum gestellt. Restle deutet auf den Hals der Frau, der bereits geöffnet war. »Zum Glück ist die Verwesung im oberen Bereich des Körpers noch nicht so stark ausgeprägt. Er blickte Fiona Lee an, die konzentriert zugehört hatte. »Schauen Sie sich den Kehlkopf einmal genauer an, Frau Kollegin. Wie würde Sie diesen Befund deuten?«

Die Asiatin trat neben Restle und beugte sich über die Leiche. Mit einem Spatel schob sie Hautlappen und Muskelstücke zur Seite. »Deutliche Einblutungen in den Halsweichteilen. Kehlkopf und Zungenbein sind gebrochen, dazu eindeutig Posticus-Blutungen ...«

Thal stöhnte auf. »Bitte, kein Fachchinesisch.«

Quandt lachte kurz auf, Lee schaute einen Moment irritiert zur Seite, bis ihr klar wurde, dass der junge Kollege ihre Geschichte nicht kannte. »Wenn schon, dann Koreanisch bitte«, sagte sie und fiel in sein Lachen ein. Restle beendete die Heiterkeit mit einem Räuspern. »Der Posticus ist einer der Kehlkopfmuskeln. Die genannten Symptome deuten eindeutig darauf hin, dass die Frau erwürgt wurde.«

Fiona Lee wandte sich wieder den Händen zu. »Dazu passt, dass die Fingernägel der Frau zwar perfekt gepflegt, aber auch verletzt sind.«

»Sehr gut!« Restle deutete auf Thal. »Das Fragezeichen im Gesicht des Hauptkommissars ist allerdings unübersehbar, wir sollten ihn über die Zusammenhänge aufklären.« Statt Lee antwortete Quandt ohne den Blick von der Leiche zu nehmen: »Wenn ein Mensch einen anderen erwürgen will, braucht er dafür beide Hände. Oft hat das Opfer dann die Möglichkeit, sich durch Kratzen zu wehren, wobei es sich die Fingernägel abbricht.« Ohne auf eine Reaktion der anderen zu warten, deutete er auf eine Stelle an der rechten Halsseite. »Sind diese Flecken Hämatome?«

»Gut beobachtet!« Restle drehte sich zu Thal. »Sollten Sie für den jungen Kollegen eines Tages keine Verwendung mehr haben, schicken Sie ihn zu uns, wir machen sicher einen brauchbaren Sektionsassistenten aus ihm.« Er kicherte kurz in sich hinein, aber Thal unterbrach die ausbrechende Heiterkeit. »Sie meinen also, jemand hat die Tote mit bloßen Händen ...«

»Genau.« Restle klang äußerst bestimmt. »Darauf verwette ich eine erstklassige Flasche Trollinger.«

»Was ein Widerspruch in sich ist«, murmelte Quandt, was ihn Thal sympathisch machte, der allerdings einen Vortrag Restles über die Qualität von Württemberger Weinen unbedingt verhindern wollte und deshalb einwandte: »Ich kann mich an keinen Fall erinnern, in dem der Täter kein Drosselwerkzeug benutzte.«

Fiona Lee nickte und trat einen Schritt vom Sektionstisch zurück. »Das verwundert nicht, denn es ist gar nicht so leicht, einen Menschen mit bloßen Händen bis zum Tode zu strangulieren. Sie dürfen sich den Ablauf nicht so vorstellen, wie er uns in Fernsehkrimis suggeriert wird. Da tritt der Tod stets nach wenigen Sekunden ein. In der Wirklichkeit dauert es viel länger, vier bis fünf Minuten mindestens, in denen das Opfer bei vollem Bewusstsein ist.«

»Womit eine Tat im Affekt nahezu ausgeschlossen ist, oder?« Quandt hatte die Frage allgemein in den Raum gestellt, aber Restle antwortete. »Im Prinzip ja, denn irgendwann im Laufe dieser quälend langen Minuten sollte der Täter wieder zu klarem Verstand kommen.«

»Außerdem gibt es da noch etwas.« Lee ging mit zwei kleinen Schritten ans Fußende der Leiche. Mit kräftigem Griff umfasste sie die Fessel und hob den rechten Fuß an. »Der große Zeh wurde entfernt und der Fußballen verstümmelt«

»Sie sind sich sicher, dass kein Tier den Zeh abgebissen hat?«, fragte Thal. Kröning schob Lee ein bisschen zur Seite, um den Fuß zu fotografieren. Die Rechtsmedizinerin schüttelte den Kopf. »Nein, es gibt keine Bissspuren, die Schnittkanten sind absolut sauber. Der Zeh wurde mit an Sicherheit grenzender Wahrscheinlichkeit mit einem sehr scharfen Messer abgetrennt. Was die Verletzung der Ferse angeht, ist das Urteil nicht ganz so einfach, sieht aus, als hätte jemand mit einem Hammer auf den Fuß geschlagen.«

»Wann wurden ihr die Verletzungen zugeführt?«

Restle schlug ungeduldig mit einem Skalpell auf den Eisentisch. »Post mortem! Genau wie die Augäpfel, die unserer schönen, jungen Toten auch erst nach dem Ableben entfernt wurden.«

»Gott sei Dank«, murmelte Quandt und Thal pflichtete ihm in Gedanken bei. Er griff in die Jackentasche und holte einen Notizblock heraus. »Grendel: Zeh und Augen«, notierte er. Er durfte nicht vergessen, die Tatortermittler zu fragen, ob sie irgendwelche Spuren des Zehs oder der Augäpfel gefunden hatten.

Fiona Lee schaute auf die Uhr. »Gut, wo das geklärt ist, sollten wir schauen, was uns dieser Körper noch zu bieten hat.« Sie nahm die Elektrosäge vom Tisch und wollte sich daran machen, den Brustkorb der Toten mit einem beherzten Schnitt zu öffnen, was Thal mit einem energischen Stopp verhinderte. »Bevor Sie anfangen, die Frau total zu entstellen, sollten wir noch ein brauchbares Porträt machen. Was meinen Sie, Kröning?«

Der Fotograf legte den Kopf in einer fast grotesken Weise schief und betrachtete das Gesicht der Toten eingehend. »Das wird nicht einfach, aber versuchen können wir es ja.«

Zehn

Sechzehn Uhr

Was für ein Tag! Als sie vor ein paar Stunden auf dieser schwankenden Plattform im See gestanden hatte, hätte sie den Lehrer am liebsten verflucht. Selbst als er sie in sein Boot einlud, fuhr ihr der Schreck in die Glieder und das nicht etwa, weil ER ganz privat Zeit mit ihr verbringen wollte, sondern weil sie nach der durchzechten Nacht völlig derangiert aussah. Sie hatte ja keine Ahnung, was sie erwartete und noch jetzt kam es ihr unwirklich vor. Als der Lehrer das Boot an dem elegant geschwungenen Holzsteg mit dem schmiedeeisernen Torbogen anlegte, hatte sie gedacht, auch der Rest der Truppe träfe in Kürze ein. Der Lehrer reichte ihr die Hand und half ihr aus dem Boot. Schnellen Schrittes ging er die Anhöhe zu einer zweistöckigen, weißen Villa empor. Die moderne Architektur erinnerte an den Bauhausstil, klare Linien, Flachdach. »Kommen Sie!«, rief er ihr zu, als sie außer Atem ein paar Schritte zurückblieb. Als sie das Haus betrat, war der Hausherr verschwunden. Unschlüssig blieb sie in der Eingangshalle stehen. Eine breite, offene Treppe führte in das Obergeschoss, drei Türen erschlossen andere Räume. An den Wänden hingen große Bilder in leuchtenden Farben. Originale, vermutete Lydia. Und wertvoll. Sie drehte sich um ihre eigene Achse und erschrak, als der Lehrer aus einem der Nebenräume trat, in der Hand zwei schlanke Gläser, in denen eine bernsteinfarbene Flüssigkeit perlte. Champagner, war sich Lydia sicher und führte beide Hände an den Kopf, um den Sitz ihrer Frisur zu kontrollieren. Was hieß hier Frisur, sie hatte nicht mal eine Bürste gehabt, um die Haare auch nur einigermaßen zu richten. »Lassen Sie das!«, sagte er barsch und reichte ihr ein Glas. Wortlos prostete er ihr zu. Nachdem Lydia einen Schluck getrunken hatte, wies er auf ein angrenzendes Zimmer. »Das müssen Sie sich anschauen!«

Sie betraten den riesigen Wohnraum des Hauses. Diesen Raum, mit wenigen eleganten Möbeln ausgestattet, dominierten bis zum Boden reichende Fenster. Der Lehrer deutete auf ein weißes Ledersofa. Lydia setzte sich, sorgsam darauf bedacht, keinen Tropfen Champagner zu verschütten. Das Sofa war bequem, eine Eigenschaft, die sie normalerweise nicht mit modernem Design in Verbindung brachte. Der Ausblick war atemberaubend, vor ihr breitete sich der Bodensee in seiner ganzen Pracht aus, der Blick reichte von Konstanz bis fast nach Friedrichshafen. Lydia trank einen Schluck und erschrak, als er ihr von hinten in die Haare griff. Fast hätte sie das Glas fallen gelassen. Er bog ihren Kopf nach hinten, sodass sie zu ihm aufsah. Lydia konnte seinen Blick nicht deuten. Spöttisch? Gelangweilt? Seine Hände strichen durch ihre langen Haare. Sie hatte das Gefühl, dass sie sich statisch aufgeladen aufrichteten und wie ein Kranz um ihren Kopf standen. »Warum sind Sie hier, Lydia?« Sie versuchte ihre Gedanken zu ordnen, nicht mehr an die Hände zu denken, die jetzt ihr Kinn umfassten. »Nun, ich ...« Sie suchte nach einer plausiblen Antwort, aber er riss ungeduldig das Wort an sich. »Sie suchen das große Glück, Lydia. Und wissen Sie was?« Er strich mit dem Daumen seiner rechten Hand über ihre Oberlippe. Aus der Ferne war der Glockenschlag einer Kirche zu hören, Lydia schloss die Augen und versuchte, die Schläge mitzuzählen. »Wenn Sie gehorchen, ist das Glück am Ende Ihr Begleiter.«

Noch jetzt, drei Stunden später, seufzte sie auf und fuhr mit dem Händen durch den Badeschaum. Das Wasser hatte sich schon etwas abgekühlt, aber sie wollte diesen Kokon, der sie sanft umschmeichelte, noch nicht verlassen. Sie glaubte diesem Mann. Nie in ihrem Leben war sie sich so sicher gewesen, das Richtige zu tun. Sie wollte ihm gehorchen! Sie erschrak bei dem Gedanken, hielt sich die Nase zu und tauchte unter. War sie verrückt? An diesem Ort, in dieser Villa über dem See, war sie bereit gewesen, sich einem Mann hinzugeben, den sie erst einmal für eine Stunde gesehen und mit dem sie kein einziges privates Wort gewechselt hatte. Und das mit jeder Faser ihres Körpers und mit jedem ihrer Gedanken. Sie tauchte auf und prustete. Zum Glück hatte er die Situation nicht ausgenutzt. Dabei war sie enttäuscht gewesen, als er die Hände von ihrem Gesicht nahm. Sie wäre bereit. »Wir werden zuerst Ihre Frisur ändern. Und Ihr grässliches, nuttiges Make-up.« Sie dachte nicht einmal daran zu protestieren. »Es wird sich heute Nachmittag jemand darum kümmern. Halten Sie sich zur Verfügung!«

Sie drehte den Hahn auf und ließ warmes Wasser zulaufen. Wie spät es sein mochte? Sie hatte jegliches Zeitgefühl verloren. Mit langsamen Bewegungen verteilte sie den Badeschaum auf ihren Oberarmen.

»Es ist Zeit für die Veränderung!«

Lydia stockte vor Schreck der Atem. Mit einem Ruck, der ihre Halswirbel knacken ließ, drehte sie den Kopf zur Tür. Lässig an den Rahmen gelehnt, lächelte der Adjutor sie an. »Oh, habe ich Sie erschreckt? Das tut mir leid, aber ich dachte, man hätte mich angekündigt.«

»Ja, richtig«, stammelte Lydia und versuchte, ihre Brüste mit Schaum zu bedecken, während sie mit aufgerissenen

Augen kontrollierte, ob ihre Scham seinen Blicken verborgen war. »Gehen Sie bitte, ich komme gleich«, flüsterte sie.

Mit angehaltenem Atem hörte sie, wie er die Tür schloss. »Selbstverständlich Lydia! Lassen Sie sich Zeit. Die Auserwählte hat alle Zeit der Welt.«

Elf

Sechzehn Uhr fünfundfünfzig

Dennis Fellner wohnte im Konstanzer Ortsteil Egg, der sich in den letzten Jahren zu einer feinen Wohngegend unweit der Mainau und der Universität gemausert hatte. Bettina steuerte den Dienst-Golf stadtauswärts. Vor der Ampel in Allmannsdorf staute sich der Verkehr, in der Touristen-Hochsaison wollten wieder einmal zu viele auf die Autofähre nach Meersburg. Stephanie Bohlmann war äußerst wortkarg, manchmal schien sie die Erinnerung an Auer immer noch zu lähmen. Jetzt aber brach sie mit leiser Stimme ihr Schweigen. »Was hältst du von unserem neuen Kollegen?«

Bettina lehnte sich zurück und versuchte die verspannten Halsmuskeln zu lockern. »Optisch ist er zumindest eine Bereicherung.« Sie registrierte zufrieden, dass Stephanie lächelte. »Für einen Frischling macht er einen fitten Eindruck, finde ich.«

Bohlmann bewegte den Kopf leicht hin und her. »Alexander scheint allerdings nicht so begeistert von ihm zu sein.«

»Meinst du, weil er ihm nicht sofort das Du angeboten hat? Das hat nichts zu bedeuten, bei dir hat es doch auch lange gedauert.«

»Stimmt, ich hatte schon kaum noch darauf zu hoffen gewagt.« Sie griff in die Handtasche, die im Fußraum vor ihr stand, zog ihr Smartphone heraus und starrte auf das Display. »Meinst du, wir sollten Katja Grells Freund wirklich das Foto zeigen? Ich finde, man sieht zu deutlich, dass es sich um das Gesicht einer Toten handelt.«

»Niels ist zwar ein guter Fotograf, aber Wunder kann er auch nicht bewirken. Solange wir keinen bestätigten DNA-Abgleich haben, und das wird noch bis morgen dauern, bleibt uns doch nichts anderes übrig, wenn wir nicht weiter im Dunkeln tappen wollen.«

Stephanie wollte das Handy gerade verstauen, als ein lauter Pfiff den Eingang einer Nachricht anzeigte. Sie öffnete den Nachrichteneingang. »Von Alexander«, sagte sie und las vor. »Sind auf der Rückfahrt von Freiburg. Tote wurde erwürgt. Gibt wichtige Details. Da Quandt ohnehin seinen Einstand geben möchte, Treffen bei mir, 20 Uhr. Er sorgt für Getränke. Im Anhang ein paar Fotos von der Kleidung der Toten, vielleicht erkennt ihr Freund ja etwas. Bis nachher, A.«

»Nett von Jonas, uns einzuladen«, sagte Bettina.

»Ja, ja, hört sich für mich eher nach einem Arbeitstreffen an«, wandte Stephanie ein und schaute sich die Aufnahmen an.

Zehn Minuten später parkte Bettina den Wagen vor einem Mehrfamilienhaus in schlichter, moderner Architektur. Dennis Fellner meldete sich unmittelbar nach Bettinas Klingeln über die Sprechanlage, als habe er an der Tür gewartet. Er wohnte in der dritten Etage und stand in der geöffneten Wohnungstür. Bettina schätzte ihn auf Mitte dreißig, er trug eine helle Sommerhose und ein schwarzes, kurzärmeliges Hemd. Seine Haut war seltsam blass, als habe er den ganzen Sommer in geschlossenen Räumen verbracht. Er führte die beiden Polizistinnen direkt in den Wohnraum, von dem man einen schönen Blick auf den Bodensee und Meersburg auf der anderen Seeseite hatte. So kann man also auch in Konstanz wohnen, vorausgesetzt, man verfügt über das nötige Kleingeld, dachte Bettina und verdrängte die Bilder ihrer kleinen, mit unansehnlichen Möbeln vollgestellten Wohnung in Dettingen.

»Was gibt es Neues von Katja?«

Bettina wartete darauf, dass Fellner sich setzte. Als er aber keine Anstalten machte, sagte sie mit so ruhiger Stimme wie möglich. »Wir müssen einer Spur nachgehen, von der wir noch nicht wissen, ob sie überhaupt mit Ihrer Freundin in Zusammenhang steht.« Sie nickte Stephanie zu, die das bearbeitete Bild aus der Rechtsmedizin auf ihrem Smartphone öffnete. »Schauen Sie sich bitte dieses Foto an.«

Fellner nahm ihr das Handy ab und starrte auf den Bildschirm. »Das ist ...« Er schluckte. »Ist sie ...?« Langsam ließ er sich in einen Sessel fallen.

»Ja, Herr Fellner, die Frau auf dem Foto ist tot.« Bettina unterdrückte den Impuls, ihn zu fragen, ob es sich um seine Freundin handelte. Es war auch nicht nötig, denn Fellner begann, lautlos zu weinen. »Katja!« Nur dieses eine Wort, mehr sagte der junge Mann nicht.

Berg und Bohlmann warteten fast eine Minute, ehe sie mit der Befragung begannen. Bettina machte den Anfang. »Sind Sie sich sicher, Herr Fellner? Der Tod verändert das Aussehen von Menschen.«

»Ich werde doch wohl meine Freundin erkennen«, brauste er auf und die Trauer in seinem Gesicht wich der Wut. »Was ist passiert?«

»Das wissen wir noch nicht.«

»Wo wurde sie gefunden? Wann und wie ist sie gestorben? Nun reden Sie doch schon.«

»Ein Spaziergänger entdeckte sie heute Morgen im Lorettowald. Wann und wie sie gestorben ist, steht noch nicht mit Sicherheit fest, bei diesen Fragen sind wir zum Teil auch auf Ihre Hilfe angewiesen.«

Fellner starrte Bettina an, als verstünde er kein Wort. Stephanie nahm ihm das Smartphone ab und öffnete eine andere Datei. »Gehören diese Sachen Ihrer Freunin?«

Er ergriff das Handy erneut, schaute auf das Foto und schüttelte den Kopf.

»Da sind noch mehr Bilder«, sagte Stephanie und er blätterte immer schneller durch die Bildergalerie. »Nein, zum Teufel. So etwas hätte Katja nie angezogen.«

Er stand abrupt auf, ging zu einem schmalen Sideboard mit Rauchglastüren und nahm einen randlosen Bilderrahmen in die Hand. »Hier! Das ist Katja, wie sie leibt und lebt.« Er hatte den Satz kaum ausgesprochen, als er zu schluchzen begann. Bettina nahm ihm die Porträtfotografie ab und betrachtet die Frau. Groß war sie und schlank. Ihre glänzenden schwarzen Haare hatte sie zu einem kunstvollen Gebilde zusammengebunden, eine Strähne fiel ihr keck ins Gesicht. Sie trug ein leuchtend orangefarbenes Kleid, das über dem Knie endete, es saß wie maßgeschneidert, an den Füßen High Heels, Bettina tippte auf einen sündhaft teuren Designer. Die Frau hatte Stil, dezente Zurückhaltung war ihre Sache aber nicht, denn auch am Make-up hatte sie nicht gespart. Knallrote Lippen leuchteten dem Betrachter entgegen. Bettina reichte das Bild Stephanie und atmete tief ein. »Wir wissen, dass es Ihnen nicht leicht fällt, Herr Fellner, aber wir möchten Sie bitten, uns mit einigen Informationen bei den Ermittlungen zu helfen. In erster Linie müssen wir wissen, wo Katja Grell gewohnt hat, wo hat sie gearbeitet, was hat sie an den Tagen vor ihrem Verschwinden gemacht?« Sie machte eine Pause und versuchte, Blickkontakt zu Fellner herzustellen, der nach ein paar Sekunden tatsächlich den Kopf hob. »Sind Sie dazu jetzt bereit, Herr Fellner?« Der junge Mann wischte sich mit dem Handrücken eine Träne von der Wange und nickte.

Zwölf

Siebzehn Uhr zehn

Dieser Nachmittag mit der Auserwählten ist immer etwas Besonderes. Diesmal sogar mehr als sonst. Ihr Anblick in der Wanne war reizend, die Gute hat gar nicht gemerkt, dass ich sie ein paar Minuten beobachtet habe. Als sie mich sah, schien der Schreck sie fast zu lähmen, dabei braucht sie vor mir keine Angst zu haben. Als ich hinter ihr stand und ihre Haare kämmte, roch sie herrlich wie ein frisch gebadetes Baby. Ihr Duft hängt noch jetzt an meinen Händen, während ich den Seidenslip betrachte, den ich gleich beim Betreten ihres Zimmers von dem Stuhl genommen hatte, auf den sie ihn vermutlich achtlos abgelegt hatte. Ich bin mir nicht sicher, welcher Duft betörender ist, der unschuldig kindliche oder der sündhaft weibliche. Ich habe viel Zeit, es herauszufinden. Pietro, der Coiffeur, wartete geduldig vor der Tür, bis ich ihn hereinrief. Wir rufen ihn, wann immer ein Styling zu verändern ist. Die Anweisungen waren klar und er machte sich forsch ans Werk. Ich setzte mich auf einen Stuhl der Auserwählten gegenüber, damit ich ihre Mimik verfolgen konnte, während Pietro konzentriert arbeitete. Erst schien sie gelassen, doch je mehr Locken zu Boden fielen, desto panischer wurde ihr Gesichtsausdruck. Leider kommt es nicht so oft vor, dass die Haare einer Auserwählten fallen müssen, meistens geht es um andere Dinge: Piercings, die entfernt werden müssen, störende Tätowierungen oder allzu tiefe Falten an Körperstellen, die makellos zu sein haben. Haare sind am aufregendsten, denn sie symbolisierten die Weiblichkeit in Reinkultur. Pietro brauchte keine fünf Minuten, bis er mit schnellen Bewegungen die nur noch wenige Zentimeter langen Haare mit Gel zu einer frechen Kopfskulptur modelliert hatte. Mir schien es perfekt. Nachdem der Friseur gegangen war, bat ich die Auserwählte, die ihren Körper in der durch mein plötzliches Auftauchen verursachten Eile nur in einen Bademantel gehüllt hatte, die Kleider anzuziehen, die sich in dem braunen Koffer an der Tür befanden. Ihren fragenden Blick beantwortete ich mit einem kurzen, aufmunternden Nicken und verließ das Zimmer, nicht ohne mich zuvor mit einem raschen Blick an die Decke davon zu überzeugen, dass alles in bester Ordnung war.

Dreizehn

Zwanzig Uhr zehn

Grendel kam als letzter, Thal hatte ihn gebeten, zu dem abendlichen Treffen ebenfalls zu erscheinen, obwohl er nicht direkt zum Kommissariat 1 gehörte. Es war gut, wenn der neue Kollege ihn kennenlernte, denn die Erfahrung des Kriminaltechnikers hatte sich schon oft als wertvoll erwiesen. Madlaina hatte er auch eingeladen, ohne Quandt zu fragen. Thal wollte heute Nacht nicht alleine schlafen.

»Na, das nenne ich einen Abendimbiss«, rief Grendel fröhlich, als er sich neben Bettina Berg auf die Couch fallen ließ. Quandt hatte sich nicht lumpen lassen, auf dem Tisch standen mehrere Platten mit Antipasti. Thal hatte dem jungen Kollegen geraten, die Sachen bei Donato zu kaufen; es gab also keinen Zweifel an der Qualität der Speisen. Wein und Bier steuerte Thal bei, er wollte nicht das Risiko eingehen, dass am Ende ein Roter vom Discounter auf dem Tisch stand. Quandt hob ein Glas mit Mineralwasser. »Schön, dass ihr alle kommen konntet. Ich freue mich sehr, in eurem Team zu sein.«

Thal erhob ebenfalls sein Glas und räusperte sich. »Herzlich willkommen! Sie haben Ihre Kollegen ja schon kennengelernt, bleibt mir nur, Ihnen Madlaina Veicht vorzustellen, Adjutantin der Kantonspolizei St. Gallen mit Ausbildung zur Fallanalytikerin an der FBI-Akademie in Quantico.«

»Und ich dachte, du hättest mich als deine Freundin eingeladen«, fiel ihm Madlaina mit ihrer sonoren Stimme ins Wort. Sie beugte sich vor und stieß mit Quandt an, der, wie Thal mit Vergnügen bemerkte, seinen Blick nur schwer von ihren Beinen nehmen konnte. Der kurze, wie immer schwarze Rock endete deutlich oberhalb des Knies und die Absätze ihrer Schuhe erschienen Thal noch mörderischer als sonst. Wie selbstverständlich übernahm Madlaina die Rolle der Gastgeberin und bat Quandt, doch etwas mehr von sich zu erzählen. Thal war überrascht, wie selbstsicher der junge Mann seinen bisherigen Lebenslauf zusammenfasste. Geboren als Sohn eines Metzger-Ehepaars, das in Brackenheim, dem Geburtsort von Theodor Heuss, eine kleine Fleischerei betrieb. Nach dem Abitur ging Quandt nach Hamburg, um Jura zu studieren. Dreieinhalb Jahre später kehrte er, frustriert von dem trockenen Studium und einer unglücklichen Liebe, zurück in die schwäbische Heimat und begann eine Ausbildung bei der Polizei in Heilbronn, die er vor wenigen Tagen mit der Abschlussprüfung an der Polizeihochschule in Villingen abgeschlossen hatte. »Das war der Schnelldurchgang«, schloss er seinen Bericht. »Mehr gibt es jederzeit im privaten Gespräch.« Thal entging das verschmitzte Lächeln nicht, mit dem er den letzten Satz unterstrich. Nachdem alle sich noch einmal bei Donatos Köstlichkeiten bedient hatten, kam Thal auf den Fall zu sprechen. »Was hat euer Besuch bei Katja Grells Freund ergeben, Bettina? Wie heißt er noch mal ...?«

»Dennis Fellner.« Bettina holte sich mit einem kurzen Blick Stephanie Bohlmanns Einverständnis, dass sie die Ergebnisse des Treffens vortragen sollte. »Er hat die Tote eindeutig als seine Freundin identifiziert, das war's aber auch schon. Wir haben ihm noch die Fotos der Kleidung gezeigt, die er aber noch nie gesehen haben will.«

»Was ich für absolut glaubwürdig halte«, unterbrach Stephanie Bohlmann die Kollegin, beugte sich zu ihrer Tasche herunter und holte ein gerahmtes Foto heraus. »Das ist Katja Grell, fotografiert vor ein paar Monaten. Man könnte meinen, dass ihr Nachname Programm war. Die Billigkleidung, die sie trug, als man sie verscharrte, passt da irgendwie überhaupt nicht ins Bild.«

Stephanie reichte Grendel das Foto, der es nach eingehender Betrachtung weiterreichte. Bis alle die Fotografie angesehen hatten, sagte niemand ein Wort. Thal stellte den Rahmen zum Schluss auf den Tisch wie ein Mahnmal, das sie trotz der legeren Atmosphäre an den Ernst der Situation erinnern sollte. »Was wissen wir noch über Katja Grell?«

Bettina Berg nahm den Gesprächsfaden wieder auf. »Fellner war nicht in der Lage, uns detaillierte Informationen zu liefern. Wir haben ihn gebeten, morgen Vormittag ins Präsidium zu kommen, um uns zu helfen, die letzten Tage vor Katja Grells Verschwinden zu rekonstruieren. Bis jetzt steht nur fest, dass sie bei der Werbeagentur Walther & Walther angestellt war.«

Thal kam der Name bekannt vor, aber er wusste nicht, aus welchem Zusammenhang und fragte deshalb: »In Konstanz?«

Bettina nickte. »Der Hauptsitz der Agentur ist in München, aber die Abteilung Soziale Medien ist bei der Zweigstelle angesiedelt, die an der Seestraße und damit an der feinsten Adresse der Stadt residiert.«

Grendel stieß einen bewundernden Laut aus. »Da müssen die Geschäfte aber laufen!«

»Was zu überprüfen sein wird«, warf Quandt ein und Thal freute sich, dass der junge Kollege sich diesen Einwand zutraute und nicht in der schweigenden Rolle eines unbedarften Neulings verharrte. Thal nickte Bettina zu, die mit ihrem Bericht fortfuhr. »Wir wissen noch nicht allzu viel von Katjas Arbeit, Fellner meinte aber, sie hätte eine blitzsaubere Karriere hingelegt, was auch immer das bedeuten mag.«

Thal nickte. »Damit ist ein Ermittlungsansatz klar. Bettina und ich bleiben an Fellner dran und besuchen auch die Agentur. Wir müssen so viel wie möglich über Katja Grell herausbekommen.« Er machte eine Pause und schaute Quandt an. »Setzen Sie bitte die Kolleginnen und Hartmut Grendel über die Obduktion ins Bild.«

Thal lehnte sich entspannt zurück, als Quandt mit seinem Bericht begann. »Unser Opfer wurde erwürgt, vermutlich mit bloßen Händen. Den Todeszeitpunkt wird erst der Entomologe genauer bestimmen können. Der Täter entfernte der Leiche posthum die Augäpfel, außerdem trennte er den rechten, großen Zeh ab und zertrümmerte die Ferse der Toten möglicherweise mit einem Hammer. Auch die Amputation des Zehs geschah mit ziemlicher Sicherheit nach Eintritt des Todes.«

Thal war beeindruckt, wie knapp und präzise der junge Kollege die Obduktionsergebnisse vortrug. Als er ihn fragen wollte, ob es sonst noch etwas gäbe, stöhnte Madlaina auf. »Seltsames Vorgehen, findet ihr nicht? Für mich sieht das nach einer rituellen Handlung aus.«

»Wie meinen Sie das?«, fragte Quandt und rieb mit dem rechten Zeigefinger über die Narbe auf dem Handrücken.

»In der Schweiz duzen wir uns unter Kollegen«, entgegnete Madlaina, was Quandt mit einem Lächeln beantwortete und Thal als leise Kritik an seiner Distanz verstand. »Gerne«, sagte Quandt und wiederholte seine Frage. »Was meinst du mit rituell?«

»Ein Handlungsmuster.« Madlaina machte eine kurze Pause und atmete tief durch. »Jemand erwürgt eine Frau mit bloßen Händen, schneidet ihr anschließend einen Zeh ab, zertrümmert ihre Ferse mit einem Hammer und sticht ihr zum Schluss noch die Augen aus. Das sieht nicht nach einer Tat im Affekt aus.«

»Sondern?«, fragte Thal, dem schon jetzt ein Schauer über den Rücken lief, weil er wusste, worauf Madlaina hinauswollte. Sie bestätigte seine Befürchtungen. »Es gibt mehrere rituelle Handlungen bei dieser Tat, der Ablauf scheint einer genau geplanten und festgelegten Choreografie zu folgen. Wenn ein Täter das erste Mal tötet, hat er noch kein so klar strukturiertes Programm. Dieser Mord war nicht seine erste Tat.«

»Und wird nicht die letzte bleiben«, ergänzte Grendel. Es trat Stille ein. Jeder hing seinen Gedanken nach; jeder hoffte, dass die Schweizer Kollegin vielleicht übertrieb, und wusste gleichzeitig, dass sie recht hatte. »Zumal wir ja auch noch den Schuh haben«, zerschnitt Quandt die Stille. »Der passt zu deiner Theorie, Madlaina. Ein einzelner Schuh, blutgetränkt und wie eine Grabbeigabe der Toten beigelegt.«

»Moment«, sagte Thal und hob die Hand. »Das ist jetzt reine Spekulation. Möglicherweise hat die Tote den zweiten Schuh beim Transport vom Tatort zum Fundort verloren. Wir wissen ja nicht einmal sicher, ob es überhaupt ihr Schuh ist.« Thal klammerte sich an diesen Gedanken und die Hoffnung, Madlaina könne sich irren. Als er in die Runde blickte, sah er blankes Entsetzen in den Gesichtern.

Vierzehn

Zweiundzwanzig Uhr fünfunddreißig

Lydia versuchte, zur Ruhe zu kommen, aber es gelang ihr nicht. Sie fühlte sich wie durch eine Mangel gedreht, erschöpft und aufgeputscht zugleich. Sie öffnete das Fenster, um die Hitze des Tages aus ihrem Zimmer zu bekommen. Draußen waren es trotz der späten Stunde noch über zwanzig Grad und im Zimmer schien die stickige Luft zu stehen. Sie setzte sich auf den unbequemen Stuhl vor dem Schreibtisch, starrte in den Spiegel und lachte unvermittelt und laut auf. Warum kam ihr jetzt bloß dieser Satz aus »Schneewittchen« in den Sinn? Spieglein, Spieglein an der Wand, wer ist die Schönste im ganzen Land? Sie fuhr sich mit beiden Händen durch die nur noch zwei Zentimeter langen Haare, die dank klebriger Chemie wie ein Stachelpanzer von ihrem Kopf abstanden.

Warum hatte sie das mit sich machen lassen? Sie hatte ihre Mähne geliebt. Wie hatte der Lehrer ihre Frisur genannt? »Die Haare waren der Fetisch deiner Verklemmtheit, Lydia.« Und das vor den anderen Frauen. Am liebsten wäre sie im Boden versunken. Als sie den Seminarraum betrat, wies der Adjutor ihr einen breiten, bequemen Sessel in der Mitte des Raums zu. Die anderen saßen im Kreis um sie herum. Am Anfang hatte sie gedacht, es wäre eine Art Thron, aber nach kurzer Zeit war ihr klar, dass es eher ein heißer Stuhl war. Als der Lehrer den Raum betrat, stellte er sich hinter sie. Er legte ihr die Hände auf die Schultern und sie sackte unter der Last einige Zentimeter nach unten. »Warum bist du hier, Lydia?« Sie suchte nach der Antwort. Die Wahrheit erschien ihr zu profan. Sie wollte Karriere machen, Marketingleiterin bei einer kleinen IT-Klitsche in Ulm konnte nicht alles gewesen sein, aber dazu musste sie endlich mal ein Vorstellungsgespräch meistern. Sie wurde zwar fast immer eingeladen, am Ende aber doch nicht eingestellt. Automatisch hob sie die Hände, um ihre Frisur zu prüfen. Aber da war nichts mehr, das den Aufwand lohnte. Der Lehrer nahm ihre Hände und hob sie hoch. »Schaut euch Lydia an. Was seht Ihr?«

Sie konnte sich kaum rühren, denn er hielt ihre Handgelenke wie ein Schraubstock. Das Blut folgte der Schwerkraft und wich aus ihren Fingern, die zu kribbeln begannen. Er fasste sie noch fester. »Seht ihr eine schöne Frau?«

»Ja«, kam es von einigen zaghaft. Sie hoffte, dass er die Frage wiederholte, wie er es immer tat, wenn nicht alle die Antwort brüllten. Stattdessen ließ er ihre Hände los, die wie von selbst kraftlos nach unten fielen. Er schnippte mit den Fingern, woraufhin der Adjutor einen mannshohen, auf einem fahrbaren Gestell gelagerten Spiegel vor Lydia rollte. »Was siehst du?« fragte der Lehrer und führte den Spiegel langsam von rechts nach links. »Siehst du eine schöne Frau?« Sie schluckte. Er riss den Spiegel mit einem Ruck zur Seite, der zwei Meter in den Raum rollte, breitete die Arme aus und schaute ins Publikum der anderen elf Frauen. »Habt ihr etwas gehört?« Betretenes Schweigen war die Antwort. »Nein?« Er drehte sich wie in Zeitlupe zu Lydia um. »Nein! Ihr habt nichts gehört. Und warum?« Erneut trat er hinter sie, legte ihr aber diesmal die Handflächen auf die Wangen, die brannten, als drückte er ein Bügeleisen dagegen. »Weil Lydia nein gesagt hat! Nein zu sich selbst. Sie mag sich nicht. Sie hasst ihre Frisur. Sie hat ihre Haare auch vorher nicht gemocht, sie waren nur eine Krücke.« Er ließ von ihr ab und stellte sich zwei Meter entfernt vor sie. Theatralisch hob er die Hände an den Kopf, als betaste er eine Hochfrisur. Einige Frauen lachten. Lydia schaute sich Hilfe suchend um. Die meisten folgten fasziniert der Vorstellung des Lehrers, nur Marianne Klemmstein schaute sie an und nickte, als wollte sie ihr damit Mut zusprechen. Der Lehrer drehte sich um die eigene Achse und wirbelte auf Lydia zu. In einer einzigen, fließenden Bewegung legte er seinen rechten Arm um sie und zog sie hoch. Willenlos fand sie sich in einer Tanzposition wieder. Aus dem hinteren Teil des Raumes kamen die Klänge eines Akkordeons. Der Adjutor, dachte sie und tatsächlich trat er nach vorne, scheinbar völlig versunken in sein eigenes Spiel. Der Lehrer fasste sie kräftiger und begann zu tanzen. Sie konnte keinen Tango, aber es fühlte sich trotzdem richtig an. »Wenn du es willst, bist du die begehrenswerteste Frau der Welt«, flüsterte ihr der Lehrer ins Ohr. Er brachte sein Bein zwischen ihre Schenkel und drückte sie nach hinten. Ihr Körper war gespannt wie eine Sehne. »Sag ja!«, flüsterte er. Sie sog so viel Luft ein, wie sie konnte und schrie es hinaus. »Ja!« Er riss sie hoch und ehe sie erneut einatmen konnte, spürte sie seine Lippen auf ihren. Der Adjutor quetschte einen dissonanten Schlussakkord aus seinem Instrument und die anderen Frauen klatschten und johlten.

Lydia schlug sich die Hände vors Gesicht. Hatte sie sich vorhin zum Narren gemacht? Sie blickte in den Spiegel. »Spieglein, Spieglein ...«

»Ich«, flüsterte sie. »Ich! Ich! Ich!«

Dritter Tag

Fünfzehn

Acht Uhr fünfundvierzig

»Glaubst du wirklich, dass wir es mit einem psychopathischen Serientäter zu tun haben?« Bettina blickte Thal von der Seite an, der kaum merklich die Schultern hob. »Ich meine«, fuhr Bettina fort, »Madlainas Erfahrungen als Profilerin in den USA in allen Ehren, aber wir sind hier in Deutschland und noch dazu am Bodensee, da kommt so etwas ja nicht alle Tage vor.«

Thal hätte Bettina gerne zugestimmt, aber Madlaina hatte einen Zweifel in ihm gesät, den er nicht so schnell loswurde. Nachdem die anderen gegangen waren, hatten sie noch lange über die Tote und die Vorgehensweise des Täters geredet. Am Ende war sich auch Madlaina nicht mehr so sicher, was die Serientheorie anging. Gut möglich, dass sie es mit einer Tat zu tun hatten, deren Ursprung in einer tiefen Emotion lag. Gefühle wie Eifersucht oder Zurückweisung können Rachegedanken auslösen, die zu sehr eigenartigen Verhaltensweisen führten. Sie mussten versuchen, die Verstümmelungen in Zusammenhänge zu stellen, in denen sie einen Sinn ergaben, aber das war leicht gesagt. Noch hatte sie keine Ahnung, wie sie das Tatmuster entschlüsseln sollten, das eine Art Code zu sein schien.

Berg und Thal hatten die Promenade am Seerhein erreicht, die zu dieser frühen Stunde nur einige Jogger zur körperlichen Ertüchtigung nutzten. Thal wich einer übergewichtigen Frau aus, die laut schnaufend und mit hochrotem Kopf beinahe in ihn hineingelaufen wäre, wobei Laufen die Gangart nur unzureichend beschrieb, in der sie unterwegs war.

»Gehen wir davon aus, wir haben es mit einer Einzeltat zu tun, Bettina. Warum hat der Täter seinem Opfer Katja Grell einen Zeh entfernt und die Ferse zertrümmert?«

»Die entfernten Augäpfel nicht zu vergessen.« Bettina sprach stakkatohaft, sie war außer Atem und bemühte sich, nicht zurückzufallen. Thal verlangsamte seine Schritte. Die Kollegin war kalkweiß im Gesicht. »Geht es dir nicht gut, Bettina?« Sie schüttelte mit dem Kopf. »Ich bin nur völlig außer Form, müsste dringend öfter an die frische Luft, statt am Schreibtisch zu sitzen.« Sie machte eine kurze Pause, in der sie tief einatmete. »Und dann haben wir da noch den Schuh. Bevor wir gegangen sind, habe ich mit Grendel telefoniert, es handelt sich wirklich um Blutreste am Absatz, die Analyse läuft. Ich verwette mein freies Wochenende, dass es sich um das Blut des Opfers handelt.«

Thal hielt nicht dagegen, allerdings brachte sie das auch nicht weiter. Sie brauchten mehr Informationen über die Tote, hoffentlich waren die Kollegen in der Firma gesprächig. Sie hatten die Unterführung unter der Neuen Rheinbrücke erreicht, die mit wilden Graffiti verziert war. »Was wissen wir von der Agentur, in der Katja Grell gearbeitet hat?«, fragte Thal.

»Auf die Schnelle habe ich nicht viel zusammentragen können. Walther & Walther gehört zu den zehn größten deutschen Werbeagenturen. Hauptsitz ist in München, aber es gibt Zweigstellen in Berlin, Hamburg, Köln und Konstanz. Insgesamt beschäftigen sie rund 250 Mitarbeiter, davon aber nur etwa dreißig hier am See.«

Sie bogen in die noble Seestraße mit ihren prachtvollen Gründerzeithäusern ab. Walther & Walther hatte ihre Büros in einem repräsentativen Gebäude am Anfang der Prachtpromenade. Bevor Thal den Klingelknopf drücken konnte, legte ihm Bettina die Hand auf den Arm. »Übrigens hat mich Tobias angerufen, kurz bevor wir losgegangen sind, sie haben natürlich längst Wind von dem Leichenfund bekommen. Wir sollten ihn bald informieren, sonst reimt er sich irgendetwas zusammen.« Thal nickte und zog sein Handy aus der Tasche. Sein Sohn meldete sich nach dem ersten Klingeln. »Hallo Paps! Habt ihr den Täter?« Thal lachte auf. »Wenn es so wäre, würdest du es als Erster erfahren, schließlich werden wir gerne in deinem Lokalblatt gelobt.« Er machte eine kurze Pause, als Tobias aber keine Anstalten machte weiterzufragen, war auch er kurz angebunden. »Komm in zwei Stunden ins Präsidium, dann erfährst du alles Wichtige noch vor der Pressekonferenz.« Er legte auf und Bettina sah ihn fragend an. »Davon wusste ich ja noch gar nichts.«

»Ich auch nicht.« Thal lachte kurz auf. »Aber glaubst du, der Imam lässt sich diese Chance entgehen, mal wieder vor die vereinte Bodensee-Presse aus Deutschland, Österreich und der Schweiz zu treten?«

»Vergiss Liechtenstein nicht«, sagte Bettina und drückte den Klingelknopf der Agentur. Wie sehr Thal ihre flapsige Art mochte, mit der sie selbst in der ernsthaftesten Ermittlung eine Vertrautheit herstellte, die von Anfang an zwischen ihnen geherrscht hatte!

Fünf Minuten später saßen sie in einem mindestens vierzig Quadratmeter großen Büro mit hohen Decken und eleganten Stuckverzierungen. Thal atmete den Geruch des Espresso ein, um den er die junge Dame am Empfang – vermutlich eine Praktikantin – mit einem Fingerzeig auf die chromglänzende Pavoni in der winzigen Küche gebeten hatte. »Oh«, hatte sie geantwortet und dabei den Mund zu einem fast perfekten Kreis geformt, »da muss ich Seelmann fragen, er ist der Einzige im Haus, der damit umgehen kann.« Thal nahm den ersten Schluck und war begeistert. Seelmann verstand sein Barista-Handwerk.

»Gut?«, fragte Bettina.

»Perfekt«, antwortete Thal und leerte die Tasse mit einem zweiten, kräftigen Schluck. Er ließ den Blick durch den Raum schweifen. Die Einrichtung bestand aus Design-Ikonen. Die Sitzmöbel stammten von Charles Eames, vor den Fenstern stand ein Lounge Chair, den Thal nach wie vor für einen der schönsten Sessel überhaupt hielt. Sideboards und Schränke im Bauhausstil passten perfekt dazu. Thal drehte sich und stutzte. Im ersten Moment glaubte er, sich geirrt zu haben, aber es gab keinen Zweifel. Hinter dem Schreibtisch hing ein Landschaftsgemälde aus Leahs Nachlass, dessen Verkauf ihn zu einem reichen Kriminalpolizisten gemacht hatte. Wie lautete der Titel noch? Irgendetwas mit See und Novembernebel, mehr fiel ihm nicht ein. Offenbar hatte er ein bisschen zu lange auf das Bild gestarrt, denn Bettina fragte: »Ist es von Leah?« Thal nickte und lächelte sie an. Die Kollegin war wie üblich perfekt gekleidet. Ein flaschengrüner Hosenanzug, dazu hochhackige Schuhe und eine farblich abgepasste Ledertasche, die vermutlich das teuerste Stück ihres Outfits war. Sie hatte die Beine übereinandergeschlagen und strahlte Gelassenheit und Ruhe aus, während ihn das für den Beginn einer Ermittlung typische Kribbeln durchflutete.

Fast geräuschlos öffnete sich die Tür und ein hagerer, hoch aufgeschossener Mann mit kahl rasiertem Schädel und buschigen Augenbrauen betrat den Raum. Thal schätzte ihn auf Mitte dreißig. Mit federnden Schritten ging er auf Bettina zu und streckte ihr die Hand entgegen. »Behalten Sie doch bitte Platz, Frau ...?« Während er Bettina die Hand schüttelte, stellte sie sich und Alexander vor, was er mit einem seltsam altmodischen »Max Walther, habe die Ehre« beantwortete. Als er Thal ebenfalls die Hand schüttelte, fragte Thal: »Walther von ...?«

»Ganz recht, ich bin der Junior von Walther & Walther. Sie haben Glück, dass Sie mich antreffen, normalerweise arbeite ich wie mein Vater in unserer Zentrale in München, aber seit Frau Grell nicht zur Arbeit erscheint ...« Er brach ab, vermutlich war er sich seiner unpassenden Bemerkung bewusst geworden, fing sich allerdings rasch wieder. »Ich nehme an, deswegen sind Sie hier?«

Nach einem kurzen Blickkontakt mit Thal übernahm Bettina die Gesprächsführung. »So ist es, Herr Walther. Wir versuchen, die letzten Tage vor Katja Grells Verschwinden zu rekonstruieren. Außerdem möchten wir uns ein Bild von ihr machen und hoffen, dass Sie uns dabei behilflich sein können.«

»Nun ja«, sagte Walther und winkte dabei für Thals Gefühl eine Spur zu theatralisch ab. »Was man als Chef halt so über seine leitende Mitarbeiterin weiß.« Er goss sich noch im Stehen ein Glas Wasser ein und fragte, die Hand bereits zum Mund führend, eher beiläufig: »Gibt es denn neue Erkenntnisse über die Vermisste?«

Bettina hatte ihren Blick starr auf den Agenturchef gerichtet und antwortete schnell und deutlich, während er einen großen Schluck trank: »Ein Spaziergänger hat gestern im Lorettowald die Leiche einer Frau gefunden, bei der es sich mit an Sicherheit grenzender Wahrscheinlichkeit um Katja Grell handelt.«

Für einen Moment glaubte Thal, Max Walther würde das Wasser in hohem Bogen ausspucken, denn er atmete mit einem tiefen Stöhnen durch die Nase aus. Katjas Freund hatte ihn also noch nicht informiert. Wie in Zeitlupe stellte Walther das Glas auf den Tisch. Es schien, als bemühte er sich, kein Geräusch zu machen. Langsam ließ er sich auf den dritten Sessel nieder und umfasste die Lehne mit festem Griff. »Wurde sie ...?«

»Sie meinen, ob Ihre Mitarbeiterin Opfer eines Verbrechens wurde?«, fragte Bettina und durchbohrte ihr Gegenüber noch immer mit ihrem Blick. Walther nickte stumm.

»Das wissen wir noch nicht, die Ermittlungen haben ja erst begonnen.«

Bravo, dachte Thal und beglückwünschte sich dazu, Bettina zu dieser Befragung mitgenommen zu haben. Erst hatte er überlegt, Quandt hinzuzuziehen, aber wer weiß, womöglich hätte der Frischling Ermittlungsergebnisse ausgeplaudert, bevor sie sich darüber verständigten, was die Öffentlichkeit erfahren sollte und was nicht. Solche Fehler unterliefen Bettina nie.

»Erzählen Sie uns etwas über Katja Grell, Herr Walther. Was war sie für ein Mensch?«

Der Juniorchef krallte seine Hände noch fester an die Sessellehne. Es schien, als brauche er alle Kraft seiner Arme, um den Oberkörper nicht nach vorne fallen zu lassen. »Was soll ich sagen?«, begann er fast flüsternd, räusperte sich anschließend, fand aber nicht zur klaren Stimme der Begrüßung zurück. »Sie war eine hervorragende Mitarbeiterin.«

»Wie lange war sie schon in Ihrem Unternehmen?«

Walther presste die Lippen zusammen, als stünde er vor der schwierigsten Aufgabe eines Examens. »Es muss ungefähr drei Jahre her sein, dass sie zu uns kam. Genau kann Ihnen darüber unsere Personalabteilung in München Auskunft geben, wenn Sie wollen ...« Er zog ein Handy aus der Tasche seines schwarzen Jacketts, aber Bettina winkte ab und Walther legte das Telefon auf den Tisch. »Katja, Frau Grell meine ich, war vorher bei einer kleinen Agentur als Kontakterin unterwegs. Bei uns ging es schnell nach oben, heute verantwortet sie den gesamten Social-Media-Bereich der Agentur.« Walther schien sich zu fangen, er löste den Klammergriff seiner Hände und rieb mit den Handflächen über die Oberschenkel.

Bettina beugte sich ein wenig nach vorne. »Was wissen Sie von Frau Grells Privatleben?«

»Nichts«, kam es wie aus der Pistole geschossen. »Da fragen Sie besser ihre Kolleginnen und Kollegen. Abseits der Agentur dürfte sie in ihrer Position nicht viel freie Zeit gehabt haben.«

»Mit wem sprechen wir am besten zuerst?«

Diese Frage bedurfte wieder eines längeren Nachdenkens, schließlich murmelte Walther mehr, als dass er klar antwortete: »Jana. Jana Scho, ihre Assistentin. Ich glaube, die beiden waren befreundet.«

Thal stand auf. »Wo finden wir diese Jana?«

Walther erhob sich wortlos und ging zur Tür. Er hatte die Klinke schon in der Hand, als Thal ihn noch einmal ansprach. »Wie lange bleiben Sie in Konstanz.«

»Bis übermorgen.«

»Das ist gut«, sagte Thal und fügte hinzu: »Sollten Sie früher abreisen wollen, lassen Sie uns das bitte wissen.«

Ohne noch etwas zu sagen, führte Walther die beiden Ermittler in ein kleines Büro am Ende des langen Flurs. An einem von Papieren und Aktenmappen übersäten Glasschreibtisch saß eine höchstens fünfundzwanzig Jahre alte Frau und starrte auf den Computermonitor. »Was gibt's? Ich habe jetzt echt keine Zeit für Büroklatsch.« Sie wandte den Blick nicht von den Grafiken auf dem Bildschirm ab, durch die sie mit hektischen Mausklicks navigierte.

»Es geht um Katja«, sagte Walther und der Ton seiner Stimme schien seine Mitarbeiterin derart zu alarmieren, dass sie ruckartig den Stuhl nach hinten schob. »Was ist mit ihr?«

Thal erklärte ihr in knappen Worten die Situation und registrierte, dass die junge Frau hektisch auf ihrer Unterlippe zu kauen begann. Bettina bat Walther, sie mit Katjas Assistentin allein zu lassen, worauf er sich verabschiedete. Er müsse unbedingt an die frische Luft.

Thal übernahm Jana Schos Befragung, die anfangs nervös und ständig imaginäre Flusen von ihrer Bluse zupfend antwortete. Sie hatte schon bei Walther & Walther gearbeitet, als Katja eingestellt worden war. Sie hatten sich schnell auch abseits der Arbeit befreundet, denn sie waren beide fremd in der Stadt und Single.

»Das blieb aber nicht lange so, oder?« Thal hatte die Frage ins Blaue gestellt, aber Jana Scho lachte auf. »Natürlich nicht. Katja war die extrovertierteste Person, die ich jemals getroffen habe und hatte den passenden Namen, denn sie war eine durch und durch grelle Persönlichkeit. Mit ihr blieb man nie lange alleine.«

Thal lächelte angesichts der bildhaften Sprache. »Sie meinen Dennis Fellner, Katjas Freund?«

»Unter anderem«, antwortete die Assistentin und fächerte sich mit einem Aktendeckel Luft zu.

»Es gab also noch andere?«

Jana Scho nickte und zuckte gleichzeitig mit den Schultern, was auf der einen Seite grotesk aussah, auf der anderen aber wie ein klares Statement wirkte. Sie würde aus freundschaftlicher Solidarität hinaus über intime Dinge schweigen.

Bettina schien zu spüren, dass Thal nicht weiterkam, und mischte sich ein. »Sie sagten, Ihre Freundin wäre extrovertiert gewesen. Da hatte sie doch bestimmt auch viele Freundschaften mit Kollegen?«

Wieder biss Jana Scho auf ihre Unterlippe, riss sich aber sofort zusammen und atmete tief ein. »Freundschaft ist ein großes Wort. Sie war beliebt, das auf jeden Fall. Außerdem war sie die Beste in diesem Laden. Die Allerbeste.«

Ein Glitzern in Jana Schos Augen kündigte Tränen an, die zwei Sekunden später sturzbachartig flossen. Bettina reichte ihr ein Taschentuch. »Können Sie uns einen Gefallen tun?«

Katja Grells engste Mitarbeiterin schniefte und nickte.

»Schreiben Sie uns so genau wie möglich auf, womit Ihre Chefin in der letzten Woche vor ihrem Verschwinden beschäftigt war. Mit wem hat sie sich getroffen? Ist sie irgendwohin gereist? Gab es irgendetwas Außergewöhnliches?«

Jana Scho hob den Kopf und riss die von Tränen verquollenen Augen auf. »Was soll es denn Außergewöhnlicheres geben als ...« Sie schluchzte laut auf. »... den Tod?«

Sechzehn

Elf Uhr zehn

Thal nahm das Blatt und strich einige Zeilen mit einem schwarzen Stift, ehe er es Schober reichte, der ihn bei der Lektüre stumm beobachtet hatte. Er warf einen Blick darauf und nickte. »Sie meinen, wir sollten dieses Detail zurückhalten?«

»Auf jeden Fall«, antwortete Thal und sah sich im Büro um. Irgendetwas hatte sich verändert, er wusste aber nicht, was. Schober klopfte stakkatohaft mit dem rechten Mittelfinger auf die Eichenplatte seines Schreibtisches. »Und? Was halten Sie von ihr?«

Thal war kurz davor, die Schultern zu zucken, als er sie sah. Er verkniff sich die verächtliche Bemerkung über dieses winzige Maschinchen, das aus einer Aluminiumkapsel angeblich wunderbaren Espresso produzierte, und lächelte Schober an. »Es ist ein Anfang, Herr Direktor.«

»Möchten Sie?«, fragte der Imam und deutete mit abgespreiztem kleinen Finger an, eine imaginäre Tasse zum Mund zu führen. Thal schüttelte den Kopf. »Nein, danke, aber ich habe gerade.« Das war eine Lüge, in Wirklichkeit freute sich Thal auf den Caffè, den er sich in ein paar Minuten in seinem Zimmer zubereiten wollte und der mit dem Gebräu, das aus dem Automaten auf Schobers Aktenschrank kam, nicht einmal den Namen gemeinsam haben dürfte. Schober war sichtlich enttäuscht, dass sein Kommissariatsleiter das Angebot nicht goutierte, und kam schroff zurück zur Sache. »Wie macht sich der neue Anwärter?«

»Zufriedenstellend.« Thal hatte kein Interesse daran, mit Schober über Quandts Qualitäten zu diskutieren, zumal es für ein fundiertes Urteil noch viel zu früh war.

»Gut, gut.« Schober nickte mehrmals mit dem Kopf. »Pressekonferenz ist um zwölf, seien Sie pünktlich.«

Thal ging nicht auf die versteckte Kritik ein, sondern verließ wortlos den Raum. Auf dem Flur kam ihm Stephanie Bohlmann entgegen, die in eine Teetasse pustete. »Dein Sohn wartet in Bettinas Büro. Wenn du danach Zeit hast, möchten Jonas und ich dir ein paar Recherche-Ergebnisse präsentieren.«

»In einer halben Stunde in meinem Büro«, sagte Thal und vertagte mit einem tiefen Seufzer den nächsten Koffeinschub um dreißig Minuten.

Bettina und Tobias saßen am Besuchertisch und schwiegen mit ernsten Gesichtern, als Thal das Büro betrat. Es kam ihm vor, als platze er in eine intime wie traurige Unterredung. Er kannte sich in der Beziehung der beiden nicht mehr aus. Waren sie noch ein Paar oder hatten sie sich wieder einmal getrennt? Vor ein paar Wochen schien alles in bester Harmonie, davon war jetzt allerdings nichts mehr zu spüren. Bettina mochte er nicht fragen und mit Tobias hatte er noch nie über seine Beziehungen zu Frauen geredet. In ihrem Vater-Sohn-Verhältnis hatten derart freundschaftliche Gespräche niemals Raum gehabt. Thal reichte seinem Sohn die Hand und setzte sich anschließend hinter seinen Schreibtisch. »Hast du Tobias schon ins Bild gesetzt, Bettina?«

Sie schüttelte den Kopf. »Ich dachte, es wäre besser, wenn wir das zusammen tun.«

Thal lächelte. Auf Bettinas Professionalität war Verlass. »Am besten fängst du mit den Personalien unseres Opfers an, ich muss hier noch eben eine Notiz festhalten.« Während Bettina Tobias die wichtigsten Informationen diktierte, schrieb Thal den Satz auf, den er aus Schobers Pressetext entfernt hatte, nahm einen Bleistift und strich ihn so dünn aus, dass man ihn noch gut lesen konnte. Bettina hatte ihren kurzen Vortrag beendet. Thal setzte sich neben sie an den Besprechungstisch und schob ihr den Zettel zu. »Kümmerst du dich bitte darum?« Bettina blickte auf das Blatt und nickte. Thal bemerkte die zarten Lachfältchen um ihre Augen, während sie den Mund nicht verzog. Sie hatte verstanden.

Zehn Minuten später verfügte Tobias Thal über alle Informationen, um einen fundierten Bericht über den Leichenfund und den Stand der Ermittlungen für die morgige Ausgabe des Lokalblattes schreiben zu können. Vor allem aber: Er konnte unmittelbar nach Ende der Pressekonferenz und damit sicher eine Stunde früher als die Konkurrenz auf der Onlineseite mit dem Mordfall an die Öffentlichkeit gehen. Diesen kleinen Zeitvorteil verschaffte Thal seinem Sohn gerne, schließlich hatte er ihm mehrfach entscheidend bei den Ermittlungen geholfen. Thal erhob sich und nickte Tobias zu. »Mach was draus!«

Kaum hatte er den Raum verlassen, öffnete er die Tür schon wieder, weil er Tobias daran erinnern wollte, einige Formulierungen aus Schobers Pressetext wörtlich zu übernehmen, um jedem Verdacht der Sonderbehandlung einen Riegel vorzuschieben. Bettina und sein Sohn bekamen nicht mit, dass er den Kopf zur Tür hereinstreckte, sie hielten sich bei den Händen, besser gesagt: Tobias hielt Bettinas Hände umfasst und schaute ihr eindringlich in die Augen. »Ich begleite dich, wenn du gehst! Hast du dich denn schon entschieden?« Sie schüttelte wortlos den Kopf. Thal schloss die Tür so leise es ging.

Jonas Quandt ordnete Papiere und Spurenbeutel auf dem Besprechungstisch in Thals Büro, während Stephanie munter und konzentriert über ihre Recherchen in den verschiedenen Datenbanken von LKA, BKA, Euro- und Interpol berichtete. Thal stand mit dem Rücken zu den beiden und füllte frisch gemahlenes Kaffeepulver in den Siebträger der Maschine. Er spürte, wie er innerlich zitterte, die eben aufgeschnappten Sätze gingen ihm nicht aus dem Sinn. Wohin überlegte Bettina zu gehen? Thal hatte eine Ahnung, die seine Stimmung verfinsterte. Vor ein paar Wochen hatte der Kriminaldirektor ihn bei einem Empfang für den Innenminister zur Seite genommen. »Sie halten doch große Stücke auf Bettina Berg, oder?« Thal hatte nicht verstanden, worauf Schober hinauswollte, bis er ihm zuraunte: »Dann sollten Sie sich mehr um sie bemühen, sonst ist sie schneller weg, als Sie denken.« Er hatte das Gerede damals nicht ernst genommen, sein Chef hörte Gras wachsen, wo nur Betonboden war. Bis vor wenigen Minuten hatte er keinen Gedanken daran verschwendet, dass Bettina auf dem Absprung sein könnte. Aber warum sollte sie sich eigentlich nicht woanders bewerben? Sie war vierzig und damit im besten Alter für den Posten einer Kommissariatsleiterin. Die einzige Stelle, die in Konstanz infrage kam, blockierte ausgerechnet er. Und hatte er nicht vor Kurzem gesagt, dass er sich, finanziell unabhängig, wie er dank Leahs Erbe war, durchaus vorstellen konnte, bis zu seinem fünfundsechzigsten Geburtstag zu arbeiten. Er, der noch vor einem Jahr alles hinschmeißen wollte! Fünf Jahre wollte Bettina bestimmt nicht warten. War er möglicherweise gerade dabei, die beiden Frauen zu verlieren, die ihm etwas bedeuteten? Bei Madlaina war er sich auch nicht mehr sicher, ob sie nicht schon auf dem Absprung in die USA war.

»Was meinen Sie, Chef?« Quandt riss Thal aus seinen trüben Gedanken. Er nahm die kleine Tasse vom Abtropfsieb und trank einen winzigen Schluck. »Tut mir leid, Kollege, ich war gerade mit einem anderen Gedanken beschäftigt.« Er leerte die Tasse mit dem zweiten Schluck, stellte sie auf das Sideboard und war froh, dass in diesem Moment Bettina das Büro betrat und das Schweigen beendete. »Was gibt es Neues? Irgendwelche vergleichbaren Fälle entdeckt?«

»Leider nein«, antwortete Quandt. »Aber teilweise laufen die Datenbankabfragen noch, vor allem bei Interpol kann das schon mal länger als vierundzwanzig Stunden dauern.« Bettina ließ sich auf einen Stuhl am Besprechungstisch fallen, griff nach einem herumliegenden Bleistift und schlug damit einen langsamen Rhythmus auf die Tischplatte. »Besser, wir haben keine Übereinstimmungen als plötzlich den aktuellsten Fall einer Serie.«

»Was nicht ist ...«, warf Quandt vielsagend ein, was Thal normalerweise getadelt hätte, aber er konzentrierte sich auf Bettina, um aus ihrem Verhalten auf eine bereits existierende Distanz zu schließen. Das nervöse Trommeln mit dem Bleistift war nicht ihre Art.

Stephanie tippte auf ein Blatt Papier, das am oberen Rand das Logo der Freiburger Universitätsklinik trug. »Etwas Neues gibt es doch! Der Entomologe, wie hieß er noch mal ...«, sie drehte das Blatt zu sich herum, »ach ja, Uwe Schümann, er hat den Todeszeitpunkt von Katja Grell eingegrenzt. Die Maden haben ihm geflüstert, dass sie vor drei Wochen getötet wurde. Plus minus einen Tag.«

»Was bedeutet, dass sie nicht sofort nach ihrem Verschwinden ermordet wurde, denn ihr Freund meldete Katja Grell bereits eine Woche vorher als vermisst.« Thal freute sich, dass Quandt sich schnell an die kommunikative Arbeitsweise des Teams gewöhnt hatte, in der es jedem freistand, Ergebnisse zu kommentieren oder zu hinterfragen. Bettina nahm den Spurenbeutel mit dem goldenen Schuh in die Hand, den Zampano seinem Herrchen angeschleppt und damit die Untersuchung überhaupt erst in Gang gebracht hatte. »Und was ist damit?«

Stephanie Bohlmann lächelte die Kollegin an. »Schickes Teil, oder?« Sie wartete auf eine Reaktion, aber Bettina verzog keine Mine. »Jimmy Choo«, ergänzte die junge Kommissarin, als wäre damit alles gesagt.

Thal verstand nicht, was sie meinte. »Ein Chinese?«

Stephanie schüttelte den Kopf. »Ich glaube, er ist aus Malaysia.«

Thal verstand immer noch nichts und Bettina lachte auf. »Ich glaube, dass Alexander gerade keine Ahnung hat, wovon du redest, Stephanie.« Immer noch lachend wandte sie sich Thal zu. »Jimmy Choo ist ein Schuhdesigner und seine Kreationen gehören zu den teuersten, die man derzeit kaufen kann.«

Bohlmann nahm ihr den durchsichtigen Plastikbeutel ab. »Unser güldenes Exemplar hier ging zum Beispiel nicht unter 900 Euro über die Ladentheke. Für das Paar allerdings.« Mit einem Bleistift tippte sie auf den Absatz. »Das am Schuh haftende Blut stammt eindeutig von der Toten.«

»Irgendeine Spur vom zweiten Schuh?«, fragte Thal.

Stephanie schaute Quandt an, als wollte sie ihn aufmuntern, etwas zu sagen. Er räusperte sich. »Leider nein. Die

Tatortermittler haben im Umkreis von hundert Metern um den Fundort der Leiche den Boden mehr oder weniger umgegraben, leider ohne Ergebnis.«

»Was sagt uns das?«, fragte Thal, der einen Verdacht hatte, den Bettina in sachlicher Art entkräftete.

»Das muss nichts bedeuten, der Wald ist bei Hundeliebhabern beliebt, gut möglich, dass ein Artgenosse von Zampano den zweiten Schuh verschleppt hat.«

Thal schluckte seinen Einwand herunter, ohne ihn endgültig ad acta zu legen.

Jonas Quandt deutete auf die anderen Spurenbeutel mit der Garderobe der Toten. »Viel interessanter finde ich den Widerspruch zwischen der Kleidung und dem Schuh. Alles, was die Tote am Leib hatte, stammt von demselben Discounter.« Er deutete auf ein Etikett mit dem Logo des Billigen Jakob, der in der Konstanzer Innenstadt gleich zwei Filialen betrieb. »Der Gegensatz zu dem sündhaft teuren Schuh ist merkwürdig, oder?«

Niemand wandte etwas ein, was im Team des Kommissariats 1 die größte, denkbare Form der Zustimmung war. Quandt schaute irritiert in die Runde: »Seid ihr anderer Meinung?«

Thal schüttelte den Kopf. »Wenn dem so wäre, hätte ganz sicher jemand etwas gesagt. Aber das lernen Sie auch noch!«

Bettina hob leicht die Augenbrauen und Alexander tadelte sich innerlich für seine schnippische Bemerkung. Quandt hatte sich erstaunlich schnell eingearbeitet und er sollte nicht wieder in den Fehler verfallen, ihm die Anerkennung zu verweigern, wie er es bei Stephanie Bohlmann anfangs getan hatte. Bettina hatte ihm seinerzeit gehörig den Kopf gewaschen. Thal klopfte mit der Hand auf den

Tisch und sah dabei Quandt an. »Gute Arbeit. Wir sollten Katja Grells Freund noch einmal direkt und nicht nur auf Fotos mit der Kleidung konfrontieren. Das übernehmen Sie, Quandt, zusammen mit der Kollegin Bohlmann. Bettina, du redest noch einmal mit Jana Scho, der Assistentin und engen Freundin des Opfers.«

Er stand auf und schaute auf die Uhr. »Ich gehe jetzt in die Pressekonferenz und passe auf, dass der Imam keinen Unsinn erzählt. Eine Stunde dauert das bestimmt. Ich würde vorschlagen, wir treffen uns um halb zwei bei Donato. Mir knurrt schon jetzt der Magen.

Siebzehn

Dreizehn Uhr zehn

Was für ein unglaublicher Mann der Lehrer war! Es kam ihr ja immer noch komisch vor, ihn nicht bei seinem Namen anzusprechen. Sie verbot sich das sogar in Gedanken, weil sie Angst hatte, er könnte ihr irgendwann herausrutschen. Die Folgen hatte der Adjutor – der Name war ja erst recht abgedreht – ihnen gestern noch einmal klar genannt: Wer gegen eine der Regeln verstieß, wurde aus der Gruppe ausgeschlossen, was nichts anderes hieß, als dass die Person nach Hause fahren und ihr Geld in den Wind schreiben konnte. Nein, sie wollte bleiben! Gestern Abend, als sie vor dem Spiegel saß und die Tränen nicht zurückhalten konnte, war sie kurz davor gewesen, aus dem Zimmer zu rennen und das Haus und diese verfluchte Stadt zu verlassen. Was suchte sie hier? Als ob ihr dieser aufgeblasene Typ irgendetwas beibringen konnte? Was sollte das Theater mit ihren Haaren? Verunstaltet hatte er sie, sonst nichts! Und sie hatte auch noch dafür bezahlt. Als sie endlich aufhören konnte zu weinen, schluckte sie zwei Zoplicon, eine halbe Stunde später schlief sie ein.

Fast hätte sie heute Morgen verschlafen, aber sie schaffte es gerade noch, mit brummenden Kopfschmerzen und einem bitteren, metallischen Geschmack im Mund zum Frühstück zu erscheinen. Zum Glück, denn der Lehrer persönlich war anwesend und sie hatte das Gefühl, dass er auf sie gewartet hatte. Er setzte sich schon nach kurzer Zeit neben sie. »Sie haben Ihre Haare heute besonders schön.« Lügner, dachte sie, lächelte ihn aber an.

»Haben Sie über den gestrigen Abend nachgedacht?«

Natürlich hatte sie das. Und dabei geheult wie ein Schlosshund. Statt etwas zu sagen, nickte sie nur.

»Und zu welchem Ergebnis sind Sie gekommen?«

In ihrem Kopf fuhren die Gedanken Achterbahn. Was sollte sie nur sagen? Die Wahrheit? Dass sie am liebsten sofort wieder Tango mit ihm tanzen würde? Ach was, Tango. Ihr wurde schon bei dem Gedanken heiß, und sie fürchtete, einen roten Kopf zu bekommen. Sie schloss für eine Sekunde die Augen, bevor sie antwortete. »Ich kann es lernen.« Sie sprach leise und fürchtete, er würde sie schelten für das Flüstern und sie fragen, was sie lernen wollte, aber nichts dergleichen geschah. Der Lehrer legt nur seine Hand auf ihren Arm. »Nein! Sie können es nicht nur, Sie werden es lernen!«

Ihr Oberarm brannte noch, als er längst den Raum verlassen hatte.

Eine Stunde später standen sie im Garten des Seminargebäudes, genauer auf der »Feuerbahn«, wie der Adjutor es genannt hatte. Das Areal war mit einem Sichtschutz umgeben, niemand konnte sie von außen beobachten. Der Lehrer stand auf einem fünfzig Zentimeter hohen, silbernen Podest. »Es gibt kein nein! Nicht für euch! Es gibt kein Ich kann nicht! Ihr könnt alles, was ihr wollt. Und was ihr nicht könnt, habt ihr nicht gewollt. Alles, was euch widerfährt, ist nur das Echo eurer Wünsche! Alles Gute ist die Resonanz eines begeisterten Ich kann. Alles Böse ist der Widerhall eines Nein! Ich kann nicht! Lasst uns das Echo erzeugen, während die Flammen entzündet werden. Seid ihr bereit?«

»Ja!« brüllte ein Dutzend Frauen an diesem Vormittag zum wiederholten Male. Ja! Ja! Ja! Das kurze Wort hämmerte im Rhythmus des Herzschlags gegen ihre Seele. Ja! Zum ersten Mal in ihrem Leben war sie sich sicher, nicht zu versagen. Der Adjutor brachte mit einer Fackel die Kohlen zum Glühen. Sie wusste, was folgte, schließlich war der Feuerlauf Teil des Werbevideos, mit dem der Lehrer auf Seelenfang ging. Sie schlug sich mit der Faust gegen die Brust. Ja! Ja! Sie spürte die Kraft, die sich in ihr aufbaute. Den Blick nach vorne gerichtet, nahm sie nur durch einen Schleier war, dass Inge, Marianne und Mareike liefen. Sie hörte ihre erlösten Schreie. Dann kam sie an die Reihe.

»Einatmen! Ausatmen! Einatmen!« Der Lehrer gab seine Anweisungen mit klarer, dunkler Stimme. »Und jetzt ... Flieg!«

Sie rannte los, spürte kaum die runden Kohlen unter ihren Füßen, die den Boden nicht berührten. Sie flog und jauchzte und schrie. Nie hatte sie sich so frei gefühlt. Nie war sie so glücklich gewesen. Sie flog die zehn Meter und hörte das Zischen des Wassers, als sie am Ende der Feuerbahn in das kleine Bassin sprang. Der Lehrer nahm sie in die Arme. Sie fühlte sich geborgen und auf eine angenehme Art willenlos. In diesem Moment war alles gut, die Welt war heil und sie im Zentrum ihres Universums.

»Du kannst!«, sprach er. Und sie wusste, dass er recht hatte.

Achtzehn

Dreizehn Uhr dreißig

Donato hob die Augenbrauen, als Thal mit Schober im Schlepptau das kleine Delikatessengeschäft in der Hussenstraße betrat. Die meisten Mittagsgäste waren inzwischen gegangen, nur am Stehtisch links vom Eingang steckte ein verliebtes Paar die Köpfe zusammen. Der Mann hatte hektisch aufgesehen, als sich die Tür öffnete. Ein Fremdgänger in ständiger Angst vor Entdeckung, dachte Thal und konnte sich ein schadenfrohes Grinsen nicht verkneifen. Bettina, Stefanie und Quandt saßen auf Barhockern um den Tisch direkt am Treppenabgang zur Küche und unterhielten sich mit Maria. »Commissario, benvenuto!«, begrüßte Donato Thal und drehte sich mit einer angedeuteten Verbeugung zu Schober. »Schön, Sie auch mal wieder zu sehen, Dottore!« Schober schüttelte die ihm dargebotene Hand, während Thal von Donatos Frau mit Küsschen empfangen wurde. »Ich hoffe, du hast noch etwas zu essen für uns, Maria. Ich habe Hunger wie ein Wolf.«

Maria ließ ihr ansteckendes Lachen hören. »Wie wäre es mit Ravioli al pomodori secchi?«

»Mit Schafskäse?«, fragte Thal.

»Selbstverständlich!« Maria wandte sich an die anderen. »Sonst noch jemand Lust auf frische Pasta?«

Alle hoben die Hand wie Schulkinder auf Klassenfahrt. Donato kam mit fünf Gläsern und einer Flasche seines exzellenten Valpolicella an den Tisch. Quandt schüttelte den Kopf und Thal klärte ihn über ihre seit Jahren praktizierte Gewohnheit auf, gelegentlich – und das hieß mindestens ein Mal in der Woche – Marias Hausmannskost zu genießen und Donatos Hinweis für bare Münze zu nehmen, dass ein Glas Wein kein Alkohol und deshalb im Dienst nicht verboten sei. »Außerdem erteilt uns heute sicherlich der Herr Kriminaldirektor Absolution.«

Quandt hielt trotz Thals Ermunterung die Hand über das Glas. »So ein Mittagsmeeting mit kulinarischem Einschlag finde ich prima, aber ich trinke keinen Alkohol.«

»Niemals?«, fragte Stephanie Bohlmann und Thal war sich nicht sicher, ob ihre Stimme verwundert oder besorgt klang.

»Nie«, antworte der Neue einsilbig.

Auch Bettina schob ihr Glas zur Seite. »Für mich heute auch nicht, Donato. Ich bin wohl mit dem falschen Fuß zuerst aufgestanden, mir ist schon den ganzen Tag kodderig.«

Man sah Donato an, dass er mit diesem Wort nichts anfangen konnte. Kopfschüttelnd schenkte er großzügig in die anderen Gläser ein. Nachdem alle einen Schluck getrunken hatten, schaute Thal Schober erwartungsvoll an. Normalerweise ließ er keine Gelegenheit aus, die Ermittler nach dem »Stand der Dinge« zu fragen, doch diesmal blieb er stumm. So bat Thal Stephanie Bohlmann, von Jana Schos erneuter Befragung zu berichten.

»Die Dame schickt uns der Himmel«, begann sie und trank einen kleinen Schluck Rotwein. »Als Katja Grells Assistentin hat sie auch ihren Terminkalender geführt, den sie mir ohne mit der Wimper zu zucken auf mein Notebook kopiert hat. Ich habe schon kurz reingesehen, das meiste sind natürlich geschäftliche Termine, aber das eine oder andere private Date ist auch dabei. Wird allerdings einige Zeit dauern, alles durchzugehen.«

»Hat die Scho denn noch etwas zum Privatleben ihrer Chefin gesagt? Sie machte gestern so eine Andeutung ...«

Thal ließ das Ende des Satzes offen, Stephanie stieg aber sofort darauf ein. »So ganz bin ich da auch noch nicht schlau draus geworden, aber wenn mich mein Instinkt nicht täuscht, hatte unser Opfer etwas mit einem Kollegen.«

»Dann könnte Eifersucht das Tatmotiv sein«, warf Quandt ein. Als er nicht weitersprach, war der Imam scheinbar der Ansicht, er ziere sich und man müsse ihn ermuntern. »Nur zu, junger Mann, sie brauchen hier nicht mit ihrer Meinung hinter dem Berg zu halten.«

Bettinas rechter Mundwinkel zuckte bei dem Bemühen, ein Grinsen zurückzuhalten. Quandt zog eine Mappe mit Notizen aus der Tasche und legte sie auf den Tisch. »Dennis Fellner hat sich regelrecht echauffiert, als ich ihm die Kleidung noch einmal zeigte, die seine Freundin trug. Er fragte mich sofort, welches Schwein ihr denn diesen Dreck angezogen hätte.«

»Merkwürdige Reaktion«, murmelte Schober.

»Finde ich auch, Herr Kriminaldirektor. Auf jeden Fall will Fellner die Sachen noch nie zuvor gesehen haben und behauptet nach wie vor steif und fest, sie könnten unmöglich seiner Freundin gehört haben.«

»Haben Sie ihm auch den Schuh gezeigt?«, fragte Thal.

»Selbstverständlich.« Quandt klang leicht pikiert darüber, dass Thal ihm unterstellen könnte, ausgerechnet diese Frage vergessen zu haben. »An den konnte er sich ebenso wenig erinnern.«

»Was ist mit diesen Zetteln?«, fragte Stephanie und klopfte mit dem Zeigefinger auf die transparente Plastikmappe.

»Fellner hat rekonstruiert, was Katja Grell in den letzten Tagen vor ihrem Verschwinden gemacht hat, besser gesagt das, woran er sich erinnert. Viel ist es nicht, denn seine Freundin war oft unterwegs.«

»Das können wir zumindest mit den Eintragungen in ihrem Firmenkalender abgleichen.«

Thal seufzte, denn der Fall erwies sich als vielteiliges Puzzle, dessen Einzelinformationen zu einem Bild zusammengeführt werden mussten, von dem sie bis jetzt noch nicht einmal ahnen konnten, wie es überhaupt aussah. Er war froh, dass Maria und ihr Sohn Manuel mit Tellern voll dampfender und herrlich duftender Nudeln aus der Küche kamen.

»Buon appetito!«, rief Donato von der Theke, wo er akribisch die Wurstschneidemaschine reinigte. Fünf Minuten widmeten sich die Ermittler schweigend dem Genuss, bis Schober den letzten Tropfen Sugo mit einem Stück Brot vom Teller wischte. »Wunderbar wie immer!«

»Caffè?«, fragte Donato und alle nickten stumm bis auf Quandt, der energisch mit dem Kopf schüttelte. Als der Padrone vier Espressotassen auf den Tisch stellte, zog der neue Kollege eine kleine Flasche aus der Jackentasche, auf dessen Etikett neben unleserlichen Schriftzeichen ein stilisierter Bulle zu sehen war, und schraubte den Drehverschluss ab.

»Was ist das?«, fragte Donato.

»Meine Privatdroge, direkt aus Thailand importiert«, antwortete Quandt.

»Chemie«, rief Donato und schüttelte entsetzt den Kopf. »Und so einen Dreck ziehst du einem guten italienischen Caffè vor.« Man hörte in seiner Stimme das Unverständnis und die Trauer über eine Welt, in der so etwas möglich war. Thal konnte ein Grinsen kaum unterdrücken.

»Im Ernst, Herr Quandt, was ist das für ein Zeug?«, fragte Schober.

Quandt hob die Flasche und drehte dem Imam das Etikett entgegen. »Heißt Krating Daeng, auf deutsch Roter Stier, und enthält vor allem Taurin und Koffein, allerdings in weit höherer Konzentration als diese österreichische Kinderbrause, die angeblich Flügel verleiht.« Er prostete dem Kriminaldirektor zu und trank das Fläschchen in einem Zug leer. Thal beobachtete amüsiert, dass Schober nicht wusste, ob er belustigt oder entsetzt sein sollte und sich deshalb dafür entschied, das Thema zu wechseln. »Wie geht es jetzt weiter?«

Die vier angesprochenen Ermittler schauten sich schweigend an, als müssten sie zuerst eine Entscheidung treffen, wer die Frage beantworten sollte. In die Stille schrillte Thals Handy. Beim Blick auf das Display erschrak er. Was zum Teufel wollte Beat Steininger von ihm? Warum rief Madlaina nicht selber an, sondern schickte ihren Chef vor? Traute sie sich nicht, ihm ins Gesicht zu sagen, dass sie um ihre Entlassung aus dem Dienst der St. Galler Kantonspolizei gebeten hatte, um in die USA zu gehen und auf ihre Stelle als Profilerin beim FBI zurückzukehren? Sie hatte doch immer davon gesprochen, dass sie nach dem Tod ihrer Mutter alle Möglichkeiten überdenken würde. War es jetzt so weit? Thal atmete tief ein, ging ein paar Schritte Richtung Ausgang und nahm das Gespräch an. »Hoi, Beat! Was gibt es Wichtiges, dass sich ein Leutnant der Schweizer Kripo bei einem unwürdigen deutschen Hauptkommissar meldet?« Es sollte lustig klingen, aber Thal merkte selbst, dass ihm der flapsige Ton misslungen war. »Was ist dir denn über die Leber gelaufen, Alex?« rief Steininger wie immer zu laut in sein Telefon. Ohne eine Antwort abzuwarten, fuhr er fort. »Madlaina hat mir von eurem Leichenfund erzählt. Scheußliche Sache. Mir fiel da gleich etwas ein, aber ich musste es erst überprüfen. Als ich aber heute eure Europol-Anfrage mit den Details gelesen habe, war alles klar.«

»Was war klar?«, fragte Thal erleichtert, dass Steiningers Anruf nichts mit Madlainas Zukunft zu tun hatte.

»Es gab da einen ähnlichen Fall bei uns. Ist allerdings schon Jahre her.«

»Und?« Thal wurde langsam ungeduldig. Steiningers Behäbigkeit war mindestens genauso legendär wie sein Ruf, einer der besten Kriminalisten der Schweiz zu sein. Seine Aufklärungsquote war jedenfalls rekordverdächtig.

»Bevor ich dir das jetzt hier alles lang und breit erkläre, habe ich lieber Madlaina mit den Ermittlungsakten zu dir geschickt. Ich denke, das ist dir recht, oder?«

Neunzehn

Siebzehn Uhr fünf

»Pass doch auf!« Bettina legte ihre Arme auf die Papiere, die im Luftzug bedrohlich zu flattern begannen. Thal wunderte sich über ihre Gereiztheit, schloss aber sofort das Fenster, obwohl er das Gefühl hatte, dringend einen Sauerstoffschub zu benötigen. Seit anderthalb Stunden brüteten sie jetzt über den Ermittlungsakten aus St. Gallen. Neunzig Minuten, in denen mehr Fragen aufgetaucht waren als Antworten. Madlaina hatte sich die Lesebrille in die pechschwarzen Haare geschoben und tigerte im Raum auf und ab, nachdem sie die entscheidenden Fakten auf dem Whiteboard notiert hatte.

Vor sechs Jahren hatten Bauarbeiter beim Ausschachten einer Baugrube eine grausliche Entdeckung gemacht. Die Aussage von Francesco Gallo ließ noch heute seinen Schauder über den Fund erkennen. Gallo hatte an diesem nebligen Frühherbsttag die Schaufel seines Baggers geöffnet, und die hatte etwas Undefinierbares auf die Ladefläche eines Lkw gespuckt. Er war aus seinem Führerhaus geklettert, um sich das Fundstück genauer anzusehen. »Das hätte ich besser nicht getan«, erzählte er dem Polizeibeamten, der ihn am folgenden Tag eingehend befragte. »Wer weiß, ob ich jemals wieder ruhig schlafen kann.« Als der Baggerführer die Ladefläche des Lasters erklommen hatte, brauchte er einige Sekunden, bis er erkannte, was er zutage gefördert hatte – und um sein Frühstück einen halben Meter daneben zu erbrechen. Das zum Teil mit Stofffetzen bedeckte Stück Fleisch war der Oberkörper eines Menschen, auch wenn ihm der linke Arm fehlte. Der Kopf war aufgedunsen, die Nase hing schief im nicht mehr als menschliches Antlitz identifizierbaren Gesicht, die Augenhöhlen waren leer, der Mund ein klaffendes Loch.

Stunden später hatten die Tatortermittler der St. Galler Kantonspolizei die sterblichen Überreste einer Frau nahezu vollständig freigelegt. Es begann eine langwierige Identifizierung, ehe feststand, dass es sich bei der Toten um die vierunddreißigjährige Alina Schaller handelte, die seit sechs Monaten vermisst wurde. Die rechtsmedizinische Untersuchung konnte die Todesursache nicht mehr eindeutig feststellen, allerdings deutete einiges auf eine Strangulation hin. Der Toten fehlte der große Zeh des rechten Fußes, doch die Forensiker konnten nicht mehr klären, ob er prä oder post mortem amputiert worden war, auch Tierfraß war nicht ausgeschlossen. Weiter fehlten die Augäpfel, aber auch hier legten sich die Gerichtsmediziner nicht fest. Waren sie entfernt worden, von Tieren, möglicherweise sogar Kleinstlebewesen wie Maden, gefressen worden oder schlicht der Verwesung anheimgefallen?

Mit den Ermittlungen wurde Leutnant Beat Steininger beauftragt, der auf weitere Ungereimtheiten stieß. Die bei der Leiche sichergestellten Kleidungsreste wurden von keinem der Angehörigen oder Freunde der Toten wiedererkannt. Die Ermittlungen konnten einen Stofffetzen als Teil eines billigen Sommerkleides identifizieren, das allerdings in der Schweiz nie im Verkauf war. Bei der Leiche befand sich der rechte Schuh, ein auffälliger, goldfarbener Pumps, an dem Blutreste der Toten anhafteten. Die Untersuchungen der Schweizer Sonderkommission blieben erfolglos, bis heute gab es keine gesicherten Erkenntnisse darüber, wie Alina Schaller ums Leben kam und ob dabei jemand gewaltsam nachgeholfen hatte.

»Ein klassischer Cold Case«, sagte Madlaina, als sie sich auf ihren Stuhl am Besprechungstisch setzte.

»Aber die Übereinstimmungen mit der Ermordung von Katja Grell sind doch viel zu deutlich, als dass es sich um einen Zufall handeln könnte«, rief Bettina und schlug mit der flachen Hand auf den Tisch. So ein Gefühlsausbruch kam bei ihr selten vor und brachte ihr Alexanders und Madlainas ungeteilte Aufmerksamkeit. »Na, ist doch wahr!«, schob sie deutlich leiser nach.

»Vielleicht hast du recht.« Madlaina nahm einige Blätter Papier auf und ordnete sie. »Aber das meiste kann auch Zufall sein.«

Thal trat an das Whiteboard und zeichnete einen Kasten, um seine Notizen von den anderen abzuheben. »Fehlender Zeh«, sagte er langsam und schrieb es schwungvoll.

»Amputiert«, ergänzte Bettina und Madlaina erwiderte: »Oder Tierfraß«.

Thal ließ sich nicht beirren, sondern schrieb in die nächste Zeile: Fehlende Augäpfel.

Madlaina stand auf, nahm ebenfalls einen Stift und schrieb daneben: Entfernt? Maden? Fäulnis/Verwesung?

Thal atmete tief ein, um ihren Duft einzusaugen. Eine Strähne ihres Haares berührte seine Wange, als er in die nächste Zeile schrieb: Fehlender Schuh. Wieder ergänzte Madlaina: Zufall? Von einem Tier verschleppt?

Sie drehte sich um und wollte zurück zu ihrem Stuhl gehen, aber Thal hielt sie mit sanftem Druck auf ihren Unterarm zurück. »Moment, eins fehlt noch.« Er schrieb Billigkleidung, nicht die eigene. Herausfordernd schaute er Madlaina an: »Und? Welches Argument fällt dir dagegen ein?«

»Ach komm! Wen hat der verehrte Herr Chef denn damals befragt?« Sie blätterte in den Unterlagen. »Hier habe ich es. Utz Schaller, Ehemann der Toten, gab an, die am Fundort gefundenen Stoffreste nicht als zur Kleidung seiner Frau gehörend identifizieren zu können.«

»Zwar ein recht verschwurbelter Satz, aber immerhin stützt er die These von einer Übereinstimmung mit unserem aktuellen Fall.«

»Gar nichts stützt er«, sagte Madlaina und schaute Thal über den Rand ihrer Lesebrille an. »Als ob ein Mann sich mit der Kleidung seiner Frau auskennt.«

»Ach komm, Madlaina!« Bettina klang genervt. »Erst setzt du uns den Floh vom Serientäter ins Ohr und jetzt wischt du jedes Argument einfach vom Tisch.«

»Die Handlungsweise des Mörders von Katja Grell deutet für mich eindeutig darauf hin, dass es sich nicht um eine Einzeltat handelt, ja! Aber es bringt uns doch nichts, wenn wir uns Indizien zurechtbiegen. Beim Leichenfund Schaller – wir wissen ja nicht mal, ob es sich um ein Tötungsdelikt handelt – gibt es einfach zu viele offene Fragen, auf die wir nach all den Jahren auch keine Antworten mehr bekommen werden.«

Bettina kniff die Lippen zusammen und nickte widerwillig. Thal musste zugeben, dass Madlainas Einwände nicht von der Hand zu weisen waren. Das hieß aber noch lange nicht, dass die beiden Fälle nicht doch zusammengehörten. »Möglicherweise haben wir nur ein Erkenntnisproblem«, sagte er und schaute von Madlaina zu Bettina und zurück. »Nehmen wir mal an, die Fälle gehören zusammen und Alina Schaller wurde vor sechs Jahren von demselben Täter ermordet wie Katja Grell vor drei Wochen. Die Indizien, die wir gerade zusammengetragen haben, sprechen nicht dagegen, oder?«

»Nein, aber auch nicht dafür«, antwortete Bettina genervt. Thal hob die Hand. »Stimmt, aber das muss uns nicht veranlassen, die These fallen zu lassen. Vielmehr sollten wir die Akten bis auf das letzte Blatt durchforsten und nach Hinweisen suchen, die unsere Vermutung stützen.«

»Na, dann können wir uns von einem geregelten Feierabend bis auf Weiteres verabschieden.« Stöhnend zeigte Bettina auf das halbe Dutzend Aktenordner auf dem Tisch. Madlaina stand auf und schaute auf die Uhr. »Dabei muss ich euch leider allein lassen, die Olsenbande wartet auf mich und ich bin eh schon spät dran.«

»Kannst du die Probe nicht mal schwänzen?«, fragte Bettina und Thal gefiel ihr tadelnder Ton nicht. Madlaina schüttelte energisch den Kopf. »Keine Probe, wir spielen in Meersburg und das auch noch im Schloss.«

»Hoffentlich halten die alten Mauern das aus.« Thal lachte und hoffte, die leicht vergiftete Atmosphäre zwischen den beiden Frauen entkrampfen zu können, aber Bettina schien noch nicht geneigt, ihren Frieden damit zu machen, dass der Schweizer Kollegin der Auftritt mit ihrer Rockband wichtiger war als eine Mordermittlung. Madlaina ging darüber hinweg. »Keine Sorge, wir spielen unplugged. Es hat sich allerdings ein Impresario aus Berlin angekündigt, der uns angeblich für eine Deutschlandtournee buchen will.«

Thal schmunzelte über den altmodischen Begriff, der so gar nicht zur lauten und wilden Olsenbande passen wollte. Gleichzeitig spürte er eine Welle der Erleichterung. Wenn Madlaina im nächsten Jahr durch Deutschland touren wollte, konnte sie kaum als Profilerin beim FBI arbeiten. Als Ermittlerin der St. Galler Kantonspolizei allerdings genauso wenig, dachte er und die gerade gewonnene Gewissheit zerrann schon wieder.

»Okay«, sagte Bettina und der Ton ihrer Stimme schwankte zwischen Ironie und Aggressivität, »dann kümmer du dich mal um deine Weltkarriere, während wir hier in die Niederungen der Polizeiarbeit hinabsteigen.«

Zwanzig

Einundzwanzig Uhr zehn

Was für ein Tag! Der Feuerlauf machte sie immer völlig fertig. Die Hitze der rot glühenden Kohlen ließ ihren auf freien Willen gründenden Widerstand endgültig dahinschmelzen. Jetzt stand für sie fest: Dank des Lehrers konnten sie alles. Ach, was war das für ein Coup, dass wir uns vor Jahren diese albernen Bezeichnungen einfallen ließen. Lehrer geht ja noch, aber Adjutor ... Ich wette, dass die meisten Seminaristinnen – auch ein wunderbarer Begriff – erst einmal googelten, was das Wort überhaupt bedeutete. Wie dem auch sei: Der Feuerlauf ist jedes Mal die Wende, von nun an strahlen die Augen der Damen, wenn sie ihren Guru sehen. Und die Höschen werden feucht. Erstaunlich, was ich da heute im Zimmer dieser Ulknudel fand, die auf jeden noch so platten Witz ein schallendes Lachen hören lässt. Die Gute hofft tatsächlich auf ein amouröses Abenteuer, warum sollte sie sonst derart aufreizende Dessous eingepackt haben. Leider vergeblich! Da hilft auch die pure Seide nicht, die meine Finger auf derart angenehme Weise an vergangene Freuden erinnert. Aber ich darf mich nicht in Träumereien ergehen.

Der Tag war einfach zu gut! Die Auserwählte hat den Feuerlauf wie einen Gottesdienst zelebriert. Mit aufgerissen Augen lauschte sie der Erklärung, die ich in- und auswendig kenne: »Das Erlebnis dieses Feuerlaufs wird euch durch euer Leben begleiten. Die Angst ist von euch gewichen wie ein Feind, den ihr mit eurem Mut in der entscheidenden Schlacht in die Flucht geschlagen habt. Wenn der Feind sich noch einmal zeigt, denkt an diese Schlacht.

Wenn die Angst in euch erwacht, denkt an den Feuerlauf. Ihr habt heute etwas schier Unmögliches und Übermenschliches getan und seid über glühende Kohlen gelaufen. Wenn ihr das konntet, schafft Ihr alles!«

Was für ein Bullshit! Glühender Blödsinn, um im Bild zu bleiben. Wir erzählen den Seminaristinnen, dass die Glut bis zu neunhundert Grad heiß wird und es an ein Wunder grenzt, sich beim Drüberschreiten nicht zu verletzen. Mumpitz! Die Temperatur ist nie höher als 200 Grad. Vor allem aber ist Kohle ein schlechter Wärmeleiter, man muss also schon länger draufstehen, wenn man sich verbrennen will. Geht man zügig über die Kohlen, passiert einem gar nichts. Aber die profane Naturwissenschaft ist langweilig, verglichen mit dem Wissen des Gurus.

Ich bin sicher, dass die Auserwählte heute eine besondere Nacht erleben wird. Wie war noch mal der Satz? Heute kehrst du in die Nacht deiner Geburt zurück! Ich weiß nicht, was lächerlicher ist: die Aussage an sich oder dass die Frauen daran glauben. Am ehesten übrigens die Intelligenten, die in Windeseile die Karriereleiter hinaufgestiegen sind und denen die Welt von dort oben zu einer Miniatur ohne jede Bedeutung verkommen ist. Sie klammern sich an diesen Unsinn, um ihrem jämmerlichen Dasein einen Sinn zu geben. Herrliche Welt der Widersprüche!

Bleibt nur noch die Frage zu klären, wie lange sie ihren Status des Auserwähltseins behalten kann. Schade, dass es niemanden gibt, mit dem ich eine Wette abschließen könnte. Ich würde auf eine Woche setzen. Höchstens. Zu langweilig. Zu uninspiriert. Wahrscheinlich auch zu prüde. Bei Letzterem allerdings ließe ich mich heute Nacht gerne eines anderen belehren. Ich sollte die Geräte noch einmal überprüfen.

Einundzwanzig

Zweiundzwanzig Uhr fünfundzwanzig

»Hat's dir gefallen?« Jasper, der Tontechniker der Olsenbande, grinste ihn an. Wie immer steckte eine Zigarette in seinem Mundwinkel.

»Es war anders«, antwortete Thal. Unplugged hatte er Madlainas Band noch nie gehört und er konnte sich noch nicht entscheiden, was ihm besser gefiel. Auf jeden Fall hatte er die wummernden, in seinen Eingeweiden rührenden Bässe vermisst. Madlainas Bühnenpräsenz hatte ihn allerdings wie immer in den Bann gezogen, auch ohne Stromgitarre war sie in ihrem typischen Bühnen-Outfit – schwarzes T-Shirt, hautenge schwarze Lederhose, schwarze Schaftstiefel mit verboten hohen Absätzen – der Motor der Show gewesen. Als Zugabe hatte sie mit ihrer erdigen Stimme und dem unnachahmlichen Timbre ihre gemeinsame Hymne gesungen. »Fast Car« gab die Olsenbande nur zum Besten, wenn Thal im Publikum war, zumindest hatte Madlaina ihm das versichert. Mit akustischen Instrumenten klang der Song intimer, fast herzzerreißend, und Thal verkniff es sich, den Refrain mitzusingen, wie er es sonst immer tat. Stattdessen hatte er mit geschlossenen Augen im Publikum gestanden und den Oberkörper zur Musik gewiegt.

Er schaute sich um und entdeckte Madlaina lässig an eine Säule im Vorraum gelehnt im Gespräch mit einem grauhaarigen, schlanken Mann in Jeans und weitem Schlabberhemd. Vermutlich der angekündigte Impresario aus Berlin. Als sie Thal entdeckte, winkte sie ihm zu und schüttelte dem Mann die Hand, es sah aus, als hätten sie einen Handel erfolgreich abgeschlossen. Temperamentvoll kam Madlaina auf ihn zu und fiel ihm um den Hals.

»Wie schön, dass du gekommen bist, Alex.« Sie küsste ihn und er spürte die Energie der Musik, mit der sie sich im Konzert vollgesogen hatte. Er wusste, dass es Stunden dauern würde, bis das Adrenalin in ihrem Körper auf ein Niveau gefallen war, das Schlaf überhaupt zuließ.

»Und? Wann beginnt eure Weltkarriere?« Thal schlang den Arm um ihre Hüfte und versuchte, seine Frage so beiläufig wie möglich klingen zu lassen, was ihm völlig misslang, wie er sich sofort eingestehen musste. Madlaina wiegte den Kopf und legte ihn anschließend an seine Schulter. »Ach, Alex ...« Mehr sagte sie nicht und Thal wusste, dass er nicht nachbohren durfte. Arm in Arm gingen sie zurück in den Saal. Madlaina sprang auf die Bühne und öffneten den Gitarrenkoffer.

»Lass gut sein, meine Liebe!« Jasper schob einen Rollkoffer vor sich her. »Ich verpacke deine Sachen, geh du mal mit deinem Gigolo, der schmachtet hier schon die ganze Zeit rum.«

Unter dem Gelächter der anderen Bandmitglieder und begleitet von Kommentaren, die Thal – weil in Schweizerdeutsch – nicht verstand, gingen sie zu Madlainas Chevrolet, der direkt vor der Freitreppe des Schlosses stand und von zwei Halbstarken begafft wurde. »Scharfes Teil«, rief der eine und Thal war sich nicht sicher, ob er den Oldtimer oder Madlaina meinte. Sie fuhren die Serpentinen zum See hinunter und erwischten gerade noch die Fähre, die um diese Zeit nur noch im Stundentakt zwischen Meersburg und Konstanz verkehrte. Sie setzten sich aufs Oberdeck und genossen die warme Sommernacht mit dem Sternenhimmel über sich und dem hell erleuchteten Schloss der

Insel Mainau, das sich langsam ins Bild schob. Madlaina schmiegte sich an Thals Schulter.

»Habt ihr noch was rausgefunden?«

Er brauchte ein paar Sekunden, bis er begriff, dass sie von den laufenden Ermittlungen sprach, die vergangenen Stunden hatte ihn meilenweit von diesem Alltag wegkatapultiert. »Nichts, was uns weiterbringt. Es ist wie verhext.«

»Keine Übereinstimmungen, keine gemeinsamen Bekannten?«

»Absolut Fehlanzeige. Allerdings sind wir auch noch nicht endgültig fertig mit der Durchsicht der Akten. Bettina meinte, die größte Chance bestünde bei den Terminen der beiden. Wenn die Fälle zusammenhängen, müssen sie ihrem Mörder ja einmal über den Weg gelaufen sein. In ihrem direkten Umfeld findet er sich jedenfalls nicht.«

»Sag mal, ist irgendetwas mit Bettina nicht in Ordnung? Sie schien mir heute sehr gereizt.«

»Vielleicht ist sie nur überarbeitet oder hat Ärger mit Tobias.«

»Du solltest mit ihr reden, Alex.« Madlaina hob den Kopf und schaute ihn von der Seite an. »Das gehört auch zu den Aufgaben eines guten Chefs.«

Thal atmete tief durch. Anscheinend hatten seine Frauen heute ihre kritischen Tage. Aber Madlaina hatte recht, er musste mit Bettina reden – das war er ihr schon wegen ihrer Freundschaft schuldig. Statt einer Antwort drückte er Madlaina einen Kuss auf den Kopf und kehrte zum Ausgangspunkt des Gesprächs zurück. »Bist du dir wirklich sicher, dass der Mord an Katja Grell keine Einzeltat sein kann?«

»Bei einem Tötungsdelikt kann man sich nie sicher sein. Wie wir wissen, können große Gefühle völlig irrationale

Handlungen auslösen. Andererseits scheint mir das Vorgehen des Täters bis ins Detail geplant.«

Ein Schauer durchlief Madlainas Körper, sie fröstelte. Thal zog sein Jackett aus und legte es ihr um die Schultern. »Besser?«

Sie nickte und nahm den Gedanken wieder auf. »Lass uns das Verbrechen durchspielen? Der Täter oder die Täterin erwürgt Katja Grell.«

»Glaubst du wirklich, es könnte auch eine Frau gewesen sein?«

»Wir können es nicht ausschließen, auch wenn ich einen männlichen Täter für wahrscheinlicher halte, schon wegen der Kraft, die es kostet, einen Menschen zu erwürgen. Auf jeden Fall muss er oder sie äußerst gefühlskalt sein, sonst schaffst man es nicht, jemanden mit bloßen Händen zu töten und ihm bei seinem Todeskampf minutenlang ins Gesicht zu sehen.«

Madlaina machte eine Pause und Thal dachte darüber nach, ob er in den vielen Jahren im Polizeidienst jemals einen Mord durch Erwürgen auf dem Schreibtisch hatte. Es gab keine unmittelbarere Mordmethode. Der Täter benutzte keine Waffe, sondern seine Hände. Es gab keine Distanz zum Opfer, der Mörder stand in direktem Körperkontakt zu ihm, spürte das Zittern im Todeskampf, roch den Angstschweiß, hörte das verzweifelte Röcheln. Er sah das Gesicht des Opfers erst in Panik verzerrt und dann langsam erschlaffen, bis Wangen und Augen mehr und mehr einfielen. Er fühlte, wie das Leben aus dem Körper wich, bis er nur noch den Hals eines leblosen Leibs umklammerte. »Ich glaube nicht an eine Frau«, flüsterte er.

»Du hast wahrscheinlich recht, vor allem, wenn man bedenkt, was er mit Katja Grell anstellte, nachdem er sie getötet hat. Die Amputation einer Zehe ist für mich der schlüssigste Beweis, dass der Mörder nicht im Affekt handelte. Ich bin sicher, dass er diese Verstümmelung von Anfang an vorhatte.«

»Und die Augen?«, fragte Thal. »Ist das Entfernen der Augäpfel nicht noch grausamer?«

Madlaina schluckte und auch Thal spürte, dass allein der Gedanke an die Details der Tat ein beklemmendes Gefühl auf der Brust erzeugte, als lege sich ein Band um seinen Körper, das langsam enger gezogen wurde. Madlaina brauchte ein paar Sekunden, ehe sie antwortete. »Nicht unbedingt, Alex. Stell dir vor, du würgst jemanden, der dich die ganze Zeit aus aufgerissenen Augen anstarrt. Du kannst dich ihren Blicken nicht entziehen, außer ...«

Thal schloss die Augen. Die Bilder, die vor seinem Geist auftauchten, gingen über seine Kraft. Madlaina streichelte über seinen Arm. »Das Abschneiden einer Zehe kann ich mir dagegen nicht als spontanen Akt vorstellen. Der Täter will damit etwas ausdrücken, ich habe allerdings keine Ahnung, um was es geht.«

Die Fähre erreichte den Hafen in Staad. Thal war froh, das Gespräch unterbrechen zu können. Madlaina schaute ihn lächelnd an. »Wohin fahren wir eigentlich?«

Thal verstand nicht, worauf sie hinauswollte.

Madlaina lachte. »Zu mir oder zu dir?«, fragte sie.

Thal nahm sie in den Arm und küsste sie.

Vierter Tag

Zweiundzwanzig

Sieben Uhr zehn

Mit unsicheren Schritten ging sie ins Wohnzimmer. Für eine Sekunde zog sie der atemberaubende Blick auf den See in den Bann, aber die Beklemmung war sofort wieder da.

»Hallo!«

Sie drehte sich um die eigene Achse.

»Ist denn niemand im Haus?«

Sie spürte die Kälte des Steinfußbodens ihre Beine hinaufkriechen. Obwohl die Temperatur sicher nicht unter zwanzig Grad lag, überkam sie ein Kälteschauer. Sie hatte in der Eile nichts zum Anziehen gefunden, ihre eigene Kleidung schien verschwunden, und so trug sie nur das fadenscheinige Nachthemd, das ihr der Lehrer gestern gegeben hatte. Mit einem Seufzer wandte sie sich nach rechts und ging in den angrenzenden Raum. In der aufgeräumten Küche fiel ihr der Kaffeeautomat ins Auge, das gleiche Fabrikat hatten sie in der Firma. Sie schaltete ihn an und machte sich auf die Suche nach einer Tasse, hinter der dritten Schranktür wurde sie fündig. Während der frisch gebrühte Kaffee in die Tasse floss, ging sie weiter durch das Haus. Der Einrichtungsstil war in allen Räumen minimalistisch, vor allem fiel ihr aber die Ordnung auf. Nirgendwo lag etwas herum, kein Kleidungsstück, keine Zeitung, nichts. Die Tür neben dem Schlafzimmer führte in eine Bibliothek, an allen Wänden vom Boden bis zur Decke nichts als Regale voller Bücher. Sie legte den Kopf schief und las einige Titel, viele waren in Englisch oder Französisch, aber auch die deutschen sagten ihr nichts. Auf einem Tisch lag, exakt mit der Kante ausgerichtet, ein E-Book-Reader. Sie setzte sich auf den Hocker und strich mit dem Finger über das Display, das dunkel blieb. Sie traute sich nicht, den Einschaltknopf zu betätigen, sondern ging zurück in die Küche, um den Kaffee zu holen. Sie pustete in die heiße, dunkle Flüssigkeit und kehrte ins Schlafzimmer zurück, in dem sie vor einer halben Stunde allein und frierend aufgewacht war. Sie setzte sich auf das Bett und trank einen Schluck. Mit der linken Hand tastete sie über das Laken und glättete die zerwühlte Stelle, wo sie sich mit dem Lehrer vereinigt hatte. Sie versuchte sich den Akt ins Gedächtnis zu rufen, aber ihre Erinnerung war seltsam unscharf. Nicht, dass sie es nicht genossen hätte, mit ihm zu schlafen, auch wenn sie nicht zum Höhepunkt gekommen war. In den letzten Jahren hatte das kein Mann bei ihr geschafft. Etwas aber irritierte sie. Sie war sich absolut nicht sicher, ob er den Sex genossen hatte. War er gekommen? Es war, als hätte jemand mitten aus ihrem Erinnerungsfilm ein Stück herausgeschnitten und ihn anschließend neu zusammengesetzt.

Sie konnte sich genau an den Anfang des Abends erinnern, der Lehrer hatte sie in ein Taxi gesetzt, das sie in die Villa brachte. Hier erwartete sie der Adjutor, der ihr das Schlafzimmer zeigte und ihr gebot, das Nachthemd anzuziehen. Sein Reden kam ihr schamlos vor und sie war froh, als er ging. Wie lange hatte der Lehrer sie warten lassen? Eine Stunde? Länger sicher nicht. Als er zu ihr kam, legte er ihr die Hand auf den Mund. »Es gibt eine Zeit zu reden und es gibt eine Zeit zu schweigen. Jetzt ist der Moment der Stille, denn in diesen Stunden wird Großes geschehen. Heute kehrst du in die Nacht deiner Geburt zurück.«

Er nahm die Hand von ihren Lippen und drückte ihren Oberkörper nach hinten, bis sie auf dem Bett lag, die Arme ausgebreitet. »Deine Kraft liegt nicht im Widerstand. Deine Kraft liegt im Wollen!«

Sie atmete tief ein, der Gedanke an diesen Moment jagte ihr im Nachhinein einen Schrecken ein, den sie in der Situation selbst nicht empfunden hatte. Vor ein paar Stunden schien ihr alles richtig und gut. Und jetzt? Warum wurde sie das Gefühl nicht los, dass alles, was ihr passierte, eine Prüfung war? Aber welche Fähigkeit sollte sie unter Beweis stellen?

Sie trank den letzten Schluck des Kaffees und suchte nach einer Uhr. Auf einem kleinen Tisch am Fußende des Betts lag ihr Smartphone. War es vorhin auch schon dort gewesen? Sie tippte den Code ein, um die Bildschirmsperre aufzuheben – und erschrak derart, dass sie das Handy in hohem Bogen von sich warf. Zum Glück landete es auf dem Bett. Wie zum Teufel ...? Sie schloss die Augen, aber das Bild, das ihr entgegengesprungen war, verflüchtigte sich nicht, sondern stand in ihre Netzhaut eingebrannt vor ihr. Wie in Zeitlupe griff sie nach dem Smartphone und öffnete es erneut. Der Fotograf hatte genau dort gestanden, wo sie sich jetzt befand. Das Foto zeigte sie auf dem Bett liegend, sie trug das Nachthemd, die Arme hatte sie über dem Bauch gekreuzt. Die Augen waren geschlossen, der Mund leicht geöffnet. Sie war blass. Leichenblass, schoss es ihr durch den Kopf und tatsächlich wirkte sie leblos. In ihren Händen trug sie eine weiße Blume. Es war eine Narzisse, wie sie sofort erkannte, denn es war die Lieblingsblume ihrer Mutter gewesen. Sie starrte auf das Display und versuchte, den Sinn des Fotos zu entschlüsseln. Dass es einen solchen gab, schien ihr sicher, warum sollte sonst jemand diese Situation inszenieren? Erst in diesem Augenblick wurde ihr klar, dass sie sich nicht daran erinnerte, fotografiert worden zu sein. Hatte er sie betäubt? Oder hypnotisiert? Eine Angst beschlich sie, die ihr die Luft zum Atmen nahm. Was wollte ihr der Lehrer sagen? Sie hatte keinen Zweifel, dass er der Fotograf war. Er tat nichts ohne Hintergedanken, alles hatte eine Bedeutung. Was hatte er gestern gesagt, als sie sich nach dem Sex an ihn kuscheln wollte und er ihre Annäherung mit einer barschen Handbewegung abwehrte.

»Du musst noch viel lernen!«

Sie war im ersten Moment wegen seiner Zurückweisung beleidigt gewesen, hatte sich aber besonnen.

»Deswegen bin ich hier, Lehrer! Um zu lernen!«

Sie spürte Skepsis in seinem Blick, was ihr einen Stich gab, der auch nicht nachließ, als er fast flüsternd weitersprach. »Du muss begreifen, dass nur du die Sonne deines Universums sein kannst. Es geschieht nur, was du in Bewegung setzt!«

»Aber ...«

Er schüttelte den Kopf. »Die Menschheit zerfällt in drei Teile. Diejenigen, die handeln und diejenigen, die erdulden. Du hast die Wahl. Immer.«

»Das sind erst zwei Teile«, wagte sie einzuwerfen.

»Du hörst zu, das ist ein Anfang.« Er stieß ihr seinen Zeigefinger vor die Brust wie einen Dolch. »Neben den wahrhaft Handelnden und den Duldsamen gibt es noch die Blender.« Er spuckte das Wort aus wie ein verdorbenes Stück Fleisch.

Sie starrte immer noch auf das Foto. Enthielt das Bild die Antwort auf die Frage, ob sie Handelnde, Erduldende oder Blenderin war? Wofür stand die Blume? Sie öffnete den Internetbrowser des Smartphones und gab Narzisse in das Suchfeld ein. »Symbol für Frische, Fruchtbarkeit und Lebendigkeit«, las sie und atmete auf. Sie scrollte weiter nach unten und hatte das Gefühl, dass ihr das Blut in den Adern gefror, als sie den letzten Satz las.

»Vor allem aber steht die Narzisse für Eitelkeit.«

Dreiundzwanzig

Acht Uhr dreißig

»Die Luft hier drin ist ja zum Schneiden.« Thal ging schnurstracks zum Fenster und öffnete es. Von unten hörte er den warmen Klang des Chevrolet, den Madlaina vom Parkplatz lenkte. Sie fuhr nach St. Gallen, um die Asservaten des Falls Alina Schaller zu holen, die sie noch einmal auf übereinstimmende Spuren untersuchen lassen wollten. Er unterdrückte den Impuls zu winken und drehte sich um. Stephanie Bohlmann und Jonas Quandt saßen am Besprechungstisch. Während die Kollegin Thal frisch und tatendurstig ansah, wirkte der Neue noch blasser als gestern, seine Haare standen wirr zu Berge und an Kinn und Wange zeigte sich der Schatten eines Bartes. Auf dem Tisch lagen aufgeschlagene Akten und einzelne Blätter scheinbar ohne jede Ordnung. Inmitten des Chaos stand ein aufgeklapptes Notebook, daneben drei leere Flaschen dieses asiatischen Energydrinks, den Quandt gestern bei Donato aus der Tasche gezogen hatte.

»Waren Sie etwa die ganze Nacht hier?«, fragte Thal.

Quandt winkte ab. »Das ist kein großes Ding, ich brauche nicht viel Schlaf.«

»Ihr Aussehen spricht dagegen«, brummte Thal und setzte sich ebenfalls an den Tisch. »Hat sich Ihre Nachtschicht denn wenigstens gelohnt?«

»Wie man's nimmt. Übereinstimmungen zwischen den beiden Fällen sind zwar immer noch Fehlanzeige, ich habe aber erst die Hälfte der Akten durchgearbeitet. Interessant ist allerdings, was Stephanie und mir bei der Durchsicht von Katja Grells Kalender aufgefallen ist.«

Quandt beugte sich über das Notebook und suchte eine Datei. Thal fragte sich, ob Stephanie Bohlmann etwa auch die Nacht im Präsidium verbrachte hatte und wie sie es dann schaffte, einen derart ausgeschlafenen Eindruck zu machen. Sie schien seine Gedanken zu lesen.

»Nein, Chef, keine Sorge, ich war zu Hause, habe mir aber gestern Abend noch die Daten zu Gemüte geführt, die Grells Assistentin mir überlassen hatte. Dabei ist mir aufgefallen, dass unser Opfer auf Dienstreisen oft einen Termin mit einem W. gehabt hat.«

Quandt hob die Hand wie ein Schüler und Thal erwartete fast, dass er schnippte. »Hier, ich habe es gefunden.«

Er drehte das Notebook so, dass Thal den geöffneten Kalender sehen konnte. Der Eintrag stammte vom Januar und lautete Wien, PK Mannshardt & Co. Abends mit W.

Quandt stand auf, ging um den Tisch herum, stellte sich neben Thal und scrollte durch den Kalender. Er sah nicht nur übernächtigt aus, er roch auch so.

»Und hier wieder!«

Der junge Kollege tippte auf einen Termin im Februar und las vor. »Zürich. Akquise Sonnheimer AG. Abends W.«

»Diese Treffen wiederholten sich regelmäßig, insgesamt haben wir jeden Monat mindestens ein Date mit diesem W.«, sagte Bohlmann.

»Oder dieser W.«, ergänzte Thal.

Quandt schaute ihn von der Seite an, als hätte er ihn nicht verstanden.

»Steht da irgendetwas von einem Herrn W.?«

Der junge Kollege schüttelte den Kopf.

»Na also, dann kann es genauso gut eine Frau sein, oder?«

Eisiges Schweigen war die Antwort auf Thals Zurechtweisung, die der schon jetzt bedauerte. »Gute Arbeit übrigens, Stephanie.«

Die Kollegin nickte stumm und ohne aufzusehen.

»Irgendeine Idee, um wen es sich bei großes W Punkt handeln könnte?«

»Ich vermute, dass es ein Kollege ist«, antwortete Quandt sofort. »Die Treffen stehen immer im Zusammenhang mit einem dienstlichen Termin, und da sie in unterschiedlichen Städten von Wien bis Hamburg stattfinden, ist es wohl kaum jemand von außerhalb der Firma.«

»Hört sich schlüssig an«, warf Stephanie ein.

Thal allerdings war noch nicht überzeugt. »Wenn ich das richtig sehe, nennt Katja Grell bei ihren geschäftlichen Terminen jedes Mal einen Anlass, bei den Treffen mit diesem ominösen W. findet sie das aber nicht nötig. Warum?«

»Weil es immer den gleichen Grund gibt?« Quandt schaute Stephanie an, als erwarte er eher von ihr eine Antwort als von Thal und sie blieb sie auch nicht schuldig.

»Möglich. Genauso gut kann es sich aber auch um ein privates Treffen handeln, dann erübrigt sich die Angabe eines Gesprächsanlasses.«

»Wir bewegen uns hier auf ziemlich spekulativen Terrain, findet Ihr nicht?« Während Thal sprach, betrat Bettina den Raum, nickte kurz zur Begrüßung und stieg sofort in das Gespräch ein. »Spekulation ist doch unser Geschäft. Worum geht es?«

Quandt setzte sie mit knappen Worten ins Bild, worauf sie eine klare Einschätzung abgab. »Klingt für mich nach einem privaten Treffen. Ich vermute ein Verhältnis mit einem verheirateten Mann.«

Bettina wie sie leibt und lebt, dachte Thal. Sie traute sich immer als Erste, eine These zu formulieren, mochte sie auch noch so steil sein. Das war das Holz, aus dem erfolgreiche Ermittler geschnitzt sind. Es mochte inzwischen noch so viele wissenschaftliche Analysemethoden geben, am Ende war der Instinkt unverzichtbar.

»Gut«, sagte Thal und stand auf. »Bettina und ich gehen in die Agentur und sprechen noch mal mit Katja Grells Assistentin. Stephanie durchsucht weiter die Akten nach Übereinstimmungen. Quandt, Sie springen erst mal unter die Dusche, danach unterstützen Sie die Kollegin.«

Aus den Augenwinkeln sah Thal, dass Bettina sich ein Lachen nur mit Mühe verkneifen konnte.

Das Wetter schien sich langsam zu ändern, die Hitze war an diesem Morgen nicht so unerträglich wie in den zwei Wochen zuvor. Thal deutete an der Seestraße auf eine Bank. »Lass uns einen Moment verschnaufen, bevor wir mit der Befragung beginnen.« Bettina schaute ihn mit gekräuselter Stirn an, setzte sich aber ohne jede Bemerkung. Thal hatte auf dem weitgehend schweigend zurückgelegten Spaziergang vom Präsidium zur Seestraße beschlossen, mit der Tür ins Haus zu fallen. »Wie steht es zwischen dir und Tobias?«

Bettina lachte auf. »Da bin ich aber froh, dass wir diesen Zwischenstopp nicht einlegen, weil es dir körperlich schlecht geht.« Sie machte eine kurze Pause und schaute auf den See. Der Katamaran nach Friedrichshafen glitt vor ihnen durchs Wasser. »Danke der Nachfrage. Ehrlich gesagt: Ich weiß es nicht.«

Thal überlegte, wie er auf diese ausweichende Antwort reagieren sollte, aber bevor er etwas sagte, legte Bettina ihm ihre Hand auf den Arm. »Dein Sohn ist ein feiner Kerl, Alexander. Ich bin mir nur einfach nicht sicher, ob wir es schaffen, länger als ein paar Monate glücklich miteinander zu sein.«

Der Satz klang wie eine letzte Wahrheit, aber Bettina hatte seine Frage falsch interpretiert, es ging ihm nicht um Tobias, er wollte sich auch nicht vergewissern, dass er als Vater einen halbwegs gut geratenen Sprössling in die Welt entlassen hatte. Er legte seine Hand auf ihre. »Ich mache mir Sorgen um dich, Bettina. Du wirkst so müde.« Für einen kurzen Moment dachte er, sie würde ihm etwas Wichtiges erzählen, denn sie drehte sich zu ihm und öffnete ihre Körperhaltung, eine Sekunde später entzog sie ihm aber ruckartig ihre Hand.

»Ich bin einfach urlaubsreif und dann noch Auers Tod.«

Thal war sich sicher, dass sie ihm etwas verschwieg, aber welches Recht hatte er zu insistieren? Wenn sie etwas für sich behalten wollte, sollte er sie nicht bedrängen. Er sparte sich jede Antwort und stand auf.

»Dann wollen wir mal.«

Bettina nickte stumm.

Jana Schos Büro machte heute einen noch unaufgeräumteren Eindruck als bei ihrem ersten Besuch. Als hätte sie Thals Gedanken gelesen, deutete sie mit einer raumgreifenden Geste auf das Chaos auf ihrem Schreibtisch. »Ich bin jetzt das Mädchen für alles und jeder lädt seinen Dreck bei mir ab.« Eine Träne glitzerte in ihrem Auge und Thal fragte sich, ob sie der Trauer um ihre Chefin Katja Grell oder dem rücksichtslosen Verhalten ihrer Kollegen galt.

»Schon gut«, sagte Bettina sanft, als befürchtete sie einen Heulkrampf, dem sie zuvorkommen wollte. Sie legte einige

Ausdrucke aus Katja Grells Terminkalender vor die Assistentin, die eine Lesebrille unter einem Stapel Papieren hervorzog und sich aufsetzte. Thal fand, dass sich ihr Aussehen dadurch dramatisch veränderte, sie wirkte nicht nur älter, sondern auch distinguierter und kompetenter. Als Personal Coach würde er ihr raten, stets eine Brille zu tragen, selbst wenn sie nur Fensterglas enthielt. Jana Scho nahm die Blätter einzeln in die Hand, sah kurz darauf und blickte Bettina fragend an. Ihre Körperhaltung war angespannt. Wie ein Tier, das sich in Fluchtbereitschaft hält, dachte Thal.

»Fällt Ihnen etwas auf?«, fragte Bettina.

»Nein. Das sind normale Kalendereinträge. Katja hat immer knapp formuliert, worum es ging. Die Details habe ich doch eh im Kopf, sagte sie, wenn sie jemand darauf ansprach.

»Das meinen wir nicht.« Bettina klang ungeduldig und Jana Scho senkte den Blick erneut auf die Computerausdrucke, als können sie durch das Abwenden ihres Blicks die Befragung beenden.

»Wer verbirgt sich hinter W Punkt?« Thal hatte die Frage stakkatohaft gestellt, die Wirkung war frappierend. Binnen Sekunden überzog eine leichte Röte Jana Schos Gesicht. Sie legte die Blätter auf den Tisch und fuhr sich mit den Handflächen über die Oberschenkel.

»Sie wissen es doch«, legte Thal nach. »Ihre Chefin ist tot, Frau Scho, und damit endet jede Verpflichtung zur Loyalität.«

Die junge Frau atmete tief durch und richtete den Oberkörper auf. »Nicht hier.«

Sie stand auf und ging zur Tür, ehe einer der beiden Polizisten etwas sagen konnte. »In einer halben Stunde im Garten des Barleben.«

Sie ließ keinen Zweifel daran, dass sie die Unterhaltung in diesem Raum nicht fortsetzen würde. Thal war kurz davor, aus der Haut zu fahren und ihr mit einer förmlichen Vorladung ins Präsidium, besser noch mit einer Vorführung durch uniformierte Beamte zu drohen, aber Bettina schritt ein. »Gut, aber seien Sie pünktlich.«

Auf der Straße machte Thal seinem Ärger Luft. »Was sollte das Theater?«

Bettina hob die Schultern. »Keine Ahnung, aber sie wird es uns erzählen, da bin ich sicher.«

Bis zum Barleben war es nur ein kurzer Spaziergang von zwei Minuten. Die herrschaftliche Villa, einst schicke Sommerresidenz eines reichen Bürgers, war vor Jahren zu einem kleinen, aber feinen Hotel umgebaut worden. Im Garten standen neben einigen Strandkörben, die eher an die Nordsee als an den Bodensee passten, ein halbes Dutzend Teakholztische, von denen zu dieser Vormittagsstunde nur einer von vier Seniorinnen besetzt war, die sich gerade ein gewaltiges Stück Sahnetorte schmecken ließen. Bettina und Alexander nahmen am äußersten Tisch Platz, dem ein wuchtiger, bis auf die Promenade reichender Baum Schatten spendete. Thal wagte es, einen Espresso zu bestellen, Bettina entschied sich nach längerem Beratschlagen mit dem Kellner für einen Eiskaffee. »Mit Sahne«, rief sie ihm nach, als er bereits fast den Eingang zur Villa erreicht hatte. Thal wollte gerade noch einmal seinem Ärger über die vertane Zeit Luft machen, als Jan Scho früher als erwartet das Gartenrestaurant betrat. »Tut mir leid«, sagte sie gehetzt, als sie sich zu den beiden Ermittlern setzte. »Ich konnte unmöglich mit Ihnen im Büro sprechen, da haben die Wände Ohren.«

»Wollen Sie etwa sagen, dass es Wanzen in den Räumen gibt?«

Die junge Frau hob abwehrend die Hände. »Das wohl nicht, aber irgendwie ...« Sie ließ den Satz unvollendet verklingen. Der Kellner brachte die Getränke und Jana Scho bestellte ein Mineralwasser, »ohne Kohlensäure, mit zwei Zitronenscheiben, nicht aus der Kühlung«. Als der Kellner sich entfernt hatte, setzte sie erläuternd hinzu: »Eiskalte Getränke sind nicht gut bei der Hitze.«

Thal gab einen halben Teelöffel Zucker in den Espresso und stellte mit Genugtuung fest, dass die Crema von perfekter Konsistenz war. Er nahm einen Schluck und war von Temperatur und Geschmack angenehm überrascht. Es gab in Konstanz also doch noch Cafés, in denen man etwas von der Zubereitung eines Caffè verstand. Dem leicht schokoladigen Aroma nachspürend, überließ er Bettina die Befragung.

»Also, um wen handelt es sich bei dem oder der W. in Katja Grells Kalender?«

Jana Scho schluckte und bewegte dabei den Kopf ruckartig, als müsse sie ein großes, trockenes und widerspenstiges Stück Fleisch herunterschlingen. »Ich weiß es natürlich nicht sicher, aber ich habe eine Vermutung.«

»Dann lassen Sie uns bitte daran teilhaben.«

»In der Firma pfeifen die Spatzen von den Dächern, dass Frau Grell und der Junior einander zugetan sind.«

Thal verschluckte sich aus Amüsement über die altmodische Formulierung beinahe am zweiten und letzten Schluck Espresso. Auch Bettina konnte sich ein Grinsen nicht verkneifen, ihre Stimme blieb aber sachlich und frei von Ironie. »Sie meinen Max Walther?«

Jana Scho nickte. »Es war ja auch zu offensichtlich. Fast jedes Mal, wenn Katja, also Frau Grell, auf eine Dienstreise ging, bei der mindestens eine Übernachtung nötig war, meldete sich auch der Junior in der Zentrale in München ab. Offiziell reiste er zwar in eine andere Stadt, aber ...« Sie machte eine kurze Pause, in der sie mit einer kecken Geste den Zeigefinger ans rechte Auge führte und das Lid nach unten zog. »Nachtigall, ick hör dir trapsen.«

»Wie lange ging das schon?«

»Über ein Jahr bestimmt.«

Thal stellte die Espressotasse auf den Teller. »Und als Katja Grell verschwand ...«

»... kam sie von einer Dienstreise nach Köln nicht zurück«, fiel ihm Jana Scho ins Wort.

Bettina zog ihr Smartphone aus der Tasche und wählte eine Nummer aus dem Telefonbuch. »Hallo, Stephanie! Kannst du mal schnell nachsehen, was der letzte Eintrag in Grells Terminplaner vor ihrem Verschwinden war?«

Sie lauschte einige Sekunden schweigend und legte dann nach einem knappen »Danke« auf.

»Präsentation bei einer gewissen Otto Möhler KG«.

Bettina schaute Jana Scho fragend an, die sofort antwortete: »Ein Hersteller von Küchenmaschinen, für die Walther & Walther eine virale Kampagne entwickelt hat.«

»Und?«, fragte Thal und blickte Bettina scharf an.

»20 Uhr: W.«

Vierundzwanzig

Zwölf Uhr zwanzig

Was für eine Enttäuschung! Die Auserwählte ist ein Reinfall! Selten hatten wir einen so kalten Fisch. Und dabei war ich anfangs sicher, dass sie uns eine gute Show liefern würde. Die Performance am Morgen war aber absolut unterirdisch. Sie tat so, als wäre es das Selbstverständlichste von der Welt, von einem Mann wie dem Lehrer beglückt zu werden. Da hatten wir schon ganz anderes erlebt. Zusammenbrüche, Heulkrämpfe, von überwältigenden Glücksgefühlen zur Raserei Getriebene. Nun ja, man kann nicht immer Glück haben. Optisch war sie zwar Note 2, aber die Show als Ganzes katastrophal. 5 minus würde ich sagen, denn sie war auch noch eine schlechte Schauspielerin. Okay, ein Mann kann nie mit Sicherheit sagen, dass eine Frau ihn im Bett nicht belügt. Nicht dass es mir etwas ausmacht, im Gegenteil. Es ist mir völlig egal. Aber bei ihr merkte es jeder.

Als wollte sie uns für die entgangenen Freuden entschädigen, ging sie unserem Fototrick auf den Leim. Schon erstaunlich, was man mit einem guten Bildbearbeitungsprogramm in einer Stunde leisten kann. Der Chef war auch begeistert. Die Narzisse war das i-Tüpfelchen, ihr Gesicht, als sie die Bedeutung gegoogelt hat ... unbezahlbar! Was der Chef mit ihr vorhat, wird sich zeigen, Vorhersagen sind unmöglich. Möglicherweise lässt er sie fallen wie diese Rita, die er auch am dritten Tag auf die Straße gesetzt hat. Vielleicht glaubt er aber noch an sie als Auserwählte. Das Spiegelkabinett wird es zeigen.

Fünfundzwanzig

Dreizehn Uhr zehn

Thal hatte das Angebot eines Kaffees dankend abgelehnt, nachdem die Empfangssekretärin ihm mitgeteilt hatte, dass Seelmann, der sich gestern als perfekter Barista erwiesen hatte, heute nicht im Büro war, und nippte deshalb an einem eiskalten Mineralwasser. Max Walther saß ihm gegenüber am Besprechungstisch, während Bettina gemeinsam mit Jana Scho den Schreibtisch von Katja Grell ausräumte. Unter Umständen fanden sich noch Hinweise, die sie weiterbringen könnten. Der Juniorchef der Agentur hatte die Beine übereinandergeschlagen und wippte mit dem rechten Fuß in einem unregelmäßigen Takt, während er auf die Kalenderausdrucke seiner Mitarbeiterin starrte. Er warf die Papiere schwungvoll auf den Tisch, woraufhin einige zu Boden flatterten. »Ja, und?«, fragte er und in seinen Augen zeigte sich das typische Funkeln, das Thal von zahlreichen Vernehmungen einflussreicher Männer kannte. Was willst du von mir, sagte es. Du kannst mir nichts.

»Haben Sie eine Ahnung, wer mit W Punkt gemeint sein könnte?«

Max Walther blickte ihn starr an, kein einziger Muskel in seinem Gesicht bewegte sich. »Woher sollte ich? Anscheinend war Frau Grell nach ihren dienstlichen Terminen privat verabredet. Das geht mich nichts an.«

Kalt wie Hundeschnauze, dachte Thal, man musste ihn unter Druck setzen. »Könnte das W nicht für Ihren Namen stehen, Herr Walther?«

Der Agenturchef lachte auf. »Wie kommen Sie denn auf so eine absurde Idee?«

Thal entschied sich, einen seiner Trümpfe schon jetzt zu ziehen. »Es gibt Gerüchte in der Agentur.«

Walther legte sich die Unterarme auf die Oberschenkel und beugte sich vor. »Sie enttäuschen mich, Herr Hauptkommissar. Gerüchte über Verhältnisse zwischen Chefs und subalternen Angestellten gibt es in jedem Unternehmen.«

Er richtete seinen Oberkörper langsam auf und lehnte sich zurück, ohne den Blick von Thal zu nehmen, als überprüfte er die Wirkung seiner Worte. Anscheinend war er noch nicht zufrieden, denn er setzte mit höhnischem Unterton hinzu. »Außerdem ist es doch absolut unwahrscheinlich, dass sie mich mit einem großen W betiteln würde, meinen Sie nicht?«

Er wartete auf eine Reaktion Thals, und als sie ausblieb, ergänzte er: »Wenn wir ein Verhältnis gehabt hätten, müsste man doch ein M in ihrem Kalender erwarten oder glauben Sie etwa, wir hätten uns im Bett gesiezt? Noch wahrscheinlicher wäre es natürlich, sie hätte ein X oder ein K oder was auch immer eingetragen, wenn sie die Schäferstündchen mit mir verheimlichen wollte.«

Er lachte kurz auf, erhob sich aus dem Sessel und sammelte die Blätter von Tisch und Boden auf. Thal erwartete fast, dass er sie ihm entgegenschleuderte, aber er ging, ohne ihn eines Blickes zu würdigen, zum Schreibtisch und drückte eine Taste auf dem Telefon.

»Ja, Herr Walther?« Thal erkannte die leicht gebrochene Stimme der Empfangssekretärin.

»Hören Sie zu, Dana, ich nenne Ihnen jetzt einige Daten. Drucken Sie bitte meinen Terminplaner für diese Tage aus. Oder besser, für diese Tage und jeweils den davor und danach.« Mit emotionsloser Stimme las er die Datumsangaben von den Blättern. »Und erledigen Sie das bitte sofort. Danke!«

Er ließ sich in den Schreibtischsessel fallen und blickte Thal an. Sein Mund verzog sich zu einem eiskalten Lächeln, mit zwei Fingern der rechten Hand trommelte er unrhythmisch auf die Tischplatte.

Eine Minute schwiegen sich die beiden Männer an, bis die Sekretärin den Raum betrat und einen dünnen Stapel Ausdrucke auf den Schreibtisch legte. Ohne einen Blick hineinzuwerfen, schob Walther sie in Thals Richtung.

»Bitte, Herr Hauptkommissar. Überzeugen Sie sich davon, dass ich an keinem der Tage, an denen Frau Grell sich mit einem gewissen W getroffen zu haben scheint, auch nur in ihrer Nähe war.«

Thal nahm die Papiere vom Tisch und stand auf. »Wir werden das überprüfen.«

»Ich bitte darum.«

In der Tür drehte Thal sich noch einmal um. »Bis wir Ihre Alibis bestätigt haben, muss ich Sie bitten, Konstanz nicht zu verlassen.«

Walthers rechter Mundwinkel zuckte, während er mit dem Kopf nickte. »Beeilen Sie sich, Herr Hauptkommissar. Ich habe Wichtigeres zu tun als zu warten, bis die Herren Beamten ihre Arbeit erledigt haben.«

Sechsundzwanzig

Dreizehn Uhr vierzig

»Was für ein arrogantes Arschloch!« Thal warf die Ausdrucke von Walthers Agenda auf den Tisch.

Bettina hob erschrocken den Kopf. »Na, na, Alex!«

Er ließ sich in seinen Schreibtischsessel fallen. »Ist doch wahr! Er hat mich vorgeführt wie einen Schuljungen.«

Bettina blätterte die Papiere durch. »Die Angaben lassen sich überprüfen, denn er hat zu jedem Termin das Hotel notiert, in dem er abgestiegen ist.«

»Immerhin etwas«, sagte Thal und drehte den Stuhl von links nach rechts. »Quandt soll sich das vornehmen. Hast du noch etwas in Katja Grells Büro gefunden?«

Bettina schüttelte den Kopf. »Die Frau war die Ordnung in Person, perfekt organisiert bis ins kleinste Detail. Alle dienstlichen Unterlagen waren genau an dem Platz, wo sie hingehörten. Nur ...« Sie beugte sich zur Seite, griff in ihre Handtasche, die an der Stuhllehne hing und hielt nach kurzem Suchen einen merkwürdig geformten Schlüssel in die Höhe. »Ihr Bürosafe war leer bis auf das hier. Wie es scheint, handelt es sich um einen Schlüssel für ein Schließfach der Privatbank Will, Egner und Co. in Zürich, zumindest steht es so auf dem Schlüsselkopf.«

Sie übergab das acht Zentimeter lange und erstaunlich schwere Metallstück an Thal, der es kurz in der Hand drehte, ehe er zum Telefonhörer griff. »Das ist doch etwas für unsere Schweizer Dependance«, meinte er lachend und wählte Madlainas Nummer. Während er ihr erklärte, worum es ging, klopfte es an der Tür und Quandt kam herein. Thal forderte ihn mit einer Geste auf, sich zu setzen, beendete das Gespräch aber trotzdem schneller und sachlicher, als er es vorgehabt hatte. Er gab Bettina den Schlüssel zurück. »Madlaina kümmert sich drum, dass ein Streifenwagen der Thurgauer Kollegen den Schlüssel am Hauptzoll in Empfang nimmt. Sie lässt dann das Schließfach ausräumen.«

»Und das geht so ohne richterliche Anordnung?«, wunderte sich Quandt.

»Nein, natürlich nicht. Aber da es sich um ein Beweisstück in einer Schweizer Todesfallermittlung handelt, ist das kein Problem.«

Quandt machte immer noch einen übermüdeten Eindruck, aber immerhin sah er nicht mehr verwahrlost aus wie am Morgen.

»Irgendetwas Neues in Sachen Übereinstimmungen, Kollege?«, fragte Thal.

»Leider nein, das Durchackern der Akten ist ein zeitraubendes Geschäft. Aber mir ist da ein anderer Gedanke gekommen.«

Er wartete auf eine Aufforderung weiterzusprechen, was Thal zu einer ungeduldigen Geste veranlasste und ihm einen tadelnden Blick von Bettina eintrug, die per Telefon den Fahrdienst wegen des Schlüssels instruierte. Quandt beeilte sich, seine Idee zu erläutern.

»Ich habe darüber nachgedacht, was die rituellen Handlungen bedeuten könnten.«

»Rituelle Handlungen?«, fragten Berg und Thal synchron.

»Nun ja, die Schweizer Kollegin benutzte diesen Begriff, als sie ihre Theorie von einer Mordserie entwickelte.«

Madlaina schien den jungen Polizisten beeindruckt zu haben. Kein Wunder, sie verfehlte bei niemandem ihre Wirkung.

Thal nickte Quandt ungeduldig zu, der sich beeilte fortzufahren: »Wir haben sowohl bei Katja Grell als auch bei Alina Schaller einen abgeschnittenen Zeh. Beiden Opfern wurden die Augäpfel entfernt. Bei beiden Toten wurde nur ein Schuh gefunden, an dem sich zudem Blutspuren befanden.«

»Die Fakten sind uns allen hinlänglich bekannt, Quandt. Kommen Sie endlich zur Sache.«

»Stiefschwestern«, stieß Quandt hervor und verschluckte sich dabei fast.

Bettina schaute Thal kopfschüttelnd an, der sich auch keinen Reim darauf machen konnte, worauf der Frischling hinauswollte.

»Wie kommen Sie darauf, dass die beiden verwandt sind?«

Quandt schien Thal nicht zu verstehen, brach dann aber in schallendes Gelächter aus.

»Doch nicht in Wirklichkeit, Chef. Nur im Märchen. Wir hatten in der Ausbildung mal so einen Fall, da spielte jemand Hänsel und Gretel nach und lockte Kinder in eine Waldhütte.«

»Mann, Quandt, nun hören Sie schon auf, in Rätseln zu reden!«

»Aschenputtel.« Wieder spuckte der Neue das Wort mehr aus, als dass er es vernünftig artikulierte. »Sie verliert ihren goldenen Pantoffel beim Fest des Königs, der eine Frau für seinen Sohn sucht.«

Quandt schaute sich im Büro um, stand auf und hielt den Spurenbeutel mit dem bei Katja Grell gefundenen Pumps hoch. Berg und Thal sahen ihn erstaunt an, aber er ließ sich nicht verunsichern.

»Wie wir alle wissen, hat sich der Prinz in Aschenputtel verliebt und beginnt, sie anhand des Schuhs zu suchen. Die bösen Stiefschwestern, angetrieben von der ebenso durchtriebenen Stiefmutter, verstümmeln ihre Füße, um den Prinzen zu täuschen. Vergeblich. Der Prinz findet Aschenputtel, und zur Strafe stechen Tauben den heimtückischen Stiefschwestern die Augen aus.«

»Und wenn sie nicht gestorben sind ...«, flüsterte Bettina, deren Gesicht kreidebleich war. Thal atmete mehrmals tief durch. »Sie meinen, irgendjemand sieht sich in der Rolle des Prinzen?«

Quandt nickte.

»Und rettet die Welt vor den bösen Stiefschwestern.«

Siebenundzwanzig

Achtzehn Uhr

Die Atmosphäre im KK 1 war zum Zerreißen gespannt. Der Täter stellt das Märchen von Aschenputtel nach. Quandts Theorie war derart faszinierend und schlüssig, dass niemand daran zweifelte. Es passte ja auch alles perfekt zusammen. Der Schuh und die Verstümmelungen bekamen endlich einen Sinn. Gleichzeitig wurde die Situation aber auch bedrohlicher. Madlainas Annahme, dass sie es mit einer Mordserie zu tun hatten, bekam neue Nahrung. Niemand konnte davon ausgehen, dass der Täter nicht immer noch auf der Suche nach Aschenputtel war und gleichzeitig glaubte, eine Art Mission erfüllen zu müssen, das Böse aufzuspüren und zu eliminieren. Der Denkansatz warf völlig neue Fragen auf. Was machte Alina Schaller und Katja Grell zu bösen Stiefschwestern? Im Märchen maßten sie sich an, Aschenputtel zu sein. Welcher vergleichbaren Arroganz hatten sich die beiden Toten schuldig gemacht? Beide waren erfolgreich in ihrem Beruf, aber es gab keinen Hinweis darauf, dass sie sich ihre Karriere erschlichen hatten. Ging es gar nicht darum? Stempelte der Täter sie wegen bestimmter Charaktereigenschaften zu Bösen, ging es um Privates, hatten sie den Täter zurückgewiesen oder war es genau andersherum, hatten sie sich in eine Beziehung hineingedrängt? Je länger sie über Quandts faszinierende Hypothese diskutierten, desto weniger blickten sie durch. Statt Antworten fanden sie nur immer neue Fragen. Thal hatte die Debatte nach fast zwei Stunden untypisch autoritär beendet.

»Das hat doch alles keinen Zweck. Wir müssen den Spuren folgen, die wir haben und nicht irgendwelchen Hirngespinsten, so schlüssig sie sich auch anhören.«

Er verteilte die Ausdrucke von Max Walthers Kalendereinträgen.

»Als Erstes überprüfen wir das Alibi von Katja Grells Chef. Wir müssen wissen, ob die beiden sich zu heimlichen Schäferstündchen getroffen haben.«

Eine halbe Stunde später waren sie so ratlos wie zuvor. Zwar hatten die Hotels durch die Bank bestätigt, dass zum fraglichen Zeitpunkt ein gewisser Max Walther bei ihnen eingebucht war, ob er allerdings persönlich eingecheckt hatte, konnte niemand sagen. Während Thal Walthers Alibi als bestätigt ansah, zweifelte Bettina Berg weiterhin. »Ich kann nicht sagen, warum, aber ich glaube dem Typen nicht. Es bleibt doch seltsam, dass er ausgerechnet an den Tagen, an denen Katja Grell Termine außer Haus wahrnahm, ebenfalls auf Dienstreise war.«

»Mich irritiert etwas anderes viel mehr«, sagte Stephanie Bohlmann. »Findet ihr es nicht komisch, dass die beiden niemals gemeinsam unterwegs waren, obwohl Max Walther Katja Grells direkter Vorgesetzter war?«

»Zufall«, brummte Thal.

»Möglich«, stöhnten Bettina und Stephanie fast synchron. Quandt schrieb eine Liste von Orten untereinander.

»Was soll das werden?«, fragte Thal.

Quandt tippte auf drei Orte. »Zürich, Freiburg, Karlsruhe. Drei Hotels, in denen Walther zur fraglichen Zeit und erst vor Kurzem übernachtet haben will. Alle drei könnten wir in vertretbarer Zeit – sagen wir drei Stunden – erreichen und die Mitarbeiter fragen, ob sie Walther auf einem Foto erkennen, es soll sich ja wohl ein Porträt des Juniorchefs auf der Internetseite der Agentur finden. Entweder können wir ihn danach von der Liste streichen oder wir haben zumindest begründete Zweifel.«

Thal nickte. »Stephanie, du fährst nach Karlsruhe, Bettina nach Zürich und ...«

»Ich nach Freiburg«, ergänzte Quandt.

»Genau. Ich sorge in der Zwischenzeit dafür, dass ihr auch die entsprechenden Mitarbeiter der Hotels antrefft.«

»Dann nichts wie los«, sagte Stephanie und stürmte aus dem Raum.

»Einen Moment«, bremste Thal und trat auf Quandt zu. »Gute Arbeit, Jonas.« Er reichte ihm die Hand, die der junge Kollege freudestrahlend ergriff.

»Danke, Herr Thal!«

»Alexander«, korrigierte Thal und sah, wie Bettina ihre Hände lautlos in einer Beifallsgeste zusammenführte.

Achtundzwanzig

Neunzehn Uhr zehn

»Nein! Nein! Nein!«

Lydia presste die Hände auf die Ohren. Warum schrie diese alte Fettel bloß so laut? Und warum benutzte sie das verbotene Wort, das sich wie ein Gift in die Seele schlich?

Der Lehrer trat vor die heulende und schreiende Inge und ging in die Knie. Wie ein Kind, das aufhört zu schreien, wenn der Vater es auf den Arm nimmt, schwieg die Älteste der Seminaristinnen, ihr Körper zuckte aber noch immer von einem lautlosen Heulkrampf geschüttelt. Sie hatte Inge gemocht, die gerade zweiundfünfzig geworden und von einem Mann frisch geschieden war, der sich mit einer Fünfundzwanzigjährigen auf einem Selbstfindungstrip nach Indien befand. Aber diesen Ausbruch konnte der Lehrer nicht durchgehen lassen. Er legte Inge die Hände auf die Schultern und brachte seinen Kopf so nahe an ihren, dass die Nasenspitzen sich beinahe berührten. »Doch! Doch! Doch!« Federnd sprang er in den Stand.

»Habt ihr gesehen, was ein einziges, falsches Wort aus euch macht?«

Am liebsten hätte sie laut Ja gerufen, aber die anderen schwiegen und so unterdrückte sie diesen Impuls. Der Lehrer drehte eine Pirouette auf dem Absatz seiner Lackschuhe. Wie beweglich er war! Wie jungenhaft er aussah! Mit Erstaunen stellte sie fest, dass sie dabei war, sich zu verlieben. Der Sex gestern Nacht war nicht die Offenbarung gewesen, aber wie hatte er gesagt? Die wahren Orgasmen finden in der Seele statt. Die Erinnerung daran hatte sie durch den Tag getragen. Der Lehrer konnte in ihr lesen wie in einem offenen Buch, er hatte natürlich gewusst, dass sie die körperliche Erfüllung nur gespielt hatte. Aber es war unwichtig. Es ging um Größeres, auch wenn sie es noch nicht vollständig verstand. Was hatte zum Beispiel das Foto zu bedeuten, auf dem sie wie zur Leichenschau aufgebahrt auf dem Bett lag? Sie hatte keine Ahnung, aber sie war ja erst am Anfang des Weges.

Der Lehrer breitete wie ein Priester die Arme aus. »Habt ihr gesehen, welche Macht die Sprache über euch hat? Sie sorgt dafür, dass ihr die Kontrolle behaltet oder verliert. Ein Wort macht euch zu Siegern oder zu Besiegten.«

Er reichte Inge beide Hände, die sie zögernd ergriff. Mit einem Ruck zog er die Frau auf die Füße. »Ich habe dich gefragt, Inge, welcher Mensch dein Leben verändern kann, und du hast uns von all den armen und schwachen Charakteren berichtet, von denen du Tag für Tag umgeben bist. Menschen, die nicht in der Lage sind, ihre eigene erbärmliche Situation zu ändern. Wie sollen sie dir also helfen?«

Inge nickte stumm mit dem Kopf.

»Du glaubst, dass es niemanden gibt, der dein Leben ändern, ihm eine neue Richtung geben kann?« Der Lehrer ging rückwärts im Kreis durch den Raum, an dessen Rand die anderen Seminaristinnen saßen, und führte Inge an den Händen herum. Ihr Gesicht war noch immer völlig blutleer. Unvermittelt blieb er stehen und zog sie in seine Arme. Unglaublich! Sie schmiegte sich an ihn. Was fiel der Schlampe ein, den Lehrer derart anzuschmachten. Da! Er schaute zu ihr herüber. Hatte er ihr zugezwinkert? Er schob Inge in die Mitte des Raumes, stellte sich hinter sie und hielt ihr die Augen zu. Der Adjutor stellte einen mit einem Tuch verhüllten Gegenstand direkt vor sie. Er musste schwer sein, denn er stöhnte, während er den zwei Meter hohen und einen Meter breiten Kasten abstellte. Der Lehrer nickte ihm zu und beugte seinen Kopf über den von Inge Koblow. »Jeder hat in seinem Leben einen Menschen, der alles ändern kann. Jeder hat einen Menschen, der von heute auf morgen dafür sorgen kann, dass sein Leben erfüllt ist von Erfolg, von Geld, von Glück.« Er machte eine kurze Pause. »Von Liebe!«

Der Adjutor riss das Tuch vom Gegenstand und der Lehrer zog die Hände von Inges Augen. Sie blinzelte kurz und sah sich dann selbst in dem goldgerahmten, auf einem goldenen Podest stehenden antiken Spiegel.

»Jeder Mensch hat einen Menschen in seinem Leben, der ihn reich machen kann.« Der Lehrer schrie und drehte sich dabei im Kreis, die rechte Hand nach vorne ausgestreckt und auf die Seminaristinnen zeigend. »Jeder! Von! Euch!«

Alle sprangen auf und klatschten Beifall. »Ja! Ja! Ja!«

Inge stand noch immer vor dem Spiegel und rang um Fassung. Ohne sie auch nur eines Blickes zu würdigen, ließ sich der Lehrer vom Adjutor ein weißes Tuch geben, das er auf dem Boden ausbreitete. Er hob die Hände, um die Frauen zu beruhigen. Jemand, vermutlich der Adjutor, dimmte das Licht im Raum und richtete ein Spotlight auf die vom Tuch markierte Stelle. Stille breitete sich aus, nur die leisen Schritte eines Mannes waren zu hören, der durch den Raum zu schweben schien und sich in das gleißende Licht stellte. Der Asiate war klein und in ein safrangelbes, buddhistisches Mönchsgewand gehüllt. Die Seminaristinnen hatten nur noch Augen für den Neuankömmling und waren überrascht, als der Lehrer auf ihn zutrat und ihm mit einer tiefen Verbeugung eine Metallstange überreichte, als wäre es ein kostbarer Gegenstand. Der Asiate wartete, bis der Lehrer sich entfernt hatte, nahm die Stange und legte sie sich von hinten an den Hals. Er schloss die Augen, atmete drei Mal hörbar ein und aus und bog anschließend das Metall scheinbar ohne Anstrengung und in einer fließenden Bewegung zu einem U, das er nach vorne von sich warf. Mit lautem Scheppern fiel es zu Boden. Der Mönch verbeugte sich und schwebte aus dem Raum.

War es angebracht zu klatschen? Sie hielt die Hände ruhig, um die feierliche Stimmung nicht zu zerstören. Der Adjutor trat vor, nahm das Rohr und hielt es in die Höhe. Von hinten dröhnte die Stimme des Lehrers.

»Die höchste Stufe des Kampfes ist es, nicht zu kämpfen. Der Shaolin-Mönch hat euch bewiesen, wie wahr diese Weisheit ist, denn er hat dieses acht Zentimeter dicke Metall nur mit der Kraft seines Geistes gebogen.«

Der Adjutor hob das Rohr über seinen Kopf. Der Lehrer trat hinter ihn. »Die Gedanken sind die stärkste Kraft, die es auf Erden gibt. Mit euren Gedanken vermögt ihr alles. Auch dieses Metall zu biegen.«

Er legte dem Adjutor die Hände auf die Schultern, der daraufhin die Arme senkte und das Eisen vor sich hielt. Der Lehrer schob ihn langsam im Kreis herum an den Frauen vorbei, die kaum zu atmen wagten.

»Die Auserwählte wird es euch morgen zeigen!«

Er blieb stehen. Sie hatte das Gefühl, ihr Herz setzte aus. Der Adjutor überreichte ihr das Metallstück. Sie konnte es kaum halten, so schwer war es.

»Du kannst es!« Die Stimme des Lehrers drang wie durch Watte in ihre Ohren, aber ihr Geist nahm die Worte auf wie ein Ertrinkender den ersten Schluck Wasser aus einem klaren Bergbach.

Neunundzwanzig

Dreiundzwanzig Uhr fünf

»Das Ding ist gesichert wie Fort Knox!«

Madlaina hackte jetzt schon seit einer halben Stunde auf dem Computer herum, hatte es aber nicht geschafft, die Festplatte zu öffnen, die sie neben einem ebenso sündhaft teuren wie geschmacklosen Diamantcollier in Katja Grells Schweizer Bankschließfach gefunden hatte.

»Grendel wird gleich hier sein.« Thal hatte den Techniker im Weinwinkel erwischt, wo er sein Feierabend-Viertele trank. Er klang zwar genervt, versprach aber, zurück ins Präsidium zu kommen. Thal wartete nicht nur auf ihn, sondern auch auf Stephanies Anruf aus Karlsruhe. Bettina und Jonas hatten sich inzwischen gemeldet. Die Rezeptionisten der Hotels, in denen Max Walther angeblich in Zürich und Freiburg abgestiegen war, konnten sich zwar nicht an ihn erinnern, aber das half ihnen nicht weiter. Wenn sich ein Gast nicht daneben benahm, sondern unauffällig eincheckte, blieb er den Hotelmitarbeitern in der Regel nicht im Gedächtnis, es sei denn, sein Trinkgeld fiel fürstlich aus. Thal hielt Walther zwar nicht für geizig, aber auch keineswegs für übertrieben spendabel.

»Damn it!«, fluchte Madlaina, die in letzter Zeit häufig zu amerikanischen Ausdrücken griff, wenn sie ihrem Ärger Luft machen wollte.

»Na, wer wird denn gleich!« Grendel streckte seinen Kopf breit grinsend zur Tür herein. So fröhlich hatte Thal den Kollegen selten gesehen. Was so ein Viertele Wein doch ausmachte! Oder hatte er zwei getrunken? Grendel zog einen Stuhl neben Madlaina und nahm die mobile Festplatte in die Hand. »Einfacher wäre es, wir würden das Laufwerk ausbauen und in meinen PC montieren. Aber ich denke, wir kriegen das auch so hin. Lass mich mal ...«

Madlaina stand auf und hockte sich auf die Tischkante. Thals Telefon klingelte.

»Stephanie?«

»Jonas' Idee war grandios, Du glaubst nicht, was ich rausgefunden habe.« Sie sprach atemlos, als hätte sie einen anstrengenden Lauf hinter sich. »Max Walther hat seine Aufenthalte in Karlsruhe fingiert.«

»Was sagst du?« Thal schrie fast in den Telefonhörer.

»Derjenige, der hier als Max Walther eingecheckt hat, war auf jeden Fall ein anderer Mann.«

»Wie kannst du dir da so sicher sein?«

»Weil es ein Video gibt. Nachdem das Hotel in diesem Jahr zwei Mal überfallen worden ist, überwachen sie die Rezeption mit einer Kamera. Durch einen technischen Fehler wurden die Aufnahmen der letzten drei Monate nicht gelöscht. Wenn man die genaue Uhrzeit des Check-in, die im Computer bei den Gastdaten gespeichert wird, mit der entsprechenden Stelle des Überwachungsvideos vergleicht ...« Sie machte eine kurze Pause und rief dann fröhlich: »Bingo!«

»Okay«, sagte Thal und spürte, dass er selber atemlos war, »setz dich sofort in Bewegung und komm ins Büro.«

»Das ist nicht dein Ernst, oder?«

»Ich weiß, dass du erst mitten in der Nacht hier sein wirst, aber wir haben endlich einen vielversprechenden Ansatz und ...«

»Vielleicht noch ein bisschen mehr!«, vollendete Grendel den Satz. Thal knallte den Hörer auf den Apparat und sprang auf. Madlaina beugte sich bereits über Grendels Schulter und starrte auf den Monitor.

»Was zum Teufel ist das denn?«

Fünfter Tag

Dreißig

Ein Uhr zehn

Quandt öffnete bereits die zweite Flasche Krating Daeng und stürzte den Inhalt in einem Zug herunter.

»Vielleicht sollte ich das Zeug auch mal probieren.« Stephanie seufzte und trank einen Schluck Tee.

»Konzentriert euch noch eine halbe Stunde, dann können wir alle ins Bett.« Thal wollte die jüngsten Erkenntnisse mit dem ganzen Team diskutieren, solange sie noch frisch waren. Stephanie hatte ihnen das Video der Überwachungskamera des Hotels »Zur alten Post« in Karlsruhe vorgespielt. Der Mann, der dort am späten Nachmittag des Tages eincheckte, an dem Katja Grell laut Kalendereintrag in Köln eine Verabredung mit dem ominösen W. hatte, war auf gar keinen Fall Max Walther. Das Zimmer in Karlsruhe war vorab online gebucht worden, alle Daten des Gastes lagen vor und die Hotelmitarbeiterin am Empfang sah keine Veranlassung, sich seine Ausweispapiere zeigen zu lassen.

Bettina und Jonas berichteten von ihren Ausflügen nach Zürich und Freiburg übereinstimmend, dass kein Hotelmitarbeiter mit absoluter Sicherheit bezeugen konnte, Max Walther persönlich gesehen zu haben. Daraus ergaben sich einige Fragen, die Jonas Quandt am Whiteboard notiert hatte:

Wer ist der Mann auf dem Überwachungsvideo?

Warum gibt er sich als Max Walther aus?

Wo hielt sich Max Walther zur gleichen Zeit auf? In Köln?

Ließ sich Max Walther auch bei seinen angeblichen Dienstreisen nach Freiburg und Zürich vertreten?

Bevor sie begannen, nach Antworten zu suchen, bat Thal Madlaina, den Inhalt der Festplatte zu zeigen, die Katja Grell in ihrem Bankschließfach aufbewahrt hatte. Als das erste Foto auf dem Monitor erschien, schlug Bettina mit der flachen Hand auf den Tisch. »Das glaube ich nicht!«

Max Walther saß leicht vorgebeugt auf einem Sofa und zog sich mit einem silbernen Röhrchen eine Linie weißes Pulver in die Nase. Die Einrichtung deutete auf ein Hotelzimmer hin. Walther trug nichts als Boxershorts, im Hintergrund sah man unscharf einen Frauenkörper. Es gab noch sechs weitere Fotos, alle mit dem Juniorchef von Walther & Walther. Drei waren in privaten Räumen aufgenommen worden, auf allen lagen zumindest Drogen herum, sei es in Form von unförmigen Joints, bunten Pillen oder schnurgerade gezogenen Kokslinien. Die drei anderen Aufnahmen waren vermutlich in einem Bordell oder Privatklub entstanden. Walther rekelte sich auf einem breiten Bett, in jedem Arm eine bis auf High Heels und Strapse nackte Frau mit von Chirurgenhand geformten Brüsten. Walther in einem Pool, dem Fotografen mit einem Glas zuprostend, das vermutlich Champagner enthielt. Walther an einer Bar, wieder umgeben von barbusigen Schönheiten.

»Sieh mal einer an!«, rief Bettina, nachdem Madlaina durch die Fotos geklickt hatte, »der feine Herr Juniorchef ein Puffbruder und Kokser vor dem Herrn!«

Die Stimmung im Büro war ausgelassen und Thal ließ den Kollegen freien Lauf. Vier Tage kauten sie an diesem Fall herum ohne jeden vernünftigen Ansatz und jetzt wurde er ihnen auf dem Silbertablett serviert. Stephanie Bohlmann fasste die zentrale Erkenntnis zusammen: »Katja Grell hatte gar kein Verhältnis mit ihrem Chef, sie hat ihn erpresst.«

»Was ihn dazu veranlasste, sie aus dem Weg zu räumen«, brachte Quandt den Gedanken zu Ende.

Thal hob beruhigend die Hand. »Vorsicht vor allzu voreiligen Schlüssen.«

»Ach, komm, Chef, das liegt doch auf der Hand. Vermutlich musste Walther ihr zu geschäftlichen Terminen hinterherreisen, um ihr das Lösegeld zu übergeben. Wie heißt es so schön: Nur Bares ist Wahres.«

»Eins verstehe ich nicht«, mischte sich Madlaina ein und ihre sonore Stimme brachte die anderen zum Schweigen, »warum stellt er Aschenputtel nach, verstümmelt Katja Grells Fuß und sticht ihr die Augen aus?«

»Und warum hat er vor sechs Jahren in St. Gallen Alina Schaller ermordet und auf die gleiche Art und Weise zugerichtet?«

Die Euphorie wich müdem Schweigen. Alles deutete darauf hin, dass Max Walther seine Angestellte Katja Grell ermordete, weil sie ihn mit belastenden Fotos erpresste. Trotzdem blieben noch zu viele Fragen offen. Thal beschloss, den ersten Espresso dieses gerade angebrochenen Tages zu trinken.

»Noch jemand einen Kaffee?«

Bis auf Quandt, der als Antwort eine weitere Flasche seines thailändischen Teufelszeugs aus der Jackett-Tasche zog, schüttelten alle den Kopf. Während Thal die Kaffeebohnen in die Mühle füllte, versuchte Bettina eine erste Antwort zu geben.

»Vielleicht imitiert er nur den St. Galler Täter, um uns auf eine falsche Spur zu bringen.« Niemand ging auf die Bemerkung ein, weil alle wussten, dass es eine äußerst schwache Hypothese war. Die Tat war sechs Jahre her und hatte selbst bei der Entdeckung der Leiche keine großen Wellen außerhalb der Ostschweiz geschlagen. Bettina deutete das Schweigen der anderen richtig und setzte ein resigniertes »Ich meine ja nur« hinzu.

Schweigend hingen die Ermittler ihren Gedanken nach, während der Duft von Thals edlem Espresso den Raum erfüllte. Er hatte den ersten von zwei Schlucken, mit denen er wie immer die Tasse leeren würde, getrunken, als Quandt, der nahezu geräuschlos auf der Tastatur seines Notebooks herumgetippt hatte, mit einem lauten »Holy Shit!« die anderen aus ihren vor Erschöpfung nur mehr dahinschleichenden Grübeleien holte. Sie waren zu müde, etwas zu entgegnen oder zu fragen, hoben nur die Köpfe und verstanden Quandts aufgeregte Frage nicht, ob er die Mail an Thals Drucker schicken dürfe, der unmittelbar darauf zu brummen begann. Quandt zog das Blatt aus dem Gerät und legte es auf den Tisch. Madlaina hielt den Kopf leicht schief, um den Text zu erkennen und tippte auf das blaue Siegel im Briefkopf.

»FBI«, murmelte sie, nahm das Blatt in die Hand und schob die Lesebrille vom Kopf auf die Nase. Sie brauchte nicht lange, um den Text zu lesen.

»Verdammt!«

Sie reichte Thal das Blatt, der froh war, dass Madlaina begann, den Inhalt der E-Mail zusammenzufassen, sein Englisch war reichlich eingerostet. Aufgrund der Interpol-Anfrage aus Konstanz hatten die Kollegen in Washington, D.C. einen Fall ausgekramt, der einige Ähnlichkeiten mit den beiden Todesfällen am Bodensee aufwies. Vor fünf Jahren hatten Bauarbeiter in einem Waldstück bei Sausalito nördlich von San Francisco einen stark verwesten Leichnam ausgegraben. Die Ermittlungen förderten zutage, dass es sich bei der Toten um die damals bereits seit fast zwei Jahren vermisste Claire Nolan handelte, die zum Zeitpunkt ihres Verschwindens achtundzwanzig Jahre alt war. Der Körper war so stark verwest, dass eine Bestimmung der Todesursache unmöglich war. Die Tatsache, dass die Tote in einem Wald verscharrt worden war, deutet aber selbstverständlich auf ein Tötungsdelikt hin, allerdings fehlten Hinweise auf den Tathergang oder den Täter. Es konnte anhand der Knochen nur eine Verletzung an den Füßen dokumentiert werden.

»Und jetzt haltet euch fest«, sagte Madlaina fast feierlich. »Claire Nolan wurde der Zeh des rechten Fußes entfernt und das Fersenbein war zertrümmert.«

»Ach, du Scheiße!«, entfuhr es Bettina, die sich in einer fast kindlichen Geste sofort danach den Mund zuhielt.

»Und das ist noch nicht alles!«, setzte Madlaina hinzu und schaute zuerst Thal, dann Berg an. »Bei der Leiche fand sich ein einzelner Schuh.«

Quandt hatte während des Vortrag von Madlaina die angehängten Tatortfotos aus Kalifornien geöffnet und klickte sich langsam von Bild zu Bild. Trotz der Müdigkeit aller Anwesenden schien die Luft im Raum plötzlich vor Vitalität zu vibrieren. Ihr Fall oder besser gesagt ihre Fälle nahmen von einem Moment auf den anderen eine internationale Dimension an. Die Übereinstimmungen waren frappierend. Der Schuh hatte durch die lange Liegezeit im Boden zwar gelitten, trotzdem war selbst auf den Fotos deutlich erkennbar, dass er golden war. An der Absatzspitze hatten die Ermittler, so stand es in der E-Mail, Blutanhaftungen gesichert.

»Und nun?«, fragte Madlaina.

Thal stand auf und stellte die leere Kaffeetasse aufs Sideboard.

»Jetzt gehen wir erst einmal schlafen.«

Einunddreißig

Acht Uhr dreißig

»Das kann doch alles kein Zufall sein!«, murmelte der Imam, und es war nicht genau herauszuhören, ob er wegen der Dimension der Ermittlungen entsetzt oder begeistert war. Vielleicht sah er sich schon als Interviewpartner in der Tagesschau. Thal war zu müde für eine Diskussion, fünf Stunden Schlaf waren eindeutig zu wenig, deshalb nickte er nur matt.

»Und?«, fragte der Kriminaldirektor. Seine Augen funkelten vor Aufregung. »Wie gehen wir jetzt vor?«

»Wir müssen mehrgleisig fahren und dürfen uns auf keinen Fall auf eine einzige Hypothese stürzen und alle anderen Möglichkeiten außer acht lassen.«

»Nun sprechen Sie nicht so kryptisch, Thal. Wer macht wann was?«

»Zuerst werden wir Max Walther verhören, belastendes Material haben wir hinreichend, der Ermittlungsrichter wird uns einen Haftbefehl ausstellen. Vorerst habe ich uniformierte Kavallerie losgeschickt, um ihn in seinem feinen Apartment abzuholen.«

»Fein, fein«, sagte Schober und rieb sich die Hände. Er ließ heute wirklich kein Klischee aus. »Und weiter?«

Die Kollegin Bohlmann durchforstet mit dem Kollegen Quandt noch immer die Akten Schaller und Grell auf Übereinstimmungen und Gemeinsamkeiten. Noch ist es reine Spekulation, dass die beiden Fälle in irgendeiner Weise zusammenhängen.«

»Drei Fälle, Thal, drei! Vergessen Sie die Leiche in St. Francisco nicht.«

Keine Frage, der Imam war stolz, eine interkontinentale Ermittlung zu leiten. Nicht auszudenken, wenn sie tatsächlich einen Serienmörder zur Strecke brachten, er würde vor Stolz platzen. Thal unterdrückte ein Schmunzeln.

»Wir lassen nichts außen vor, Herr Kriminaldirektor, auch wenn der Fall in den USA momentan überhaupt nicht ins Bild passt. Zum Glück hat Leutnant Steiniger von der Kantonspolizei St. Gallen Madlaina Veicht für die Ermittlungen abgestellt. Wenn man so will, haben wir also schon jetzt eine international besetzte Sonderkommission, und die Schweizer Kollegin hat beste Kontakte zum FBI.«

»Ich weiß, ich weiß«, beeilte sich Schober einzuwerfen. »Es würde mich nicht wundern, wenn da noch mehr Leichen mit abgetrennten Zehen und ausgestochenen Augäpfeln auftauchten.«

»Gott bewahre«, sagte Thal, dem normalerweise alles Religiöse fremd war, aber in diesem Moment schien es ihm die einzige angemessene Reaktion. Schober hingegen konnte der Fall nicht groß genug sein, ihn trieb eine andere Sorge um.

»Auf eins müssen Sie achtgeben, Thal! Wenn die Jungs vom BKA Wind davon bekommen, dass wir hier an einer richtig großen Sache dran sind und mit dem FBI in Kontakt stehen, werden sie sofort versuchen, sich die Ermittlungen unter den Nagel zu reißen.« Er machte eine kurze Pause und es war ersichtlich, dass er einen inneren Kampf ausfocht. »Also halten wir am besten zumindest in der Öffentlichkeit den Ball so flach wie möglich.«

Thal wusste, wie schwer das vor allem Schober selbst fallen würde, unterdrückte aber, wenn auch mit Mühe, ein spöttisches Lächeln.

»Ball flach halten, völlig richtig, Herr Kriminaldirektor.«

Als Thal das Büro von Bohlmann und Quandt betrat, fiel ihm Auers Foto auf Stephanies Schreibtisch ins Auge. Hatte sie es heute erst aufgestellt oder war es ihm bisher nicht aufgefallen? Er schluckte die Frage herunter und murmelte stattdessen »Guten Morgen!«

»Was soll an einem Morgen nach nicht einmal fünf Stunden Schlaf gut sein, Chef?«

»Schlaf wird deutlich überbewertet«, warf Quandt ein und prostete ihm mit einer Flasche Krating Daeng zu. Thal unterdrückte auch die Frage, die wievielte es schon war.

»Mir ist die Müdigkeit vergangen angesichts der unbändigen Freude des Imam, endlich mal mit den großen Jungs vom FBI und BKA spielen zu dürfen.«

Stephanie lachte schallend, während Quandt den Witz nicht verstand.

»Wo ist Bettina?«, fragte Thal.

»Keine Ahnung. Soll ich sie anrufen?«

Thal schüttelte den Kopf. »Lass nur, das mache ich selber. Ist die Streife mit Max Walther schon zurück?«

»Sitzt im Vernehmungsraum 2 und tobt«, antwortete Stephanie. »In spätestens einer halben Stunden taucht hier ein Anwalt in teurem Zwirn auf und macht uns das Leben zur Hölle.«

»In dieser Hölle brennt das Feuer aber nicht sehr heiß. Der Imam spricht in diesen Minuten mit dem Staatsanwalt und bittet ihn, Antrag auf Erlass eines Haftbefehls zu stellen.«

»Und Gründe gibt es dafür ja genug.« Quandt warf die leere Flasche in den Mülleimer unter seinem Schreibtisch.

»Ohne Zweifel«, stimmte Thal zu. »Trotzdem dürfen wir uns nicht allein auf Walther kaprizieren. Wer weiß, vielleicht haben wir es am Ende mit verschiedenen Tätern zu tun, ausschließen können wir das bisher nicht. Wenn wir wenigstens eine klitzekleine Übereinstimmung in den Fällen Schaller und Grell finden würden.«

Quandt stöhnte auf. »Alles klar, Chef, wir dürfen weiter die Akten durchwühlen.«

Thal hob Augenbrauen und Schultern zu einer ironischen Entschuldigungsgeste.

»Hat man euch auf der Akademie nicht beigebracht, dass Polizeiarbeit in erster Linie Aktenstudium, in zweiter Linie Aktenstudium und in dritter Linie ...«

»Ist ja schon gut, Alexander!« Quandt griff sich zwei Aktenordner.

»Rot oder blau?«, fragte er Stephanie und deutete auf die farbigen Rücken der Ordner.

»Rot natürlich!« lautete die Antwort und Quandt ließ den schweren Leitz-Ordner krachend auf den Schreibtisch der Kollegin fallen.

Zweiunddreißig

Acht Uhr fünfundvierzig

Am vierten Tag nimmt so ein Seminar immer richtig Fahrt auf. Anscheinend brauchen die Frauen so lange, bis sie kapiert haben, dass der Chef es erstens ernst meint und zweitens keinem erotischen Angebot abgeneigt ist. Die Auserwählte wird nicht die Einzige bleiben, mit der er sich vergnügt. Mit dieser Inge hätte ich allerdings nun wirklich nicht gerechnet. Normalerweise ist er wählerisch und lehnt jeden engeren Kontakt mit Frauen über vierzig ab. Gammelfleisch ist noch die harmloseste Bezeichnung, die er dafür hat. Irgendetwas muss ihn an dieser Alten fasziniert haben. Mir reichten fünf Minuten, dann habe ich auf Melina umgeschaltet. Die lag zwar alleine in ihrem Bettchen, aber offensichtlich war ihr heiß und selbst das Bettlaken zu warm. Eine Augenweide.

So langsam wäre es an der Zeit, die Shaolin-Nummer vorzubereiten. Der Mönch war gestern wieder mal fantastisch. Glauben die Damen wirklich, sie könnten genau wie er eine Eisenstange nur mit ihrer Willenskraft verbieten? Also nicht, dass es an den Fähigkeiten des Mönchs irgendetwas zu bezweifeln gäbe, ich habe keine Ahnung, wie er es macht, aber auf jeden Fall braucht er keine Hilfsmittel. Er ist halt ein wirklicher Meister – im Gegensatz zum Chef, der spielt nur einen. Überdies hat er mir die Entscheidung noch nicht mitgeteilt, ob die Auserwählte es heute schaffen darf oder scheitern wird. Normalerweise lässt er sich nicht so viel Zeit damit, aber was soll's, ich habe inzwischen genug Erfahrung mit dem Anrühren der Paste. Wenn es sein muss, schaffe ich das noch fünf Minuten vor der Show. Ich finde ja ohnehin, dass wir diese Nummer aus dem Programm nehmen und durch etwas Härteres ersetzen sollten. In den Staaten experimentieren Kollegen längst mit Entfesselungsnummern unter Wasser, bei denen schon mal der eine oder andere Kandidat hopsgeht. Nun gut, das kann man in unserem schönen Vaterland vermutlich nicht eins zu eins umsetzen, ohne im Gefängnis zu landen. Aber ein bisschen mehr Druck könnten wir schon noch machen. Die hysterischen Weiber von der GBG drehen ohnehin durch, aber über die lacht der Chef nur. Nein, die einzigen Fragen, die heute beantwortet werden, betreffen die Auserwählte. Lassen wir sie das Rohr biegen oder nicht? Und wenn nein, darf sie bleiben oder fliegt sie raus? Und wenn sie fliegt, überlebt sie es?

Dreiunddreißig

Neun Uhr fünfundfünzig

»Auch schon wach?«

Kaum hatte er ihn ausgesprochen, bedauerte Thal diesen Satz. Bettina war kreidebleich, als sie sein Büro betrat. Zwar hatte sie sich die Lippen knallrot angemalt und versuchte mit einem helleren Lidschatten frischer auszusehen, aber er bemerkte, dass ihrem Blick der einnehmende Glanz fehlte, der ihn sonst auszeichnete.

»Kaffee?«, fragte er im Bemühen, seine harsche Bemerkung durch Fürsorge auszugleichen, aber Bettina winkte ab. »Vielen Dank, aber mir ist schon schlecht.«

»Bist du sicher, dass du bei der Befragung von Walther dabei sein willst? Ich kann auch Stephanie dazuholen.«

»Nein, nein, geht schon.« Sie stand auf und ging zur Tür, um ihm keine Gelegenheit zu geben, sie von der Vernehmung auszuschließen.

Max Walther saß seit über einer Stunde im Vernehmungsraum. Inzwischen war auch sein Anwalt eingetroffen, der sich als Joris Rewert vorstellte und auf Thals fragenden Gesichtsausdruck gelangweilt erklärte: »Seltener Name, ich weiß, aber nur hier im Süden; in Ostfriesland guckt keiner komisch.«

Thal ging auf das unterschwellig gemachte Angebot nicht ein, mit einem Small Talk über regionaltypische Namen oder die Schönheiten der friesischen Küste die Atmosphäre zu entspannen.

»Herr Walther, Sie werden hier und heute nicht mehr als Zeuge vernommen.«

Er machte eine kurze Pause, um die Reaktion zu beobachten. Walther strich sich mit einer fahrigen Geste über den kahl rasierten Schädel, während der Anwalt nur kurz die Augenbrauen hob.

»Wir beschuldigen Sie, Katja Grell ermordet, ihren Leichnam geschändet und anschließend im Konstanzer Lorettowald verscharrt zu haben.«

Thal schaute zu Seite und gab Bettina mit einem kurzen Kopfnicken zu verstehen, dass sie weitermachen sollte.

»Die Kantonspolizei St. Gallen untersucht zudem den gewaltsamen Tod von Alina Schaller. Auch in diesem Fall wird man Sie als Beschuldigten vernehmen. Ob und inwieweit das Tötungsdelikt zum Nachteil von Claire Nolan, in dem das US-amerikanische FBI ermittelt, ebenfalls zu Beschuldigungen gegen Sie führt, steht zum gegenwärtigen Zeitpunkt noch nicht fest. Die Staatsanwaltschaft hat aber im Fall Katja Grell Haftbefehl gegen Sie beantragt.«

Thal konzentrierte sich auf Max Walther, dessen Reaktion auf die Anschuldigungen er möglichst genau registrieren wollte, allerdings lenkte Rewerts exzentrische Gegenrede ihn ab. »Was sind Sie denn für komische Vögel? Laden meinen Mandanten als Zeugen vor und beschuldigen ihn dann, ein international gesuchter Serienmörder zu sein! Oder ist das hier Versteckte Kamera? Kommt gleich Guido Cantz durch die Tür?«

»Der Einzige, der durch diese Tür geht, sind Sie, Herr Anwalt. Allerdings in die andere Richtung.«

»Moment«, rief Walther, »ich habe ja wohl das Recht, einen Anwalt ...«

Thal ließ ihn den Satz nicht vollenden. »Bitte, Herr Rewert, verlassen Sie den Raum.«

Walther sah seinen Verteidiger flehend an, der aber mit dem Kopf schüttelte. »Tut mir leid, aber bei einer polizeilichen Vernehmung haben Sie leider kein Recht auf anwaltlichen Beistand.«

Er packte seine Unterlagen in eine abgewetzte Aktentasche und ging zur Tür, wo er sich noch einmal umdrehte. »Ich rate Ihnen, die Aussage zu verweigern, dann können wir nachher alles genau besprechen.«

Thal zog einen Stuhl in die Ecke des Raums, während Bettina sich an den Tisch setzte und das Aufzeichnungsgerät startete. Aus ihrer edlen Ledermappe, die in einem seltsamen Kontrast zur Kargheit des Vernehmungszimmers stand, zog sie die Fotos von Katja Grells Festplatte und breitete sie vor sich aus.

Max Walther starrte auf die Bilder, ballte beide Hände zu Fäusten und zischte: »Die Schlampe!« Sein Gesichtsausdruck verzerrte sich, als verkrampfe das einschießende Testosteron die Muskulatur. Thal überlegte, zur Sicherheit einen uniformierten und vor allem bewaffneten Beamten in den Raum zu bitten, aber Bettina schien seine Gedanken zu erahnen und hob wie zur Entwarnung die Hand.

Walther stieß sich mit den Fäusten vom Tisch ab und kippte den Stuhl auf die Hinterbeine. Den Rat des Anwalts schien er vergessen zu haben.

»Notgeil war sie! Hinter mir hergerannt ist sie! Gejammert hat sie, wenn ich es ihr nicht richtig besorgt habe! Hat sich zu irgendwelchen Seminaren angemeldet, nur damit sie ein Alibi hatte und für mich die Beine breitmachen konnte. Eine verfickte Schlange war sie!«

Walther spuckte die Worte aus und mit ihnen ergoss sich ein feiner Sprühregen Spucke über die kompromittierenden Bilder auf dem Tisch. Er wechselte in eine Fistelstimme: »Wie wäre es, wenn wir uns ein bisschen in Stimmung bringen? So ein bisschen Schnee, dann wird es noch aufregender!«

Krachend ließ er den Stuhl auf alle vier Beine fallen.

»Und dann diese Puffbesuche! Ekelhaft! Aber sie brauchte das anscheinend!«

»Sie wollen uns also weismachen, dass Sie nur wegen Katja Grell Kokain und andere Drogen konsumiert und Bordelle oder Sexklubs besucht haben? Ihr Gesichtsausdruck auf den Fotos deutet eher darauf hin, dass Sie Ihren Spaß dabei hatten!«

»Reingefallen bin ich auf die falsche Schlange! Sonst nichts!«

»Und mit den Fotos hat Katja Grell Sie anschließend erpresst?«

»Und das nicht zu knapp.«

Bettina wartete einen Augenblick, ob Walther von allein mit der Höhe der geforderten Geldsumme rausrücken würde, als er schwieg, fragte sie kurz und knapp: »Wie viel?«

»Beim ersten Mal zwanzigtausend, dann fünfzigtausend, dann hunderttausend.«

»Und Sie haben nicht die Originale gefordert?«

Walther lachte laut auf. »Aus welchem Jahrhundert stammen Sie denn? Originale gibt es in diesen beschissenen digitalen Zeiten doch nicht mehr!«

Thal stand auf und trat auf den Tisch zu. »Und als Ihnen klar wurde, dass Katja Grell gar nicht vorhatte, mit der Erpressung aufzuhören, haben Sie sie ermordet. Und jetzt kommen Sie uns nicht mit Ihren Alibis, die haben sich in Luft aufgelöst!«

Für einen Moment schien Walther irritiert, doch dann kippte er seinen Stuhl erneut nach hinten und grinste Thal herausfordernd an.

»Blödsinn! Es gab keinen Grund, Katja umzubringen, ich habe ihr nämlich den Wind aus den Segeln genommen.«

»Und wie haben wir uns das vorzustellen?« Bettina übernahm erneut die Befragung.

»Ganz einfach: Ich habe als Erstes meinen Vater über die Erpressung informiert und zweitens Katja Grell fristlos entlassen.«

Bettina schüttelte energisch den Kopf. »Was spielen Sie uns denn hier für eine Schmierenkomödie vor? Mag ja sein, dass Sie so vorgegangen sind, aber anschließend haben Sie Frau Grell getötet und ihre Leiche verscharrt!«

Walther hob die Arme und legte sich die verschränkten Hände in einer arroganten Geste auf den Kopf. »Weit gefehlt. Der Justiziar unserer Firma verfügt über ein eigenhändig von Katja Grell unterschriebenes Dokument, in dem sie sich schuldig bekennt, mich zum Drogenkonsum und dem Besuch gewisser Etablissements angestiftet zu haben, um mich anschließend damit zu erpressen.«

Thal zog geräuschvoll seinen Stuhl an den Tisch und setzte sich neben Bettina.

»Clever eingefädelt, Herr Walther, hätte ich Ihnen gar nicht zugetraut.«

Die Provokation zeigte Wirkung, der Beschuldigte nahm die Hände vom Kopf und ballte sie erneut zu Fäusten. Thal setzte noch einen drauf: »Wir fallen aber nicht so leicht darauf rein. Vergessen Sie nicht, dass es zwei weitere tote Frauen gibt. Es deutete einiges darauf hin, dass Sie auch für diese Morde verantwortlich sind!«

»Nun hören Sie schon auf«, brüllte Walther und beugte sich über den Tisch. »Mit den anderen Frauen, wer auch immer die sind, habe ich nichts zu tun, außerdem müssen Sie mir erst mal irgendwas beweisen, bevor ich mich überhaupt verteidigen muss. Katja Grell war absolut keine Gefahr mehr für mich. Mein Vater hat ihr unmissverständlich klar gemacht, dass ihre Karriere ohne die Referenz von Walther & Walther am Ende war, bevor sie überhaupt erst richtig begonnen hatte.«

Er lehnte sich zurück und grinste Thal an. »Wäre eines dieser Bilder hier in der Öffentlichkeit aufgetaucht, wäre die Zukunft der schönen Katja so schwarz gewesen wie eine mondlose Nacht in Wanne-Eickel.«

»Sie meinen, Sie haben eine Erpressung durch eine Erpressung beendet?«

»Nennen Sie es, wie Sie wollen, Herr Kommissar!« Walther drückte sich mit beiden Händen kraftvoll von der Tischplatte ab. »Wenn Sie sonst nichts haben, kann ich ja jetzt wohl gehen!«

Vierunddreißig

Zwölf Uhr

»Aalglatt!«

Bettina hatte Max Walthers Charakter in einem Wort perfekt beschrieben. Die Vernehmung hatte sie keinen Schritt weiter gebracht. Der Anwalt Rewert hatte längst veranlasst, dass Walther senior ihnen Katja Grells Geständnis innerhalb der nächsten zwei Stunden per Fax übermittelte, damit waren zwar nicht alle Anschuldigungen aus der Welt. Das Motiv, eine Erpresserin zu töten, hatte sich allerdings in Luft aufgelöst. Für die beiden anderen Morde an Alina Schaller und Claire Nolan gab es ohnehin keinen Hinweis auf eine Tatbeteiligung Walthers, da hatten sie in der Vernehmung nur geblufft. Es war zum Heulen. Vor ein paar Stunden hatten sie fest daran geglaubt, die Lösung des Falls auf dem Silbertablett serviert bekommen zu haben, und jetzt standen sie mit leeren Händen da.

Bettina schraubte eine Wasserflasche auf und goss sich ein Glas voll. Fragend hielt sie die Flasche hoch, aber Thal schüttelte den Kopf. Das stille Wasser, das sie seit Wochen trank, fand er ungenießbar, ein bisschen Kohlensäure brauchte er, um sich der Illusion hinzugeben, das Getränk könnte ihm wenigstens etwas Genuss bereiten.

»Und nun?«, fragte Bettina und schaute wie geistesabwesend aus dem Fenster. Sie wirkte abgespannt und müde, ihre Haut war fahl und Thal entdeckte das erste Mal graue Strähnen in ihrem kastanienbraunen Haar. Bettina hatte gerade die vierzig überschritten, heute wirkte sie zehn Jahre älter.

»Du solltest nach Hause gehen und dich mal richtig ausschlafen. Wir werden unterdessen nach dem einen Hinweis suchen, der uns weiterbringt und den wir bisher übersehen haben.«

Bettina stützte den Kopf in beide Hände und schaute Thal aus ihren braunen Augen an, die jeden Ausdruck vermissen ließen. »Und wenn es einfach keinen Hinweis gibt?«

Thal ließ die Frage unbeantwortet. Irgendetwas nagte an Bettina. Er hätte sie gerne darauf angesprochen, traute sich aber nicht aus Angst vor der Antwort. In ihm wuchs die Gewissheit, dass dies ihr letzter gemeinsamer Fall war – und möglicherweise einer der wenigen ungelösten. Er war froh, als Madlaina die angespannte Situation auflöste. Mit einer Literflasche Cola – sie hatte die seit dem Morgen zur Hälfte geleert – in der einen und einem Tablet in der anderen Hand setzte sie sich an den Besprechungstisch. »Was herrscht denn hier für eine Stimmung?«

Bettina veränderte ihre Körperhaltung kaum, sondern hob nur leicht die Augenbrauen an. »Von dem Fiasko, das wir mit Max Walther erlebt haben, wirst du ja wohl schon gehört haben.«

»Na, und?« Madlainas sonore Stimme klang frisch und optimistisch. »Wir haben eine Schlacht verloren, aber doch nicht den Krieg.«

Thal wunderte sich über den martialischen Vergleich, aber womöglich war das der normale Sprachgebrauch im FBI, in den Madlaina nach ihren Telefonaten mit den Kollegen auf der anderen Seite des großen Teichs zurückgefallen war. Auf jeden Fall machte sie einen aufgeräumten Eindruck, auch wenn sich herausstellte, dass ihre Nachforschungen in den USA zu nichts geführt hatten. Der Name Max Walther tauchte in den damaligen Ermittlungen nicht auf und es gab keine Verbindung nach Deutschland oder in die Schweiz. »Was aber keine Bedeutung für die Frage hat, ob wir es mit einer Mordserie zu tun haben, denn wie wir seit einer Stunde wissen, hat Max Walther ja auch nichts mit der Ermordung von Katja Grell zu tun.«

»Gut, dass du uns noch einmal daran erinnerst«, erwiderte Bettina matt. Madlaina legte ihr die Hand auf den Oberarm. »Hey, kein Grund, Trübsal zu blasen. Wir kriegen den Kerl, du wirst sehen!«

»So will ich dich hören!«, rief Thal eine Spur zu fröhlich und griff zum Telefonhörer, um sich bei Quandt nach dem Stand der Aktenauswertung zu erkundigen. Im selben Moment klopfte es an der Tür. Jonas und Stephanie strahlten beide über das ganze Gesicht. Sie legten zwei Aktenordner auf den Tisch, der eine stammte aus der Schweiz, der andere trug das Logo des Konstanzer Polizeipräsidiums.

»Es war wie die Suche nach der Nadel im Heuhaufen«, begann Quandt, aber Stephanie Bohlmann fiel ihm ins Wort. »Und wir haben sie gefunden!«

Beide tippten synchron auf jeweils eine Akte.

»Und das heißt?«, fragte Thal, während Madlaina und Bettina sich angespannt aufsetzten. Die beiden Jüngsten des Teams schauten sich an. Stephanie Bohlmann nickte dem Frischling zu und überließ ihm den Vortritt.

»Wir haben eine Verbindung zwischen den beiden Fällen gefunden. Es ist zwar nichts Weltbewegendes und natürlich kann es ebenso gut Zufall sein, aber ...«

»Nun sag schon!«, drängelte Madlaina.

»Beide Opfer haben ein Seminar bei der gleichen Firma besucht.«

»Genau«, übernahm Stephanie Bohlmann, die merkte, dass die Kollegen endlich eine detaillierte Antwort erwarteten. »Sowohl Alina Schaller als auch Katja Grell haben ein Seminar bei Barber Personality Training besucht.«

»Alina Schaller nahm knapp drei Monate vor ihrem Tod an dem Kurs teil, bei Katja Grell war es ein halbes Jahr zuvor.«

»Bingo!«, rief Madlaina, was Thal mindestens so überraschte wie der martialische Ausdruck zuvor. »Beide Opfer können ihre Mörder zum Beispiel dort kennengelernt haben.«

»Langsam, langsam!« Thal musste auf die Euphoriebremse treten, sonst bestand die Gefahr, dass sie sich verrannten. »Ihr habt gute Arbeit geleistet, Stephanie und Jonas, aber was euer Ergebnis wert ist, muss sich erst noch zeigen. Bevor wir uns in Spekulationen verlieren, müssen wir mehr wissen. Wie hieß der Seminarveranstalter?«

»Du kennst Jason Barber nicht?« Stephanie Bohlmanns Stimmlage schwankte zwischen Unglauben und Entrüstung. »Den Jason Barber?«

Thal zuckte mit den Schultern und auch Bettina schaute ahnungslos. Lediglich Madlaina nickte bedächtig mit dem Kopf. »Ist das nicht dieser Motivationsguru, der kürzlich Ärger mit dem Finanzamt hatte?«

»Genau!« Stephanie Bohlmann setzte sie in wenigen, aber enthusiastischen Worten ins Bild. Barber füllte mit seinen Vorträgen über positives Denken und wie jeder sein persönliches Glück finden konnte riesige Hallen überall in Deutschland. Seine Seminare waren so begehrt, dass man sich Monate vorher anmelden musste, um einen Platz zu ergattern.

»Ein Glückslehrer«, sagte Bettina, »bei dem sollte ich dringend mal einen Kurs besuchen.«

Thal erschrak. Noch nie hatte er seine Kollegin so traurig erlebt. Alle schwiegen, denn keiner wusste, wie er auf diesen Einwurf reagieren sollte. Als hätte Bettina erst jetzt gemerkt, was sie gesagt hatte, winkte sie ab. »Hey, das nehmt ihr doch nicht etwa ernst?« Sie lachte auf, aber es klang falsch und gespielt und genauso sprach sie weiter. »Wie viele Teilnehmer hatten denn die Seminare? Das können ja nicht Hunderte gewesen sein, oder? Wenn da ein Name in beiden Teilnehmerlisten auftaucht, haben wir unseren Mörder!«

»So wie wir ihn gegen ein Uhr heute Morgen auch schon hatten?«, fragte Thal und bedauerte seinen Zynismus im selben Augenblick. Madlaina ging darüber hinweg. »Bettina hat völlig recht. Wir brauchen die Teilnehmerlisten der Seminare.«

»Die uns diese Personaltrainingsfirma aber nicht ohne richterliche Anordnung herausgeben muss.«

»Personality Training«, korrigierte Stephanie genervt. »Dann holen wir uns die Anordnung eben!«

»Genau! Nichts wie ran an den Speck!« Quandt klang enthusiastisch, wie es nun einmal das Recht der Jugend ist. Sein fragender Blick in Thals Richtung war eher pro forma, trotzdem stand er erst auf und stürmte aus dem Raum, nachdem er ihm mit einem Nicken seine Zustimmung gegeben hatte.

Fünfunddreißig

Vierzehn Uhr fünfzig

Sie lag auf dem Bett, den Körper in Embryonalstellung, als schliefe sie, dabei war sie hellwach. Ihre Augen waren geöffnet, die Pupillen erweitert. Sie starrte an die Wand. Noch immer pulste Adrenalin durch ihren Körper.

Inge, diese eingebildete, alte Schlampe hatte schon beim Frühstück mit den Erlebnissen der Nacht herumgeprahlt. Sie konnte nicht eine Minute damit zurückhalten, dass der Lehrer sie in seine Villa eingeladen hatte. »Was für ein Mann«, hatte sie geflüstert und am liebsten hätte Lydia ihr in diesem Moment das Brötchen aus der Hand geschlagen, von dem ein ekliger, eingespeichelter Krümel in Inges linken Mundwinkel hing. Als sich auch noch die dicke Marianne entblödete, kichernd wie ein Schulmädchen zu fragen, was denn in der Nacht so passiert wäre, spätestens in diesem Moment wäre es besser gewesen zu gehen. Aber sie fühlte sich wie angekettet an den unbequemen Plastikstuhl im Frühstücksraum. Das Klappern der Tassen, die ungeschickt auf Untertassen gestellt wurden, und das Klirren, das die Messer erzeugten, wenn jemand den Rest Marmelade aus den Glastöpfchen kratzte, waren wie ein kakofonisches Gefängnis, aus dem sie unmöglich ausbrechen konnte.

»Wie die Nacht war?« Inge wiederholte die Frage, als wollte sie die Qual erhöhen. »Das fragt ihr ernsthaft, bei diesem Mann!«

Sie lachte, es war fast ein Quieken. Marianne, Mareike und Judith fielen ein, tiefer zwar, aber immer noch eine Oktave zu hoch, und am Schluss lachte sie auch, den Blick auf den Krümel geheftet, der immer noch in Inges Mundwinkel hing.

Der Lehrer hatte sie verraten. Erst hatte er sie auserwählt und dann verstoßen. Der Schmerz war groß, denn der Fall war tief. Am liebsten wäre sie abgereist, hätte dem Wahn ein Ende gemacht, dem sie sich hingegeben hatte und den Platz wieder eingenommen, der ihr zustand. Irgendetwas hielt sie zurück. Leider.

Sie betrat als Letzte den Seminarraum, in dessen Mitte das weiße Tuch lag, auf dem gestern der Mönch das Eisen nur mit der Kraft seines Willens gebogen hatte. Alle Frauen saßen im Kreis, nur ein Platz war frei. Neben Inge. Sie zögerte nur einen Augenblick, ehe sie hocherhobenen Hauptes an den anderen vorbeiging und sich setzte. Sekunden später betrat der Lehrer den Raum, hinter ihm der Adjutor, der eine Eisenstange schleppte. »Erinnerte ihr euch an den Shaolin-Mönch?«

»Ja!« riefen die Seminaristinnen und inzwischen klang die einzige zugelassene Antwort auf jede Frage laut und klar.

»Heute wird eine von euch dieses Eisen wie der Mönch nur mit dem Willen und der Macht der Gedanken biegen. Wird es der Auserwählten gelingen?«

»Ja!«

»Nun denn, tritt vor!«

Lydia hatte den Kopf gesenkt, weil sie nicht erleben wollte, wie Inge nach vorne trat. Als der Lehrer sie an der Schulter berührte, zuckte sie zusammen.

»Komm. Es ist deine Zeit!«

Sie vergaß das Atmen, und als sie auf dem Tuch in der Mitte des Raumes angekommen war, hatte sie Angst, in Ohnmacht zu fallen. Der Lehrer gebot ihr, die Augen zu schließen. Sie spürte seine Hand auf ihrer Stirn, er murmelte etwas, das sie nicht verstand, und legte ihr ein Tuch in den Nacken.

»Zum Schutz deiner makellosen Haut«, sagte er und sie glaubte, einen Engel singen zu hören.

Der Lehrer und der Adjutor hoben die Eisenstange hoch und legten sie ihr auf die Schultern. Sie war schwerer, als sie gedacht hatte. Sie legte ihre Hände um das kalte Metall, um es zu stabilisieren.

»Du kannst diese Stange zu einem U formen. Du kannst es! Du kannst es! Sage es dir! Sag dir, dass du es kannst!«

Sie hörte die Frauen im Chor das Mantra sagen. »Ich kann! Ich kann! Ich kann!«

Leise stieg sie ein »Ich kann es! Ich kann es!«

Sie spürte, dass sich ihre Armmuskeln anspannten. »Ich kann es! Ich kann es!«

Wieder legte der Lehrer seine Hand auf ihre Stirn. »Du kannst es!« – »Ich kann es!« – »Du kannst es!« – »Ich kann es!«

Sie presste die Augen zusammen und hielt kurz den Atem an. In der Ferne sang der Chor das Mantra. Sie schöpfte tief Luft und brüllte es hinaus. »Ich kann! Ich kann!« Sie hörte die Worte, die der Lehrer gestern gesagt hatte. »Alles, was ihr denkt, wird Realität. Jeder Wunsch, den ihr denkt, wird Realität. Jeder Traum, den ihr ausspricht, wird Realität. Ihr habt die Macht über euer Leben. Hört auf zu träumen! Handelt!«

Sie spannte die Muskeln ihrer Oberarme an, die sofort zu brennen begannen. Sie drückte. Sie zerrte. Sie riss. Sie schrie das Mantra. Brüllte. Flehte. Zerrte erneut an dem Metall, aber der kalte Stahl weigerte sich, seine Form zu verändern. Sein Gewicht wurde größer und größer, drückte sie zu Boden. Sie beugte den Oberkörper nach vorne und fiel auf die Knie. Die Eisenstange kippte zur Seite und krachte auf den Boden.

Stille. Kein Geräusch. Kein Laut. Sie hockte auf dem Boden und versuchte, den Atem zu finden, den sie verloren zu haben schien. Kauerte sie dort nur Sekunden oder vergingen Minuten, bis sie die Augen öffnete und zur Seite schaute?

Der Raum war leer.

Sie streckte die Beine und drehte sich auf den Rücken. Ihr war kalt, der Nacken schmerzte, die Oberarmmuskeln zuckten unkontrolliert.

Sie hatte versagt.

Sie war eine Enttäuschung. Ihr stand nicht einmal ein Platz in der letzten Reihe zu.

Sie schloss die Augen und hoffte auf die Tränen. Sie kamen nicht.

Sechsunddreißig

Siebzehn Uhr

Erstaunlich, was man dank Internet und Suchmaschinen in vier Stunden an Informationen zusammentragen konnte. Nachdem Quandt losgerannt war, um die Staatsanwaltschaft zu bitten, einen Durchsuchungsbeschluss für die Geschäftsräume von Barber Personality Training zu beantragen, hatte Thal mit den drei Frauen das weitere Vorgehen abgesteckt. Zwar war die Teilnehmerliste vordringlich, sie mussten aber auch mehr über Barbers Firma sowie die Mitarbeiter wissen. Schließlich konnte nicht nur ein Seminarteilnehmer, sondern auch ein Dozent der Täter sein.

»Am Ende ist es womöglich der Hausmeister«, scherzte Madlaina, was Bettina wenigstens zu einem leichten Lächeln verleitete. Thal hätte sie immer noch gerne nach Hause geschickt, aber er wusste, dass sie diese entscheidende Phase der Ermittlungen nicht verpassen wollte. Jeder hatte klar umrissene Aufgaben übernommen, Stephanie stellte gemeinsam mit Jonas ein Dossier über die Firma zusammen – sie hatten sich ja schon einmal als gutes Team erwiesen. Bettina sollte die Verwaltung von Barber Personality Training in Konstanz besuchen, vielleicht händigte man ihr die Teilnehmerliste der Seminare mit den beiden Opfern auch ohne richterliche Anordnung aus. Eine Mitarbeiterliste wäre ebenfalls nicht schlecht. Madlaina bestand darauf, sich mit dem Firmengründer zu beschäftigen. Thal sah darin keinen Sinn, aber Madlaina verwies auf ein Bauchgefühl, und er kannte die Befindlichkeiten weiblicher Kriminalistinnen lange genug um zu wissen, dass es zwecklos war, dagegen zu argumentieren. Er selbst suchte den Imam auf, um ihn vom Stand der Dinge in Kenntnis zu setzen und vor allem zu verhindern, dass er zum jetzigen Zeitpunkt an die Öffentlichkeit ging. Es war die erwartet schwere Aufgabe und er hatte auch nur zum Teil Erfolg, denn für morgen Nachmittag wollte Schober auf jeden Fall eine Pressekonferenz einberufen. Bis dahin mussten sie Ergebnisse liefern.

»Wer fängt an?«, fragte Thal und schaute von einem zum anderen.

»Bei mir geht es wahrscheinlich am schnellsten«, sagte Bettina, die wesentlich frischer aussah als vor ein paar Stunden. Hatte ihr der Spaziergang vom Präsidium auf die andere Rheinseite zum Firmensitz von Barber Personality Training gut getan?

»Die residieren da übrigens in einer Prachtvilla direkt am Seerhein. War ziemlich viel Betrieb, es läuft gerade ein Seminar. Erst waren sie reserviert, aber nachdem sie mich erst zehn Minuten warten ließen, bekam ich im Prinzip, was ich wollte. Ich vermute, dass sie sich bei ihrem Chef rückversichert haben, wie kooperativ sie sein durften. Die alten Teilnehmerlisten konnten sie allerdings nicht sofort ausdrucken, Computerprobleme, aber das kennen wir ja auch. Morgen soll alles wieder laufen. Die Mitarbeiterliste haben wir, sie beschäftigen insgesamt zweiunddreißig Leute. Wir lassen die Namen durch alle denkbaren Datenbanken laufen. Wenn wir Glück haben, spucken die Kollegen Computer was Brauchbares aus.«

Als Bettina keine Anstalten machte, weiter zu sprechen, stand Madlaina auf und schaltete den Beamer ein. »Dann übernehme ich mal, ich habe euch eine kleine Präsentation vorbereitet, sie enthält auch die Ergebnisse, die Stephanie und Jonas zusammengetragen haben, weil man, wie ihr gleich sehen werdet, Person und Firma nicht trennen kann.«

Sie nahm die Fernbedienung in die Hand und tigerte während ihres Vortrags durch den Raum.

Jason Barber kam vor sechsundvierzig Jahren als Sohn von Harald Lehnfeld und Lauren Barber auf die Welt. Sein Vater, ein Deutscher, war elf Jahre älter als seine Mutter, eine Amerikanerin. Jason Barber hatte eine Zwillingsschwester Priscilla. Beide erblickten in den USA das Licht der Welt, womit sie automatisch die amerikanische Staatsbürgerschaft bekamen. Möglicherweise hatte ihre Mutter darauf bestanden und war kurz vor der Geburt nach Amerika gereist.

Lauren Barber starb im Alter von zweiunddreißig Jahren bei einem Autounfall, als Jason und seine Schwester drei waren. Bereits ein Jahr später heiratete Harald Lehnfeld erneut und zwar die achtzehn Jahre jüngere Vera Schorn, die als Juristin in seiner Firma, einem mittelständischen Automobilzulieferer, arbeitete. Vera brachte ein Kind mit in die Ehe, ein Mädchen namens Inga, damals sechs Jahre alt.

Dreizehn Jahre später starb Jason Barbers Vater an einem Herzinfarkt. Seine Frau Vera erbte die Firma und wurde kurz darauf die erste weibliche Sprecherin des Unternehmerverbandes. Sie brachte ihre Tochter Inga in der Firma unter und baute sie zur Erbin des Unternehmens auf. Jasons Zwillingsschwester Priscilla nahm sich ein Jahr später das Leben.

Madlaina schaute über die Lesebrille in ihr Publikum. »Kommt ihr mit oder geht es zu schnell?« Da sich niemand beschwerte, fuhr sie fort.

»Okay, ich fasse den Rest mal kurz und knapp zusammen, soweit das möglich ist. Ein paar Tage nach seinem siebzehnten Geburtstag rennt Jason von zu Hause weg, besorgt sich gefälschte Papiere und reist als Matrose auf einem Schiff in die USA. Dort nimmt er den Mädchennamen seiner Mutter an. Er schlägt sich mit Gelegenheitsjobs durch, landet schließlich mit zweiundzwanzig Jahren als Fahrer bei Barry Bernard, einem Prediger mit eigener TV-Station, zu dessen Predigten und Gottesdiensten Tausende von Zuhörern pilgern. Bernard erkennt Jasons Talent und befördert ihn zum Redenschreiber.

Nach fünf Jahren verlässt Jason den Prediger und kehrt nach Deutschland zurück. Er nennt sich von nun an Personality Trainer. Sechs Jahre später bekommt seine Karriere einen Schub, als Margarethe Schöffel ihn engagiert. Sie hat den Schöffel-Konzern von ihrem Vater übernommen, ein multinationales Unternehmen. Margarethe ist damals achtundzwanzig Jahre alt. Fünf Jahre später erzählt sie in einem Interview, sie habe es nur Jason Barber zu verdanken, dass sie diese Situation meisterte.

Von da an ist Jason ein gefragter Coach. Er spezialisiert sich auf das Training von Frauen. Seine Firma Barber Personality Training hat bald einige Mitarbeiter. Er hält nicht nur Kurse, sondern schreibt Bestseller, verkauft Motivations-CD und auch Filme. Außerdem coacht er einige Managerinnen. Es hält sich seit Langem das Gerücht, dass er auch die Bundeskanzlerin persönlich berät.«

Madlaina schob sich die Lesebrille in die Haare und setzte sich. Stephanie nahm die Fernbedienung des Notebooks in die Hand und öffnete die nächste Folie mit den Unternehmenskennzahlen von Barber Personality Training. »Ihr müsst euch jetzt nicht mit den Details der Firmenbilanz beschäftigen, aber eins steht fest: Jason Barber ist eine gute Partie.« Sie ließ sich vom Lachen der Kollegen nur kurz aufhalten. »Ihm gehören neunzig Prozent der Firma, zehn Prozent hält ein gewisser Adrian Rieter, der seit zehn Jahren so etwas wie Barbers rechte Hand ist. Der Gewinn vor Steuern betrug im letzten Jahr satte neun Millionen Euro, da kann man sich schon die eine oder andere Extravaganz leisten.« Sie drückte einen Knopf der Fernbedienung und ein Foto erschien, das einen großen und schlanken Mann mit glatt rasiertem Schädel zeigte, der lässig an einen feuerroten Ferrari lehnte. »Von solchen Luxusgefährten besitzt er insgesamt acht, Ferrari, Maserati, Porsche und wo weiter.«

»Wer's braucht«, warf Quandt ein und löste eine Heiterkeit aus, die nötig war, um die Fülle an Informationen sacken zu lassen, wie Thal das gerne nannte. Im Moment drohten sie in Fakten zu ersticken, was zielführender Polizeiarbeit oft eher im Wege stand als nützte. Zumal er das Gefühl hatte, irgendeiner Information nicht genügend Aufmerksamkeit geschenkt zu haben.

Siebenunddreißig

Neunzehn Uhr

Wie oft im Sommer war der Weinwinkel nur spärlich besucht. Das Lokal in der Konstanzer Niederburg gehörte zu den wenigen, die nicht von Touristen und Schweizer Schnäppchenjägern überrannt und deswegen von Einheimischen besonders geschätzt wurde. Die aber waren entweder im Urlaub oder genossen den lauen Abend am Seeufer. Clara Hämmerle, die resolute Wirtin, nickte den drei Ermittlern zu, die direkt den runden Tisch in der hinteren Nische der Weinstube ansteuerten. Ohne ihren Platz an der Theke zu verlassen, rief sie: »Wie immer?«

Thal schaute Madlaina und Bettina an. Die Schweizerin bestellte eine Weißweinschorle, Thal den üblichen Grauburgunder der Spitalkellerei, nur Bettina tanzte aus der Reihe. »Kannst du mir einen Tee machen, Clara, irgendetwas mit meinem Magen ...« Sie ließ den Satz unvollendet im Raum stehen. Bis die Wirtin servierte, redeten sie über den Sommer, der nicht enden wollte, und den See, der so wenig Wasser führte wie seit Jahren nicht. Erst nachdem sie sich zugeprostet und dabei über Bettinas neu entdeckte Liebe zu Tee gespottet hatten, brachte Thal das Gespräch auf Barber und seine Firma.

»Was hat der Mann zu bieten, das andere nicht haben? Neun Millionen Euro Gewinn fallen ja nicht vom Himmel.«

Madlaina goss noch einen Schluck Mineralwasser in ihre Schorle. »Erst einmal hat er Glück gehabt. Der Auftrag, die blutjunge Margarethe Schöffel fit für das Management eines Großkonzerns zu machen, ist ihm ja mehr oder weniger in den Schoß gefallen. Stellt euch vor, das wäre schief gegangen und die Firmenerbin hätte sich als unfähig erwiesen, kein Mensch spräche heute von Barber.«

Bettina, deren Mimik bei jedem Schluck die Verachtung spiegelte, die sie dem Beuteltee in ihrer Tasse entgegenbrachte, führte den Gedanken fort. »Dank dieses erfolgreich absolvierten Jobs saß er plötzlich in so ziemlich jeder Talkshow im deutschen Fernsehen und konnte darüber dozieren, dass jede Frau alles erreichen könnte, wenn sie es nur wollte.«

»Ach, so einer ist das. Wie ich diese Selber-Schuld-Philosophen hasse.« Thal klang erregt.

»Warum?«, fragte Bettina. »Er hat doch recht, die meisten Leute sind viel zu negativ. Wenn ich mir die sauertöpfischen Gesichter in der Fußgängerzone ansehe, schleppen alle riesige Tüten von Nobelboutiquen mit sich rum, gucken aber wie nach sieben Tage Regenwetter.«

Madlaina goss sich einen Schluck von Thals Weißwein ins Glas, sie fand heute nicht die richtige Mischung. »Positives Denken ist das eine, den Menschen die Schuld an jedem Misserfolg zuzuschieben, ist das andere. Diese ganzen Motivationsgurus folgen einem simplen Prinzip, indem sie behaupten, dass jeder Gedanke das Sein beeinflusst. Da ist sicher etwas dran, denn wenn ich positiv gestimmt an eine Aufgabe gehe, ist die Chance, sie zu lösen größer, als wenn ich mir von vornherein sage, das schaffst du nie. Wenn ich aber einem kranken Menschen sage, dass er sein Leiden durch negative Gedanken selber erschaffen hat, erzeuge ich einen Schuldkomplex und bringe ihn in eine ausweglose Situation.«

»Das gilt nicht nur für Krankheiten«, sagte Thal zu laut und zu barsch. »Wenn ich für jeden Misserfolg, den ich im Laufe meines Lebens erleide, selber verantwortlich bin, kann ich mir doch gleich den Strick nehmen. Als ob das Scheitern nicht selbstverständlicher Teil des Lebens wäre. Dieser angebliche Anspruch auf Glück ist doch zum Kotzen.«

Madlaina und Bettina schauten Thal irritiert an, solche Ausbrüche kamen selten vor, aber er ließ sich nicht bremsen. »Geh nach Afrika und sag einem Hungernden, dass er nur positiv denken muss, dann würde es ihm an nichts mehr mangeln. Das ist doch absurd!«

»Ich finde ja eher deine Argumentation an den Haaren herbeigezogen.« Bettina schob die Teetasse in die Mitte des Tisches. »Barber gibt seine Seminare in Deutschland, oder? Ich bin sicher, dass er viele Menschen glücklich gemacht hat. Wenn seine Methode nicht funktionieren würde, kämen doch nicht Tausende zu seinen Vorträgen oder kauften seine Bücher und Videos.«

Madlaina legte Thal, der seinen Oberkörper anspannte und zu einer Antwort ansetzte, die Hand auf den Unterarm und sagte in sachlichem Ton: »Es gibt Millionen von Menschen, die hoffen auf einfache Art, also zum Beispiel durch eine Veränderung ihrer Gedanken, zu Erfolg oder Reichtum zu kommen. Finden diese Leute aufgrund der Methode eines Motivationsgurus ihr Glück, zerrt man sie ins Scheinwerferlicht. Das Geschäft funktioniert schließlich nur mit solchen Referenzen, siehe Margarethe Schöffel. Das Problem liegt darin, dass wir die Menschen im Dunkeln nicht sehen. Wie viele kriegen ihr Leben nicht in den Griff, nachdem sie eins von Barbers Seminaren gebucht haben? Wie viele scheitern immer weiter, nur dass sie jetzt nicht einmal mehr einen anderen als sich selbst haben, den sie dafür verantwortlich machen können?«

»Die gründen dann vermutlich eine Selbsthilfegruppe!«

Thal ärgerte sich über Bettinas Zynismus, hielt sich aber zurück, zumal Madlaina den Ball aufnahm. »Du hast absolut Recht, die gibt es.« Sie zog ihr Tablet aus der Tasche und öffnete die Notizfunktion. »Hier habe ich es. Nennt sich GBG, Gesellschaft der Barber-Geschädigten und hat ihren Sitz in unserer Stadt.«

»Die haben doch bestimmt eine Internetseite.« Thal sah Madlaina auffordernd an, die versuchte, eine mobile Verbindung ins Netz aufzubauen, aber den Kopf schüttelte. »Die dicken Mauern lassen keine Mobilfunkstrahlen durch.«

Bettina klopfte kurz auf den Tisch. »Mir reicht's eh für heute.« Sie stand auf und ging zur Theke, um ihren Tee zu bezahlen, den sie nicht einmal zur Hälfte getrunken hatte. Madlaina schmiegte sich leicht an Thal. »Lass uns auch gehen, morgen wird ein anstrengender Tag.«

Als sie zur Theke kamen, hatte Bettina das Lokal schon verlassen.

Achtunddreißig

Dreiundzwanzig Uhr fünf

Einsamkeit hüllte sie ein. Der Lehrer hatte sie nicht geholt. Dabei hatte sie so sehr gehofft, dass er sie trösten würde nach ihrem Versagen. Lydia atmete tief ein. Eine Frage stand wie ein Menetekel an der Wand. Was willst du in deinem Leben erreichen? Als sie vor vier Tagen ihre Wohnung in Ulm verlassen und sich auf den Weg nach Konstanz gemacht hatte, war alles so klar gewesen. Sie wollte endlich weg aus diesem Kaff und von der kleinen Klitsche, in der sie sich jeden Tag aufrieb. Berlin, München, Hamburg, das waren die Traumstädte. Ein großes Unternehmen mit Visionen, an deren Umsetzung sie teilhaben durfte. Geld natürlich, eine Wohnung in einem guten Stadtteil, ein Auto, die Luxuskreuzfahrt. Ihre Ziele waren klar. Waren sie jetzt immer noch klar? Sie spürte eine tiefe Verzweiflung, die größer war als die Sorge, immer zu kurz zu kommen im Leben. Sie wollte nur noch eins: ihn! Aber so sehr sie sich nach ihm verzehrte, so sicher war sie, dass sie ihn nicht bekommen würde. Warum zog er Inge vor? Sie stellte sich die Frage aller Fragen, die Millionen von Frauen jeden Tag bewegte: Was hatte diese Inge, das sie nicht hatte? Sie kannte die Antwort – und das war schlimmer, als ahnungslos zu sein. Sie hatte immer noch zu viele Zweifel. Nach dem Feuerlauf hatte sie gedacht, die Welt aus den Angeln heben zu können. Dabei hatte sie es nur geschafft, weil ER bei ihr gewesen war. ER hatte sie über die glühenden Kohlen getragen, seine Stimme hatte ihr die Kraft gegeben. Als ER an ihr zu zweifeln begann, schaffte sie es nicht, das Eisen zu biegen. Sie selbst war ein Nichts ohne ihn. Sie war nichts wert, weil sie nicht an sich glaubte. Der Zweifel nagte an ihrer Seele und fraß sie auf. Wie sollte sie damit leben, wieder zurückgehen zu müssen in diese kleine Stadt und in diese unbedeutende Firma? Wie sollte sie akzeptieren, dass beides ihr Leben sein würde? Wie sollte sie aufhören, auf den Prinzen zu warten, der sie befreite?

Wie sollte sie es jemals schaffen, keine Versagerin zu sein?

Neununddreißig

Sieben Uhr fünfzig

»Könnt Ihr mal aufhören, alle durcheinanderzureden!« Thal ließ seinem Team gerne mal freien Lauf, Spekulationen und wilde Hypothesen gehörten zum Kriminalistenalltag, aber jetzt trieben sie es zu toll. Quandts Ermittlungsergebnisse, genauer die Resultate der Datenbankabfrage, ließen sie wie elektrisiert Mutmaßungen anstellen, die jeder Grundlage entbehrten. Jetzt mussten erst mal die Fakten gesichert werden.

»Jonas, erkläre uns bitte noch einmal so genau wie möglich, was wir dank der Auskunft des BKA und des FBI wirklich wissen.«

»Kein Problem, Chef!« Quandt trat an das Whiteboard, schrieb den Namen Jason Barber und unterstrich ihn schwungvoll. »Barber wurde vor neunzehn Jahren als Zeuge von der Polizei vernommen. Es ging um eine zweiunddreißig Jahre alte, weiße Frau namens Marylou Parker. Sie gehörte zum engeren Clan um den Prediger Barry Bernard, für den Barber arbeitete. Wenn ihr so wollt, war die Frau Teil von Bernards Fanclub, bis sie eines Tages spurlos verschwand. Sie tauchte nie wieder auf, die Ermittlungen wurden allerdings eingestellt, weil es keinen Hinweis auf ein Verbrechen gab.«

»Klar!«, rief Stephanie, »sie wurde ermordet und anschließend irgendwo verscharrt.«

»Nachdem man ihr eine Zehe abgeschnitten und die Augen ausgestochen hatte«, ergänzte Quandt.

»Jetzt reicht's aber!« Thal war wütend. »Haltet euch gefälligst an die Fakten. Gibt es noch irgendetwas Auffälliges, was Barber betrifft.«

Quandt hockte sich auf die Tischkante und kaute auf der Unterlippe. »Na ja, es muss nichts zu bedeuten haben, aber Jason Barber verließ die USA wenige Tage nach seiner Vernehmung.«

»Er hat sich aus dem Staub gemacht.« Stephanie Bohlmann konnte es nicht lassen, senkte aber schuldbewusst den Kopf, als Thal ihr einen tadelnden Blick zuwarf.

»Kommen wir zum zweiten Namen, aber diesmal bitte ohne unsachliche Einwürfe.«

»Es geht um Adrian Rieter, 38 Jahre alt, Assistent und rechte Hand von Barber, und, wie ihr wisst, mit zehn Prozent an Barber Personality Training beteiligt.« Quandt schrieb den Namen auf das Board, während er weitersprach. »Er wurde vor zehn Jahren wegen Vergewaltigung zu einer Freiheitsstrafe von zwei Jahren verurteilt, allerdings auf Bewährung.«

»Typisch«, zischte Bettina.

Thal ignorierte den Einwurf, er wollte nicht auch noch eine Diskussion über die bei Vergewaltigungsdelikten zu lasche Rechtsprechung führen, obwohl er durchaus der gleichen Ansicht wie die Kollegin war.

»Irgendwelche Erkenntnisse, dass dieser Rieter später noch einmal straffällig wurde?«

Quandt schüttelte den Kopf. »Kein weiterer Eintrag in ein Strafregister, er hat sich nicht mal eine Ordnungswidrigkeit zuschulden kommen lassen.«

Thal stand auf und klopfte Quandt anerkennend auf die Schulter. »Was haben wir also bei Licht betrachtet? Einen Mann, der vor fast zwanzig Jahren bei einer Vermisstensache in den USA als Zeuge – wohlgemerkt nicht als Verdächtiger – vernommen wurde. Und einen zweiten Mann, der vor zehn Jahren wegen eines Verbrechens verurteilt wurde, seitdem aber ein unbescholtenes Leben führt. Vom Hocker reißt mich das nicht gerade.«

»Trotzdem ist es bemerkenswert.« Madlainas dunkle Stimme durchschnitt die Stille, die nach Thals Resümee eingetreten war. »Beide Kompagnons dieser ominösen Du-kannst-was-du-willst-Firma tauchen in Ermittlungen auf, bei denen es um Verbrechen an Frauen geht.«

»Einspruch!« Thal hob die Hand wie ein Schüler. »Bei der Vermisstensache in den USA steht gar nicht fest, ob es sich überhaupt um ein Verbrechen gehandelt hat. Möglicherweise hat diese Misses Parker nur die Schnauze voll gehabt von dem Religionstrottel und sich deshalb aus dem Staub gemacht.«

Madlaina lächelte wegen Thals derber Ausdrucksweise, gab sich aber noch nicht geschlagen. »Mir geht es eher um etwas anderes. Barbers Firma hat sich vor allem mit dem Persönlichkeitstraining von Frauen einen Namen gemacht, die entsprechenden Kurse, Videos und Bücher sind sozusagen ihr Brot-und-Butter-Geschäft. Läge es da nicht nahe, dass Barber die Einstellung zum weiblichen Geschlecht bei jedem Mitarbeiter genau durchleuchtet? Wäre es nicht geschäftsschädigend, wenn nicht gar ruinös, wenn in der Öffentlichkeit bekannt würde, dass ein leitender Mitarbeiter ein Vergewaltiger ist?«

»War«, widersprach Thal. »Er war ein Vergewaltiger und das vor einer halben Ewigkeit.«

»Das ist doch ein Streit um des Kaisers Bart.« Bettina war genervt. »Wir haben zwei Fakten, die wir in den Befragungen verwenden können. Keine Ahnung, wohin es uns führt, sicher ist nur, dass uns Spekulationen in die eine wie in die andere Richtung nicht weiterbringen. Wir sollten lieber so schnell wie möglich mit den beiden reden. Wäre ja nicht schlecht, wenn dabei ein neuer Verdächtiger rausspringt, wo uns Max Walther als heißer Kandidat gerade abhandengekommen ist.«

Bettina hatte Recht; Walther war am Morgen aus dem Polizeigewahrsam entlassen worden. Die Chance, dass ein Richter die Untersuchungshaft anordnete, war auf null gesunken, nachdem er das Geständnis von Katja Grell tatsächlich vorgelegt hatte.

»Also dann«, sagte Thal und konnte sich gerade noch zurückhalten, nicht in die Hände zu klatschen, »wer befragt wen?«

»Ich würde gerne mit Barber reden«, sagte Madlaina. »Der Typ interessiert mich.«

Thal nickte. »Was meinst du, solltest du einen Mann an deiner Seite haben oder eine Frau?«

»Wenn du mich fragst, wäre mir Bettina am liebsten.«

Zum ersten Mal seit Tagen glaubte Thal, in Bergs Augen das alte Strahlen zu erkennen.

»Dann nehme ich mir mit Stephanie diesen Rieter vor. Jonas, du kümmerst dich um die Teilnehmerlisten der Seminare, an denen unsere Opfer teilnahmen. Außerdem solltest du dich mal unauffällig in der Firma umhören. Wie ist die Stimmung, was für ein Chef ist Barber, was denken vor allem die weiblichen Mitarbeiter über Rieter?« Er schaute auf die Uhr. »Schober hat die Pressekonferenz auf fünfzehn Uhr angesetzt. Spätestens zwei Stunden vorher sollten wir uns hier wieder treffen, um das Material zusammenzustellen.«

»Wenn es denn überhaupt etwas gibt, worüber der Imam berichten kann«, gab Madlaina zu bedenken.

Stephanie Bohlmann winkte mit lässiger Handbewegung ab. »Ich fürchte, das ist dem Kriminaldirektor egal, ihm reicht es, der staunenden Presse zu berichten, dass unser beschauliches Konstanz im Zentrum einer Mordserie steht, der er sich mannhaft entgegenstemmt.«

Sekunden später stellten alle im Team fest, wie befreiend es sein konnte, herzhaft zu lachen.

Vierzig

Neun Uhr dreißig

»Es tut mir leid, aber ich habe jetzt absolut keine Zeit. Es läuft gerade ein Seminar und ich muss Vorbereitungen treffen.«

»Daran wollen wir Sie auch nicht hindern, Herr Rieter.« Thal versuchte, so verständnisvoll wie möglich zu klingen. »Wir begleiten Sie gerne zu Ihrem Arbeitsplatz und werden versuchen, Sie nicht zu stören, aber es geht um Ermittlungen in zwei Mordfällen und da ist jede Minute kostbar.«

»Ich wüsste nicht, wie ich Ihnen dabei helfen könnte.« Rieters Gesichtsausdruck lieferte keinen Hinweis, ob er wirklich ahnungslos war, äußerlich wirkte er gelassen und ruhig.

»Geben Sie uns zehn Minuten«, mischte sich Stephanie Bohlmann ein. »Sie haben doch hier sicher irgendwo einen ruhigen Raum. Je weniger wir gestört werden, desto schneller können Sie wieder Ihrer Arbeit nachgehen.«

Rieter deutet mit einer genervten Geste auf eine Tür am Ende des Ganges, ging mit festen Schritten voraus und hielt den anderen die Tür auf. Es handelte sich um einen – im Gegensatz zu dem, was die beiden Polizisten bisher im Gebäude gesehen hatten – karg eingerichteten Besprechungsraum, der sicher nicht für repräsentative Zwecke gedacht war.

»Nun«, fragte Rieter, »was wollen Sie von mir wissen?«

»Was sagen Ihnen die Namen Katja Grell und Alina Schaller?«, begann Bohlmann die Befragung.

»Nichts, sollten sie?«

»Beide haben Kurse bei Barber Personality Training besucht.«

»Aha.« Rieter klang amüsiert. »Wissen Sie, wie viele Damen wir hier pro Jahr für ein glückliches Leben fit machen? Nein? Dann sage ich es Ihnen. Bei fünfunddreißig Kursen mit je zwölf Teilnehmerinnen – und die sind alle ausgebucht – sind das alleine 420 Frauen. Dazu kommen Dutzende, die uns im Rahmen von privaten Coachings buchen, nicht zu reden von den Tausenden, die Jason Barbers Vorträge besuchen. Sie glauben doch nicht im Ernst, dass ich mich da an Namen erinnern kann, zumal ich mit den Seminaristinnen nur wenig persönlichen Kontakt habe. Ich bin hier mehr der Mann fürs Grobe.«

Rieter lächelte in sich hinein wie jemand, der einen guten Scherz gemacht hatte. Dabei strafte sein Äußeres ihn Lügen. Er sah keineswegs wie ein Kalfaktor aus, er trug ein eng am Körper anliegendes Hemd; das Sakko des dunklen Anzugs war ebenfalls auf Taille geschnitten und sah nicht wie von der Stange aus.

»Worin besteht denn Ihre Aufgabe genau, Herr Rieter?« Stephanie ließ ihn nicht so einfach ins Unkonkrete flüchten.

»Ich kümmere mich um das Wohlergehen der Damen, sehe, dass in den Zimmern alles in Ordnung ist, erfülle Sonderwünsche und assistiere außerdem Jason während der Seminarstunden.«

»Das hört sich für mich aber gar nicht so an, als hätten sie keine Berührung mit Ihren Kundinnen.«

»Vorsicht, lassen Sie Jason dieses Wort nicht hören. Unsere Seminaristinnen sind seine Schülerinnen, allenfalls noch Klientinnen, aber niemals so etwas Profanes wie Kundschaft.«

»Haben Sie nun Kontakt zu den Frauen oder nicht?«, fragte Bettina ungeduldig nach.

»Ich rede hin und wieder mit ihnen und manchmal schüttet mir eine Dame ihr Herz aus, aber ...«

Bettina unterbrach ihn. »Finden Sie das nicht gefährlich?«

»Wie meinen Sie das?«

»In der Vergangenheit haben Sie Ihre Triebe nicht immer im Griff gehabt.«

Rieter sprang auf und der Stuhl kippte polternd zur Seite. »Was soll das? Meine Verurteilung liegt zehn Jahre zurück und ich habe mir seitdem nichts mehr zuschulden kommen lassen. Aber das wissen Sie genauso gut wie ich.«

Thal konnte die Mimik des aufgebrachten Mannes nicht deuten, entweder verzog er sein Gesicht vor Ärger oder vor Verachtung Stephanie gegenüber. Sie hatte sich mit ihrer offensiven Befragung in eine Sackgasse manövriert, deshalb war es besser, wenn Thal übernahm.

»Wie ist Ihr persönliches Verhältnis zu Ihrem Chef?«

»Vertrauensvoll.« Rieter spuckte Thal das Wort geradezu vor die Füße.

»Kennt er Ihre Vergangenheit?«

»Selbstverständlich. Er hat mich unmittelbar nach der Verurteilung eingestellt.«

»Er hat Ihnen also eine neue Chance gegeben, richtig?«

»Ich würde sagen, dass Jason schon damals über exzellente Menschenkenntnis verfügte und genau wusste, dass ich ihn niemals enttäuschen würde.«

Thal zweifelte nicht an Barbers Einfühlungsvermögen, aber gerade das gab ihm zu denken. Er hatte sein Unternehmen strategisch geplant und am Markt positioniert, ein Vergewaltiger als Kompagnon passte da nicht ins Bild. Auf dem direkten Weg kamen sie aber nicht weiter, dazu brauchten sie Barber, der gerade von Madlaina und Bettina befragt wurde. Thal stand auf und wandte sich zur Tür.

»Wir müssen Sie bitten, dass Sie uns auf dem Präsidium aufsuchen, Herr Rieter. Wir brauchen Ihre Aussage schriftlich, außerdem sollten Sie sich Fotos der beiden ermordeten Frauen und einige Gegenstände ansehen, vielleicht fällt Ihnen ja doch noch etwas ein. Passt es Ihnen heute Nachmittag, sagen wir so gegen vierzehn Uhr?«

Ohne eine Antwort abzuwarten, verließen Bohlmann und Thal den Raum.

Einundvierzig

Neun Uhr fünfzig

Bettina war genervt. Barber ließ sie jetzt schon geschlagene zwanzig Minuten warten. Sie saßen auf unbequemen Stühlen in der für ein kleines Unternehmen viel zu pompösen Empfangshalle, durch die alle paar Minuten Mitarbeiterinnen – es handelte sich ausschließlich um Frauen – schwebten. Meistens warfen sie nur einen kurzen Seitenblick auf die Besucherinnen, einige wenige grüßten mit einem Kopfnicken. Allesamt waren sie businesslike, aber modisch gekleidet. High Heels schienen verpflichtend zu sein, was für ein nicht abreißendes, stakkatohaftes Klackern in der Halle sorgte.

»Meine Damen, entschuldigen Sie, dass ich Sie warten ließ, aber Seminartage ...« Jason Barber trat auf Bettina und Madlaina zu und begrüßte sie mit einem angenehm kräftigen Händedruck. Es gibt also tatsächlich noch attraktive Männer mit Umgangsformen, dachte Bettina und registrierte den leicht süßlichen Duft eines Aftershave.

»Am besten setzen wir uns in mein Büro. Wenn Sie gestatten, gehe ich voraus.«

Barber drehte sich um und schob den Oberkörper nach vorne, bevor er sich in Bewegung setzte. Es sah aus, als ginge er nicht durch die Kraft seiner Beinmuskulatur, sondern als würde er durch eine Schwerpunktverlagerung angetrieben. Was bei anderen Männern plump gewirkt hätte, sah bei ihm faszinierend elegant aus. Barbers Büro hatte die Ausmaße des großen Besprechungsraums im Präsidium, war aber nur mit einem Schreibtisch und einer ledernen

Sitzgruppe für Besucher, zu der er die beiden Polizistinnen geleitete, spärlich eingerichtet.

»Darf ich Ihnen etwas zu trinken anbieten? Tee, Kaffee, etwas Stärkeres?«

»Nein, danke«, lehnten beide unisono ab. Bettina und Madlaina hatten sich auf dem Weg vom Präsidium eine Vernehmungsstrategie zurechtgelegt. Bettina sollte die Gesprächsführung übernehmen, während Madlaina jede Gestik oder Mimik registrierte, um daraus und aus Barbers Antworten ein Psychogramm zu erstellen. Bettina hatte zwar nicht verstanden, was das bringen sollte, erhob aber auch keine Einwände.

Barber goss sich ein Glas Tomatensaft ein und trank einen Schluck.

»Wenn ich es richtig verstanden habe, geht es um den Tod von zwei Frauen, die vor längerer Zeit eines unserer Seminare besucht haben. Wie hießen die Damen noch mal?«

»Katja Grell und Alina Schaller.« Bettina zog zwei Fotos aus der Tasche und legte sie vor Barber auf den Tisch, der sie sich mit zusammengekniffenen Augen anschaute. Er brauchte augenscheinlich eine Brille, war aber zu eitel, sie zu tragen.

»Die Fotos sagen mir nichts, aber meine Sekretärin kann die Personalblätter der beiden ausdrucken.«

Er stand auf, ging zum Schreibtisch und gab über das Telefon kurze Anweisungen. Bettina wartete, bis er sich wieder gesetzt hatte.

»Darf ich die Zeit nutzen und Sie etwas zu Ihrem Unternehmen fragen, Herr Barber? Ich finde es faszinierend, dass Sie sich auf das Coaching von Frauen spezialisiert haben.«

Sie schlug die Beine übereinander und korrigierte den Sitz ihres Rockes nicht, der einige Zentimeter nach oben gerutscht war. Barber ließ sich vom Anblick ihrer Beine nicht ablenken, sondern schaute ihr direkt ins Gesicht. Bettina hatte das Gefühl, in wenigen Sekunden gescannt zu werden. Als Barber antwortete, war seine Stimme deutlich nach unten gerutscht.

»Frauen sind in unserer Gesellschaft nach wie vor das benachteiligte Geschlecht. Sie verdienen weniger und ihre Karrierekurven sind deutlich flacher als die ihrer männlichen Kollegen.«

Er machte eine Pause und trank einen Schluck Tomatensaft, ohne den Blick von Bettina zu nehmen.

»Sie zum Beispiel, Frau Berg! Ich schätze Sie auf Ende dreißig, damit sind Sie eine erfahrene und hochqualifizierte Kriminalpolizistin. Ein Mann Ihres Alters hätte mit Sicherheit längst die Leitung dieses Falls, oder etwa nicht? Ihnen sitzt aber immer noch ein Mann vor der Nase, vermutlich zehn Jahre älter und im Grunde genommen schon längst im mentalen Ruhestand.«

Er hob das Gesicht leicht an und blinzelte mit den Augen. »Habe ich Recht?«

Bettina unterdrückte den Impuls, ihm zu sagen, dass ihr Chef sogar zwanzig Jahre älter, aber keineswegs eingerostet war. Stattdessen nickte sie stumm.

»Sehen Sie!« Barber klang keineswegs triumphal, sondern wie ein Mann, für den es selbstverständlich war, die Situation seines Gegenübers richtig einzuschätzen. »Welche Chancen haben Sie? Sie können gegen Ihren Chef kämpfen – und werden mit an Sicherheit grenzender Wahrscheinlichkeit verlieren, weil er über die besseren Kontakte nach oben verfügt. Alternativ können Sie warten, bis er in zehn Jahren hoffentlich frühzeitig in Rente geht. Allerdings werden Sie dann zu alt sein, den Chefposten bekommt ein fünfunddreißigjähriger Aufsteiger. Ihre einzige Chance besteht darin, sich auf Stellen in anderen Städten zu bewerben. Und das heißt: Sie müssen sich auf das Schlachtfeld des Marktes begeben, auf dem nur der Zuversichtliche gewinnt.«

Barber lehnte sich zurück und schlug die Beine übereinander. Bettina fühlte sich mehr und mehr unwohl, sie hatte das Gefühl, die Kontrolle über das Gespräch zu verlieren. Am liebsten hätte sie das Thema gewechselt, aber Barber war in Fahrt gekommen.

»Sie sind eine äußerst attraktive Frau, das erhöht Ihre Chancen ungemein.« Er legte den Kopf leicht schief und verzog seinen Mund zu einem spöttischen Lächeln. »Und trotzdem haben Sie schon bei dem Gedanken an ein Vorstellungsgespräch ein mulmiges Gefühl, ich rieche Ihre Angst bis hierhin.«

Bettina zog die Luft ein. Sie hatte wie jeden Morgen geduscht, Parfum aufgelegt, was faselte der Typ also von Körpergeruch? Er kam einer Zurechtweisung aber zuvor. »Sie werden in einem Vorstellungsgespräch nicht versagen! Sie werden Karriere machen! Wenn Sie es nur stark genug wollen!«

»Und das bringen Sie mir bei?« Bettina wollte ironisch klingen, Barber war dafür aber nicht empfänglich, denn er blieb sachlich. »Wenn Sie es wollen! Alles hängt nur von Ihnen selbst ab.«

Bettina war froh, dass die Sekretärin den Raum betrat und Barber einige Blätter Papier in die Hand drückte, in die er sich augenblicklich vertiefte.

»Da haben wir die Damen ja.«

Er fächerte die Bögen in seinen Händen auf.

»Alina Schaller, an diese Dame erinnere ich mich dunkel. Interessiert Sie meine Charakterisierung?« Er schaute Bettina über die Ausdrucke hinweg an, sie nickte zustimmend.

»Äußere Erscheinung: Natürlich schön, unattraktive Selbstinszenierung. Persönlichkeitstest: Eloquenz: fünf von zehn; Dominanzstreben: fünf von zehn; Dynamik: sechs von zehn; Logikbefähigung: acht von zehn; soziale Kompetenz: acht von zehn; Empathie: neun von zehn; Perfektionismus: neun von zehn; Angst: zehn von zehn.«

Er ließ das Blatt sinken und schaute zuerst Madlaina und dann Bettina an, die damit rechnete, dass er sich jetzt zum ersten Mal an die Schweizer Kollegin wenden würde, aber er fasste die Aufzählung nüchtern und sachlich wie in einem Vortrag vor einem großen Auditorium zusammen: »Eine unserer typischen Kandidatinnen: weiblich, intelligent, willensschwach, ängstlich. Bei solchen Charakteren erreichen wir die größten Erfolge. Schaun wir mal, was der Personal-Development-Index dieser Frau Schaller sagt ...« Er blätterte die Seiten durch, als er gefunden hatte, was er suchte, hob er erstaunt die Augenbrauen. »Oh, nur 1,2. Die Dame hat auf unser Programm anscheinend nicht angesprochen.«

Bettina beugte sich vor und nahm die Blätter auf, die Barber auf den Tisch gelegt hatte. »Wollen Sie damit sagen, dass Sie ihre Seminarteilnehmerinnen danach weiter beobachten.«

»Selbstverständlich, schließlich wollen wir immer besser werden und das geht nur mit empirischen Erkenntnissen. Bevor Sie danach fragen: Wir lassen uns zuvor eine Einverständniserklärung unterschreiben.«

Bettina verkniff sich die Frage, wie die Beobachtung ehemaliger Kursteilnehmer vonstattenging und ob den Betroffenen klar gemacht wurde, dass sie damit zu einer Art Probanden in einem Testverfahren wurden. Stattdessen deutete sie auf den zweiten, von einer Büroklammer zusammengehaltenen, dünnen Stoß Blätter. »Und was gibt es zu Katja Grell zu sagen?«

Barber überflog die Seiten und lächelte. »Das genaue Gegenteil. Attraktiv und selbstbewusst, eloquent, dynamisch und zielorientiert mit einem klaren Defizit in den sozialen Kompetenzen. Ich habe mich damals sehr gewundert, was sie bei uns wollte. Sie nahm auch nur sporadisch an den Sitzungen teil, anscheinend hatte sie Besseres zu tun.«

Barbers spöttischer Gesichtsausdruck entging Bettina nicht, aber sie ignorierte ihn.

»Ist Ihnen sonst irgendetwas aufgefallen, gab es in den Seminaren irgendwelche besonderen Ereignisse, Streitereien zwischen Teilnehmern zum Beispiel?«

Barber vertiefte sich erneut in die Unterlagen. »Soweit ich das sehe, nicht. Wir notieren immer genau, wenn es zu atmosphärischen Störungen kommt.«

Bettina erschrak, als Madlaina, die bisher schweigend zugehört hatte, das Wort ergriff, denn sie sprach mit starkem amerikanischen Akzent. Zwar hörte man ihr die fünfundvierzig Jahren in den USA stets deutlicher an als ihre Schweizer Herkunft, aber jetzt klang es in Bettinas Ohren fast wie die Parodie einer deutschsprechenden Amerikanerin.

»Eine Frage haben wir noch, Mister Barber. Die Kollegen vom FBI haben uns mitgeteilt, dass Sie vor neunzehn Jahren als Zeuge im Fall der vermissten Marylou Parker vernommen wurden. Sie werden verstehen, dass wir jeden Zusammenhang zwischen den Fällen ausschließen müssen. Worum ging es damals genau?«

Barbers Mimik schien für einen kurzen Augenblick zu entgleisen, er hatte sich aber sofort wieder im Griff und präsentierte sein überhebliches Lächeln.

«Ich dachte schon, Sie wären stumm, Misses Veicht.«

Madlaina reagierte nicht auf die Replik, sondern lehnte sich entspannt zurück und hörte Barber aufmerksam zu.

»Ich weiß zwar nicht, was das für die Fälle bringen soll, die Sie untersuchen, aber Marylou Parker war eine von Barry Bernards Jüngerinnen. Sie wissen, dass ich damals für den Prediger gearbeitet habe?«

Barber wartete die Antwort nicht ab. »Natürlich wissen Sie das, Sie haben wahrscheinlich ein umfangreiches Dossier über mich. Wie dem auch sei, die Dame wandte sich von Bernard ab und einem anderen Geistlichen zu – und weg war sie.«

Er ließ seine Hand mit schwingenden Bewegungen durch die Luft fliegen. »Das kam häufiger vor, die Damen in Bernards Gefolgschaft waren oft flatterhaft.«

Madlaina bewegte ihren Kopf keinen Millimeter, Bettina hatte den Eindruck, sie versuchte, ihn mit ihren Augen zu fixieren. »Kurz darauf haben Sie die USA verlassen. Warum?«

»Das religiöse Brimborium ging mir auf die Nerven, die Singerei und Tanzerei und dieses ewige Oh Lord-Getue. Ich bin ein Analytiker, ich will Menschen auf der Basis wissenschaftlicher Erkenntnisse helfen, ich will durch Wissen befreien und nicht durch Religion versklaven.«

Madlaina schlug ihre Mappe zu und schaute Bettina an, die in ihrem Blick etwas erkannte, das sie bei Thals Freundin noch nie gesehen hatte: Furcht!

Zweiundvierzig

Elf Uhr fünf

Diese Bullen gehen mir auf die Nerven. Die Tusse ist kein Problem, mit der werde er fertig, der Mann, dieser Thal, ist da schon ein anderes Kaliber. Dass mir aber auch dieser Scheißeintrag ins Strafregister noch mal vor die Füße fallen muss. Ich kann mich nach zehn Jahren kaum mehr an das Mädchen erinnern, das sich damals so zickig angestellt hat. Vergewaltigung! Pah, erst hat sie mich heißgemacht in ihrem Minirock und mit ihren Möpsen, die fast aus der Bluse fielen. Auf der Tanzfläche wurde sie ganz wild und rieb ihren Unterleib ständig an meinem. Die Reaktion blieb nicht aus und das spürte sie natürlich, lachte darüber und küsste mich noch heißer. Sonja hieß die Schlampe, die dann auf einmal nicht mehr mitspielen wollte. Ich war mir sicher, dass sie nur spielte, dass sie es eben etwas härter brauchte. Sie beschwerte sich ja auch nicht, als ich es ihr besorgte, rannte erst am nächsten Tag zur Polizei. Die Untersuchungshaft war die schlimmste Zeit meines Lebens. So etwas will ich nie wieder erleben.

Ruhig, ruhig! Das wird nicht passieren. Seit damals habe ich keine Frau angefasst. Zum Glück habe ich die wahre Lust entdeckt. Der Austausch von Körperflüssigkeiten bedeutet mir schon lange nichts mehr.

Ich muss jetzt die Nerven behalten und alles wegschaffen, was ein falsches Licht auf mich werfen könnte. Die beiden Bullen wirken verzweifelt, anscheinend haben sie keine Spur von dem Mörder dieser beiden Frauen. Das ist gut, sehr gut sogar. Alles kommt darauf an, dass ich ihnen keine Verdachtsmomente liefere, sonst packen sie mich am

Schlafittchen. U-Haft ist schnell angeordnet, und ist man erst mal eingefahren, kann es lange dauern, bis man wieder draußen ist. Nein, soweit darf ich es nicht kommen lassen. Ich muss meine Gedanken zusammenreißen und ein sicheres Versteck finden.

Mir kann nichts passieren. Überhaupt nichts!

Dreiundvierzig

Ein Uhr zehn

»Der Typ spielt mit uns.« Madlaina tigerte im Raum auf und ab.

»Nun setzt dich doch endlich hin!« Bettina war genervt von der Rumrennerei der Kollegin. Wie sollte man da einen klaren Gedanken fassen? »Ich fand ihn auch nicht sympathisch, aber unsere Fragen hat er klar und ohne Umschweife beantwortet.«

»Darum geht es doch überhaupt nicht, Barber gibt uns, was wir hören wollen, er hat die Gesprächssituation analysiert und zu jeder Zeit die Kontrolle behalten. Als ich ihn nach Marylou Parker fragte, war er für einen Moment irritiert, hatte sich aber sofort wieder im Griff.«

Bettina wandte sich Thal, Quandt und Bohlmann zu, die rechts von ihr am Besprechungstisch saßen und Madlaina fasziniert lauschten. »Ihr hättet sie hören sollen, ein Slang wie eine Amerikanerin auf Deutschlandreise. Ich hätte sie fast nicht erkannt, das war eine saubere schauspielerische Leistung.«

Madlaina ging auf die scherzhafte Bemerkung nicht ein. »Ich wollte ihn überraschen und mit der damaligen Situation direkter konfrontieren, aber das schlug fehl. Er brauchte nur eine Sekunde, um mein Manöver zu durchschauen. Vielleicht hätte ich Englisch reden sollen.«

»Können wir von euren Eindrücken und Bauchgefühlen auf die Fakten kommen? Was habt ihr von Barber konkret erfahren?«, fragte Thal.

»Moment«, Madlaina blieb stehen und schüttelte den Kopf. »Hier geht es nicht um Emotionen, Alex. Am liebsten ließe ich ihn einen PCL-R-Test machen.«

»Einen was?«, fragte Stephanie und leckte den Deckel eines Joghurtbechers ab.

»Die Abkürzung steht für Psychopathy Checklist Revised, so nennt man ein Testverfahren zur Ermittlung des sogenannten Psychopathie-Score.«

Thal unterbrach sie. »Du meinst ernsthaft, dass man einem Menschen nur einen Fragenkatalog vorlegen muss und am Ende ein Zahlenwert herauskommt, der einem sagt, ob der Befragte ein Psychopath ist oder nicht?«

»Der PCL-Test hat sich in der Praxis als äußerst tauglich erwiesen«, antwortete Madlaina völlig sachlich, als hätte sie den spöttischen Unterton nicht wahrgenommen.

Thal blieb skeptisch. »Für mich hört sich das nach Hokuspokus an.«

»Wenn du meinst.« Jetzt klang Madlaina etwas genervt. »Beim FBI haben wir den Test häufig angewandt und die Ergebnisse waren überzeugend.«

»Psychopath ist doch nur so ein Seelendoktor-Begriff, das hilft uns nicht weiter.«

»Auch da liegst du falsch, Alex. Ein Psychopath hat klar definierte Charaktereigenschaften. Ihm fehlen zum Beispiel Mit- und Schuldgefühle. Er fühlt eine innere Leere, ist schnell gelangweilt und braucht deswegen immer neue Kicks. Weil er gleichzeitig keine Angstgefühle kennt, ist er brandgefährlich. Ein zentraler Punkt ist die mangelnde Fähigkeit, Gefühle zu anderen Menschen zu entwickeln. In der Welt eines Psychopathen sind Menschen Objekte.«

»Das haut hin«, rief Bettina und ihre Wangen waren gerötet. »Mir ist aufgefallen, dass Barber über die beiden

Frauen wie über Studienobjekte geredet hat. Es hat ihn überhaupt nicht berührt, dass sie Opfer eines Verbrechens geworden sind.«

Jonas Quandt, der Madlaina fasziniert zugehört hatte, räusperte sich. »Verstehe ich das richtig, ein Psychopath kann keine Liebe empfinden?«

Madlaina überlegte einen Moment, als suche sie nach den richtigen Worten. »Er wird durchaus zu einem Menschen ich liebe dich sagen, aber er meint es in dem Sinn, wie er auch seinen Sportwagen oder sein Haustier liebt.«

»Was ist mit Sex?«

Madlaina nickte Quandt zu, als wolle sie ihn für die Frage loben. »Häufig und mit wechselnden Frauen. Promiskuität gehört ebenfalls zu den Merkmalen von Psychopathen, genau wie ein parasitäres Leben, also die eigene Bereicherung auf Kosten anderer.«

»Das ist doch ein Widerspruch in sich«, wandte Thal ein. »Wenn sie so gefühlskalt sind, wie du sagst, warum fallen dann andere Menschen auf sie rein?«

»Lüge, Täuschung und Manipulation sind natürliche Talente von Psychopathen. Selbst wenn man sie ertappt, sind sie nicht perplex oder verlegen, sondern können ihre Geschichte sofort anpassen. Sie sind grandiose Schauspieler und Lügner.«

»Das passt«, rief Quandt aufgeregt. Alle drehten ihm ihre Köpfe zu.

»Ich habe mich mit insgesamt sechs Mitarbeiterinnen von Barber Personality Training unterhalten, sie waren alle vorsichtig mit Urteilen über ihren Chef, aber ein paar Aussagen kamen immer wieder, zum Beispiel, dass er es bei keiner Frau lange aushält und es auch bei den meisten Mitarbeiterinnen probiert – und nicht immer ohne Erfolg. Positiv sprachen die Damen nur im Zusammenhang mit geschäftlichen Angelegenheiten über ihn. Er sei ein herausragender Unternehmer, die Firma floriere dank seiner Leistung und so weiter. Keine Einzige meinte, er sei ein netter Typ.«

Als niemand auf seine Einschätzung einging, fragte er: »Findet Ihr das nicht seltsam? Wenn mich jemand über meinen Chef befragt, würde ich doch zunächst seinen Charakter beschreiben. Ist er autoritär oder mehr der Kumpeltyp, ist er nett zu seinen Leuten, behandelt er sie gut. Bei Barber bezogen sich positive Aussagen immer nur aufs Geld.«

»Warum hast du nur Frauen befragt?«, wunderte sich Bettina.

»Weil es keine Männer gibt.«

Die anderen schauten ihn irritiert an und Quandt lachte auf. »Ist euch etwa nicht aufgefallen, dass im ganzen Gebäude bis auf Barber selbst und diesen Adrian Rieter nur Frauen rumlaufen? Es gibt schlichtweg keine männlichen Angestellten.«

Madlaina öffnete eine Cola und nahm einen kräftigen Schluck aus der Flasche. »Interessant. Ich kann es zwar nicht einordnen, aber es beruhigt mich auch nicht.«

»Hast du etwas über diesen Adrian Rieter erfahren?« Thal kam auf Quandts Bericht zurück.

»Das war merkwürdig. Sobald ich den Namen fallen ließ, mauerten alle. Nur eine Praktikantin meinte, er wäre verschlossen und hätte kaum Kontakt zu irgendjemandem im Unternehmen. Ich würde sagen, dass er ein Außenseiter ist.«

»Und ein Vergewaltiger«, ergänzte Stephanie Bohlmann, die sich selten so zurückhielt wie heute. Thal unterdrückte den Hinweis, dass diese Tat zehn Jahre zurücklag, er wollte sie nicht in ihrem Gedankengang unterbrechen.

»Der Typ hat mich ehrlich gesagt nervös gemacht. Ich hatte das Gefühl, dass er etwas verbirgt.«

»Kann es sein, dass du nur voreingenommen bist?«, fragte Thal.

»Möglich.« Stephanie klang seltsam mutlos, als hätte ihr das Gespräch mit Barbers Assistent jeglichen Elan und Glauben an den eigenen Erfolg genommen. »Der Typ ist mir auf jeden Fall zutiefst unsympathisch.«

»Leider ist das kein Hinweis darauf, dass er ein Mörder ist«, warf Thal ein und versuchte, jeden Zynismus zu vermeiden. »Wir brauchen Fakten, das ist unser Problem. Dein Psychogramm in Ehren, Madlaina, aber es hilft uns nicht weiter. Wir haben bis jetzt keinen Hinweis, dass Barber etwas mit dem Tod der beiden Frauen zu tun hat. Die Tatsache, dass sie eins seiner Seminare besucht haben, reicht nicht aus. Apropos, hast du die Teilnehmerlisten bekommen, Jonas?«

»Ja, es gibt keine Übereinstimmungen. Ich habe angefangen, die Telefonnummern der Teilnehmerinnen zu recherchieren, mit einigen habe ich auch schon gesprochen. Besondere Vorkommnisse gab es anscheinend nicht, merkwürdigerweise konnten sich die Frauen an Alina Schaller erinnern, aber nicht an Katja Grell.«

»Weil sie sie kaum gesehen haben«, unterbrach Bettina den Kollegen und blätterte in ihren Notizen. »Barber erwähnte, dass sie nur sporadisch teilnahm und kommentierte süffisant, sie hätte wohl Besseres zu tun gehabt.«

»Klar«, meldete sich Quandt wieder zu Wort, »sie hatte ein Date mit Max Walther.«

Es war wie verflixt, sie drehten sich permanent im Kreis. Thal hatte Walther von seiner Verdächtigenliste gestrichen und war nicht bereit, ihn erneut in Betracht zu ziehen. Er war das Opfer von Katja Grells Erpressung, aber nicht ihr Mörder. Er schaute auf die Uhr. Verdammt! Nur noch eine Stunde bis zur Pressekonferenz, womit sollte er Schober bloß füttern? Quandt kramte in Papieren und hielt ein Blatt in die Höhe. »Ich habe da noch etwas, vielleicht ist es völlig bedeutungslos, aber ...«

»Nun komm schon, Jonas, jede Information kann der Strohhalm sein, an dem der Imam sich nachher in der Pressekonferenz festhalten kann.«

»Es gibt noch eine Auffälligkeit in Barbers Biografie. Ihr erinnert euch, dass seine Karriere mit der Beratung von Margarete Schöffel begann. Sie beauftragte ihn unter anderem mit der Rekrutierung von Personal. Eine der Bewerberinnen, die sich bei Barber vorstellten, war die damals neunzehnjährige Nadine Lenz. Sie verschwand kurze Zeit später, bis heute gibt es keine Spur von ihr.«

»Zufall«, murmelte Thal.

»Das habe ich auch gedacht, Alexander, habe mir aber sicherheitshalber die Ermittlungsakte von den Hamburger Kollegen kommen lassen. Dabei ist mir in der Personenbeschreibung der Vermissten etwas aufgefallen.«

Quandt schaute in die Runde, als wartete er auf eine Aufforderung weiterzusprechen. Thal nickte ihm zu. »Nadine Lenz hatte ein besonderes körperliches Merkmal. Ihr rechter, großer Zeh war von Geburt an missgebildet und war ihr kurz zuvor in einer Hamburger Klinik operativ entfernt worden.«

»Bingo!« rief Madlaina und Thal sah ein triumphales Leuchten in ihren Augen.

Vierundvierzig

Fünfzehn Uhr fünf

»In Alexanders Haut möchte ich jetzt nicht stecken.« Madlaina schnallte sich an, während Bettina den Dienstwagen vom Parkplatz des Präsidiums in den dichten Verkehr einfädelte. Rita Wölfl, die Vorsitzende der Gesellschaft der Barber-Geschädigten, erwartete sie in ihrem Haus auf der Reichenau.

»Da brauchen wir uns keine Sorgen zu machen. Wenn einer mit dem Imam fertig wird, dann er«, entgegnete Bettina.

Einige Minuten saßen sie schweigend nebeneinander, ehe Madlaina sich räusperte.

»Darf ich dich etwas Privates fragen?«

Bettina war überrascht. Obwohl sie ein gutes, kollegiales Verhältnis hatten, sprachen sie nur selten über Dinge abseits des Beruflichen. »Nur zu!«, sagte sie und unterstrich ihre Bereitschaft mit einem Nicken.

»Ich werde das Gefühl nicht los, dass dich etwas belastet und hin und wieder denke ich, es hat mit Alexander zu tun und möglicherweise auch damit, dass wir beide ...«

Bettina lachte auf. »Du glaubst doch nicht etwa, dass ich auf dich eifersüchtig bin?«

Madlaina antwortete nicht und Bettina war sich der Bedeutung dieses Schweigens nicht sicher. Hatte Thals Freundin das Gefühl, sie vom Platz an seiner Seite verdrängt zu haben? Sie schüttelte energisch den Kopf.

»Ich bin froh, dass Alexander mit dir zusammen ist, Madlaina. Leahs Tod hat ihn fast umgebracht, ich war nicht sicher, ob er es jemals wieder in ein normales Leben schaffen würde. Du hast ihn zurückgeholt und das freut mich sehr, denn ich hätte ihn als Kollegen vermisst – aber nicht als Mann.«

»Aber irgendetwas stimmt doch nicht mit dir.«

Bettina überlegte, ob sie Madlaina von der Entscheidung erzählen sollte, vor der sie stand. Es wäre schön, eine Freundin zum Reden zu haben, aber durfte sie Madlaina in ein Geheimnis einweihen, das auch für Thal bedeutsam war? Und ihr gleichzeitig verbieten, mit ihm darüber zu reden? Die beiden waren erst ein paar Monate zusammen, diese Situation könnte ihre Beziehung vor eine harte Probe stellen. Nein, Bettina wollte nicht der Auslöser einer Krise zwischen Madlaina und Alexander sein, deshalb antwortete sie ausweichend: »Nur ein bisschen Stress mit den Männern. Das Übliche halt.«

»Tobias?«, fragte Madlaina nach und Bettina bewunderte einmal mehr die Fähigkeit der Schweizerin, aus banalen Aussagen die Gefühlslage ihres Gesprächspartners zu extrahieren. Die Profiler-Ausbildung in den USA musste gut sein.

»Ein bisschen geht es auch um Tobias, ja. Aber nicht nur.« Bettina wusste, dass sie wie ein Orakel klang und Madlaina mit Sicherheit spürte, dass sie ihrer Frage auswich, deshalb wechselte sie das Thema.

»Kommen wir zu einem anderen Mann, diesem Barber. Du bist felsenfest überzeugt, dass er ein psychopathischer Charakter ist, oder?«

»Es spricht viel dafür. Ehrlich gesagt, macht mir der Mann Angst. Er ist Manipulator von Berufs wegen, das macht es nicht leichter, an ihn heranzukommen.«

»Gibt es denn einen Weg, ihn aus der Deckung zu locken?«

»Schwierig.« Madlaina starrte nach vorne auf die Straße. »Männer wie er sind es gewohnt, ständig zu lügen. Sie sind absolut gewandt darin, die Wahrheit in immer wieder neue Richtungen zu biegen. Wir brauchen handfeste Beweise, um ihn in die Ecke zu drängen. Wenn er eine ernsthafte Gefahr wittert, macht er vielleicht einen Fehler.« Sie atmete tief ein.

»Eine Wette schließe ich darauf aber nicht ab.«

Rita Wölfl wohnte in einem Zweifamilienhaus in Mittelzell, einem der drei Orte auf der Insel Reichenau, die von den Einheimischen Gemüse- und von den Touristen Klosterinsel genannt wurde. Als sie Bettina und Madlaina an der Tür begrüßte, war ihr die Verwunderung über zwei weibliche Ermittler an der Nasenspitze anzusehen. Bettina hatte das oft erlebt und amüsierte sich im Stillen darüber. Barber hatte die Situation von Frauen im Polizeidienst durchaus richtig eingeschätzt.

In Rita Wölfls Wohnung herrschte ein geordnetes Chaos, überall lagen Spielsachen, Bücher und Zeitschriften herum, ohne dass man den Eindruck hatte, die Unordnung sei so weit fortgeschritten, dass man ihrer nicht mehr Herr werden konnte. Sie entschuldigte sich wortreich wie alle Mütter, denen es nicht gelang, ihre Kinder zum Aufräumen zu bewegen, und die es gleichzeitig leid waren, die Siebensachen ihrer Sprösslinge an den angestammten Plätzen zu verstauen. Das Angebot eines Kaffees oder Tees lehnten die Polizistinnen ab, warteten aber, bis Rita Wölfl mit einem Kaffeebecher aus der Küche zurückkam, den das schwarzgelbe Logo von Borussia Dortmund zierte. Bettina kam gleich zur Sache: »Nehmen Sie es mir nicht übel, Frau Wölfl, aber Sie scheinen mir nicht zur typischen Zielgruppe von Barber Personality Training zu gehören.«

Rita Wölfl lachte und hatte Mühe, keinen Kaffee aus dem noch vollen Becher zu verschütten.

»Das haben Sie nett gesagt, Frau Kommissarin. Ich habe das auch relativ schnell gemerkt. Unter all den Karrierefrauen war ich die Einzige mit Familie. Ich hätte besser nicht erzählt, dass ich halbtags in einem Hotel als Zimmermädchen arbeitete. Von dem Moment an war ich so etwas wie eine Aussätzige.«

»Was war denn der Grund, dass Sie den Kurs gebucht haben; ist ja nicht gerade ein Schnäppchen?«

Rita Wölfl starrte auf die Tischplatte und nickte. »Haben Sie auch dann und wann das Gefühl, sich im Prinzip schon jetzt in den Sarg legen zu können, wenn Sie Ihr Leben nicht grundlegend umkrempeln?«

Sie schaute Bettina ins Gesicht und schüttelte nachdenklich den Kopf. »Nein, Sie nicht, Sie sind attraktiv, selbstsicher, haben einen Beruf, der Sie ausfüllt. Aber ich? Ich habe meine besten Jahre hinter mir, meinen Job für Kinder und Mann aufgegeben, der sein Interesse an mir von Jahr zu Jahr mehr verliert, was kein Wunder ist, denn ein biederes Hausmütterchen hat er sich nie gewünscht. Wenn Sie an diesem Punkt sind, kommt Ihnen Jason Barber wie der Messias vor. Dass er ein Beelzebub ist, merken Sie erst später.«

»Was ist passiert?«, mischte sich Madlaina ein. Die kurze und mit harschem Unterton ausgesprochene Frage, verfehlte ihre Wirkung auf Rita Wölfl nicht, die kurz davor war, in ein selbstmitleidiges Lamento zu verfallen. Klagelieder dieser Art führten nicht zu verwertbaren Aussagen.

Hier und jetzt ging es nicht um das Schicksal dieser Frau, sondern um Jason Barber und seine Machenschaften.

»Mir persönlich?«, fragte Wölfl, die knappe Art der Formulierung übernehmend.

Madlaina nickte. »Anders gefragt: Was hat Sie sonst bewogen, die Selbsthilfegruppe zu gründen.«

Die Zeugin trank einen Schluck Kaffee und starrte in die Tasse. »Passiert ist mir nichts Schlimmes, sieht man davon ab, dass ich einen Haufen Geld in den Sand gesetzt habe – zumindest war es für mich eine erkleckliche Summe.« Sie lachte kurz auf. »Nein, es ist nichts geschehen, ich war nach dem Seminar immer noch Hausfrau, Mutter, Gattin, genau in dieser Reihenfolge. Ich weiß nicht, was ich erwartet habe, aber eingetreten ist davon nichts. Vielleicht wurde ich deshalb hellhörig, als ich zufällig im Internet von der Gesellschaft der Barber-Geschädigten las. Die habe ich nicht gegründet, die existierte bereits.«

»Es gibt also Menschen, denen in Barbers Seminaren Übles widerfahren ist?« Madlaina klang ungeduldig, sie wollte endlich zu den Fakten vordringen.

»Viele.«

»Bitte, Frau Wölfl, lassen Sie sich doch nicht alle Informationen aus der Nase ziehen. Erzählen Sie ein paar Beispiele.«

»So einfach ist das nicht«, antwortete die Zeugin aufgebracht. »Barber, dieser Scharlatan, wendet ja keine Gewalt an oder zwingt die Leute zu Verhaltensweisen, die ihnen direkt schaden, das läuft viel subtiler. Stellen Sie sich vor, Sie leiden unter einem schwach ausgeprägten Selbstbewusstsein und haben Schwierigkeiten, mit Menschen in Kontakt zu kommen. Sie buchen also einen Kurs in der Hoffnung, danach souveräner aufzutreten. Barber redet Ihnen eine Woche lang ein, dass Sie allein an Ihrem Dilemma schuld seien und nur Ihre Einstellung zu sich selbst ändern müssen. Dabei mangelt es Ihnen nicht an Selbsterkenntnis, Sie wissen genau, dass Ihre gestörte Selbstwahrnehmung – oder anders ausgedrückt: Ihre mangelnde Selbstliebe – die Ursache Ihrer Probleme ist. Diese Erkenntnis hat Sie gerade in das Seminar getrieben, in dem Sie Hilfe erwarten, Hinweise, wie Sie sich selbst aufbauen können. Stattdessen stellt sich dieser selbsternannte Guru vor Sie hin und trichtert Ihnen Stunde für Stunde ein: Du kannst alles, wenn du es nur willst. Und wenn du etwas nicht kannst, hast du es nicht richtig gewollt.«

»Aber kann das nicht tatsächlich funktionieren?«, warf Bettina ein. »Es hört sich an wie eine Umprogrammierung Ihrer Gedanken vom Negativen ins Positive, das ist doch nicht verwerflich.«

Rita Wölfl lächelte Bettina an. »Sie können in Barbers Marketingabteilung anfangen, genauso argumentieren sie dort. Klar gibt es Menschen, bei denen das wunderbar funktioniert, vor allem bei Frauen, die nur einen Kick brauchen, einen Schubser, um aus ihrer oft selbst verschuldeten Lethargie aufzuwachen. Oft führt es aber auch in Depressionen. Barber sagt einem, dass man alles kann. Was ist, wenn es nicht klappt, wenn das Leben nach dem Seminar genauso beschissen weitergeht? Dann gibt man sich selbst die Schuld. Es ist nicht der Lehrer, der versagt hat, sondern die Schülerin.«

»Haben Sie in Ihrer Gruppe viele Frauen, die mit Depressionen zu kämpfen haben.«

»Oh ja, das geht bis zu Selbstmordversuchen.«

Wieder nahm Rita Wölfl einen Schluck Kaffee, nach dem sie den Mund verzog. Vermutlich war das Gebräu inzwischen kalt geworden. »Die psychischen Probleme mancher Kursteilnehmerinnen sind aber nur das eine, es existieren auch handfeste Anschuldigungen gegen Barber.«

»Zum Beispiel?« fragte Madlaina kurz und knapp.

»Die Überwachung nach dem Seminar, die angeblich der Ergebnisüberprüfung dient, grenzt an Stalking. Schon im Seminargebäude hat man ständig das Gefühl, überwacht zu werden. Bis jetzt fehlen die Beweise, dass in den Gästezimmern versteckte Überwachungskameras installiert sind, aber ich würde eine große Summe Geld darauf setzen, wenn ich sie hätte. Außerdem verschwinden immer wieder Kleidungsstücke aus den Zimmern, vornehmlich Unterwäsche, keine Ahnung, was damit passiert. Dass Barber in jedem Kurs eine, manchmal auch mehrere Seminaristinnen in sein Bett zerrt, ist ein offenes Geheimnis. Seminaristinnen, schon dieses Wort verursacht mir Gänsehaut. Oder dass es bei Strafe verboten ist, Barber oder diesen Rieter, seinen Assistenten, beim Namen zu nennen. Man muss sie als Lehrer und Adjutor ansprechen.«

»Strafe?«, fragte Bettina und passte sich der kurzen Frageform Madlainas an.

»Man fliegt raus, will heißen: Man hat ein paar Tausend Euro in den Sand gesetzt, denn die bekommt man natürlich nicht zurück.«

»Das hört sich für mich an wie eine Psychosekte.«

»Genau das ist es. Nur viel subtiler und besser organisiert.« Rita Wölfl drehte den Kopf zur Seite, wo die Wohnungstür geräuschvoll geöffnet wurde. »Oh, die Kinder kommen aus der Schule, jetzt wird es gleich unruhig werden.«

»Nur noch eine Frage«, beeilte sich Madlaina. »Sie sprachen von verschwundenen Kleidungsstücken ...«

»Unterwäsche«, korrigierte Wölfl sie, »es sind vor allem Slips und BHs, die verschwinden.«

»Haben Sie sich darüber nicht beschwert?«

»Natürlich und die zuständige Mitarbeiterin von Barber Personality Training verspricht jedem, sich darum zu kümmern, aber ich kenne keinen einzigen Fall, in dem die Sachen wieder aufgetaucht sind oder ein Verantwortlicher bestraft wurde.«

»Haben Sie jemanden in Verdacht?«

Rita Wölfl nickte.

»Und wen?«

»Rieter natürlich.«

Fünfundvierzig

Siebzehn Uhr zehn

»Glauben wir dieser Frau Wölfl jetzt oder nicht?«

Thal wurde nicht schlau aus dem, was Bettina und Madlaina von ihrem Gespräch mit der Vorsitzenden der Gesellschaft der Barber-Geschädigten berichtet hatten.

»Wir sollten es«, antwortete Madlaina, während Bettina die Schultern hob. Die Kollegin aus St. Gallen ließ sich aber nicht beirren.

»Was hat dir an der Aussage der Frau nicht gepasst, Bettina?«, fragte Madlaina. »Dass sie eine klare Position gegenüber Barber und seinem Unternehmen bezieht? Wundert dich das wirklich?«

»Nein, das kann ich sogar gut verstehen. Ich habe das vorher nicht so klar gesehen, aber Barber und Konsorten nutzen die Hoffnungen der Menschen für ihre eigenen Zwecke aus. Sie verdienen ihr Geld mit den Träumen ihrer Kunden, die sie angeblich Wirklichkeit werden lassen. Koste es, was es wolle.«

Thal war froh, dass Bettina in diesem Punkt ihre Haltung überdacht hatte. Gestern hatte es noch so geklungen, als stünde sie dem pseudowissenschaftlichen Geschwafel dieser Motivationsgurus positiv gegenüber. Umso ernster nahm er ihre Einwände gegen Madlainas Einschätzung. Auch Madlaina nickte bestätigend. Bettina brauchte ein paar Sekunden, bis sie die richtigen Worte gefunden hatte, um ihre Skepsis zu beschreiben.

»Die Frau ist zutiefst enttäuscht, sie fühlt sich zu Recht betrogen. Kann es nicht sein, dass ihre Anschuldigungen so eine Art Reflex auf Barbers Lehre sind, dass positives Denken einen zu allem befähigt?«

»Ich verstehe nicht, was du meinst«, sagte Madlaina und Thal ging es genauso.

Bettina versuchte es erneut, »Barber hat Rita Wölfl wieder und wieder eingeredet, dass sie an ihrem Scheitern selbst schuld sei. Sie kann das akzeptieren und in Depression versinken oder sie wehrt sich, indem sie ihn anklagt, ihr Leben versaut zu haben.«

»Was der gesündere Ansatz ist«, sagte Thal und starrte auf die Akten, die sich auf dem Besprechungstisch stapelten. Warum kamen sie in diesem verfluchten Fall einfach nicht voran? Was übersahen sie?

Madlaina ließ ihm keine Zeit zum Grübeln, für sie war die Diskussion keineswegs beendet. »Natürlich wehrt sie sich, Bettina. Zum Glück! Aber deshalb können ihre Anschuldigungen doch trotzdem stimmen. Barber hat uns doch selbst davon berichtet, dass er die Seminarteilnehmerinnen auch nach Ende des Kurses im Auge behält, angeblich um den Erfolg seiner Methode zu überprüfen. Mir kommt das obsessiv vor, als lebe er einen Kontrollwahn aus. Stellt sich die Frage: Wie macht er das? Lässt er sie von Menschen überwachen, Private Eyes sozusagen, die ihnen nachspionieren? In diesem Fall kann ich gut verstehen, wenn sich die betroffenen Frauen gestalkt fühlen.«

»Glaubst du das wirklich, Madlaina?«, fragte Thal. »Das kommt mir vor wie aus einem schlechten Film.«

»Einem Psychopathen traue ich alles zu. Er will manipulieren und kontrollieren, da passt so ein Stalking absolut ins Bild.«

»Das kann doch praktisch gar nicht funktionieren. Dieser Rieter hat uns erzählt, dass im Jahr über 400 Frauen so ein

Seminar besuchen. Da wäre Barbers Firma vermutlich der größte Auftraggeber für die Privatdetektiv-Branche in Deutschland.«

»Dass ihr Männer immer übertreiben müsst«, konterte Madlaina Thals Einwurf. »Wer sagt denn, dass alle Frauen nach Seminarende überwacht werden? Barber erstellt für jede Teilnehmerin ein Persönlichkeitsprofil, auf dessen Basis er eine einigermaßen sichere Prognose erstellen kann, ob die Probandin positiv auf seine Methode anspricht.«

»Wie jetzt?«, rief Bettina. »Willst du uns jetzt erklären, dass Barbers Methode doch funktioniert?«

»Ich spreche nicht von seiner suggestiven Methode, sondern von der Art, wie er die Persönlichkeit seiner Kundinnen beurteilt. Dafür nutzt er das Modell der Faktorenanalyse nach Cattell, ist zwar nicht mehr das aktuellste, aber durchaus anerkannt.«

»Was du alles weißt«, sagte Bettina, und Thal war sich nicht sicher, ob sie es bewundernd oder abschätzig meinte, Madlaina ließ sich aber nicht aus dem Konzept bringen.

»Im Grunde genommen spielt es keine Rolle, aber wir sollten Barber auf keinen Fall unterschätzen. Ich glaube nicht, dass er jede der Frauen überwachen lässt. Er trifft eine Auswahl, die Frage ist nur, aufgrund welcher Kriterien und zu welchem Zweck.«

»Um seine Methode zu verbessern, das hat er uns doch klipp und klar gesagt.«

»Du bist aber ganz schön bissig heute«, entgegnete Madlaina, lachte aber dabei, was die Situation entschärfte. »Barber geht es wie jedem Psychopathen um Manipulation und Kontrolle. Er sucht sich für die Überwachung die Frauen aus, bei dem ihm das eine besondere Befriedigung verschafft.«

»Und welche wären das?«

»Du stellst die richtige Frage, Bettina, nur leider habe ich auch keine Antwort darauf.«

Madlainas Antwort befriedete die Auseinandersetzung der beiden Frauen, weshalb das einsetzende Schweigen die Atmosphäre entgiftete. Trotzdem beendete Thal es nach kurzer Zeit.

»Was ist mit dem Verdacht, es gäbe Überwachungskameras in den Gästezimmern?«

»Möglich wäre es«, antwortete Madlaina bedächtig. »Es passt zur Kontrollmanie.«

»Schauen wir doch einfach nach!«, sagte Bettina, aber Thal bremste ihren Tatendrang. »Wir haben nicht genug gegen Barber in der Hand, um eine Hausdurchsuchung genehmigt zu bekommen.«

Bettina wollte sich so leicht nicht geschlagen geben. »Aber wenn es stimmt, dass dieser Adrian Rieter Unterwäsche aus den Zimmern stiehlt, um sich daran aufzugeilen? Das müsste als Verdacht doch reichen, oder?«

»Gibt es dafür einen Beweis?« Thal mochte es zwar nicht, den Advocatus diaboli zu spielen, aber es blieb ihm nichts anderes übrig. In diesem Fall konnten sie nur noch gesicherte Fakten weiterbringen und von denen hatten sie eindeutig zu wenig. In die erneut einsetzende Stille schrillte Bettinas Handy. Sie nahm das Gespräch entgegen und hörte konzentriert zu. Als sie aufgelegt hatte, sah sie zuerst Madlaina und dann Thal mit leerem Blick an.

»Wenn ich mich nicht täusche, dürfte eine Hausdurchsuchung bei Barber kein Problem mehr sein.«

Sechsundvierzig

Achtzehn Uhr fünfzehn

»Sorge dafür, dass keine raus- oder reinkommt«, wies Thal im Vorbeilaufen Quandt an, der sich am Eingang zum Seminargebäude mit einem uniformierten Polizisten unterhielt. »Und sieh zu, dass wir die Schaulustigen loswerden. Vor allem: keine Presse!« Quandt hob den rechten Daumen und lief Richtung Einfahrt auf einen Krankenwagen sowie Feuerwehrfahrzeug zu, die beide mit laufendem Blaulicht auf der Straße standen.

Im Gebäude herrschte eine beredte Stille. Überall standen Menschen, fast ausschließlich Frauen, in kleinen Gruppen schweigend beieinander. Allenfalls hörte man ein unverständliches Flüstern. Thal blickte sich suchend um.

»Hier!«, rief Bettina und winkte ihm vom oberen Ende der Treppe entgegen. Er stürmte zwei Stufen auf einmal nehmend hinauf, was er, oben angelangt, bereute angesichts seiner Atemlosigkeit. Bettina zeigte auf eine offen stehende Zimmertür und ging schnellen Schrittes voraus. Thal versuchte, seinen Atem zu beruhigen und folgte ihr langsam. Als er in die Tür trat, schloss der Notarzt seinen Koffer und stand auf. Thal zückte seinen Ausweis und stellte sich vor. Der korpulente Doktor schüttelte stumm den Kopf.

»Todesursache?«, fragte Thal knapp, um gegenüber dem Arzt seine fehlende körperliche Fitness zu verschleiern – ein Reflex, der ihn in einer anderen Situation amüsiert hätte.

Der Doktor senkte den Blick auf den am Boden liegenden Körper. »Ich bin zwar kein Rechtsmediziner, aber für mich handelt es sich eindeutig um einen Erstickungstod. Auf jeden Fall ist meine Arbeit hier beendet.« Der Notarzt reichte Thal die Hand, nickte ihm kurz zu und ging.

Thal erschrak von einem Blitz. Er drehte sich um und sah Kröning, den Polizeifotografen, der über die Leiche gebeugt seiner Arbeit nachging.

»Keinen Schritt weiter, Alexander!«, rief Grendel, der die Hände der Toten in Plastikbeutel verstaute. »Oder zieh dir einen Overall an.«

»Nicht nötig«, sagte Thal, dem erst jetzt der penetrante Geruch im Zimmer auffiel.

»Was stinkt denn hier so?«

»Kotabgang haben wir bei Erhängten fast immer«, antwortete Grendel sachlich.

Thal schaute sich die ausgestreckt auf dem Boden liegende Tote genauer an. Er schätzte sie auf vierzig Jahre, sie trug eine Art Nachthemd aus einem grob gewebten, beigefarbenen Stoff. Ihr Gesicht war violett bis blau verfärbt, die Zunge hing ihr aus dem halb geöffneten Mund, eingetrocknete Speichelfäden klebten am Kinn. Am Hals war eine Einblutung deutlich sichtbar.

»Sag was, Grendel!«, forderte Thal den Tatortermittler auf.

»Klare Sache.« Der Techniker deutete auf ein zu einem Strick gerolltes und verknotetes Bettlaken, das aus der Tür des Kleiderschranks heraushing.

»Suizid?«

»So sieht es aus«, brummte Grendel, den Thals Fragerei zu nerven schien. Der gab sich aber noch nicht zufrieden.

»Du meinst, man kann sich an der Stange eines Kleiderschranks erhängen? Das ist doch nicht hoch genug, oder?«

»Wer hat schon mehr Selbstmorde gesehen, du oder ich?«

»Natürlich du, also erklär's mir«. Jetzt war auch Thal genervt, setzte aber immerhin noch ein, wenn auch verspätetes »bitte« dazu.

»Wenn der Strick richtig um den Hals gelegt wurde, drückt er durch das Körpergewicht die Halsschlagadern ab und schneidet die Blutzufuhr zum Gehirn ab. Eine solche Strangulation führt interessanterweise zu Glücksgefühlen und sexueller Erregung, bei Männern kommt es oft zu einer Ejakulation. Auf jeden Fall wehrt man sich nicht und bereits nach zehn Sekunden ist man bewusstlos. Der Tod tritt spätestens zehn Minuten später ein. Auf jeden Fall braucht man keine Fallhöhe.«

Thal hatte sich so auf Grendels Ausführungen und den Anblick der toten Frau konzentriert, dass er erschrak, als Bettina hinter ihm sprach. »Irgendwelche Zweifel an einer Selbsttötung, Hartmut?«

Grendel schüttelte den Kopf. »Hundertprozentige Sicherheit bekommt ihr erst von Restle, aber für mich sieht das eindeutig nach Suizid aus.«

Thal drehte sich um und verließ den Raum, hier gab es für ihn nichts mehr zu tun. Bettina hielt ihr Notizbuch in die Höhe. »Die Tote heißt Lydia Hechler, ist neununddreißig Jahre alt und Teilnehmerin am heute zu Ende gehenden Seminar. Sie stammt aus Ulm und arbeitet bei einem Internetunternehmen.«

»Verheiratet?«, fragte Thal.

»Nein, aber wir wissen noch nicht, ob sie mit jemandem zusammenlebte.«

»Irgendwelche Angehörige?«

»Das überprüft Stephanie gerade.«

Thal nickte, auf sein Team war Verlass. Er zog Bettina von dem Zimmer fort, um den penetranten Kotgeruch aus der Nase zu bekommen. »Lass dir von Grendel alles einpacken, was uns weiterhelfen kann, Notizen, Briefe, sonstige Papiere, Smartphone, Notebook ..., na ja, du weißt schon. Wir treffen uns in einer Stunde im Büro, ich mache dem Imam Beine, wir brauchen so schnell wie möglich einen Durchsuchungsbeschluss. Irgendwas stinkt hier zum Himmel.«

Siebenundvierzig

Neunzehn Uhr dreißig

»Konntet ihr nichts Genießbareres auftreiben?« Obwohl die Pizza pappig und kalt war, angelte sich Bettina inzwischen das dritte Stück aus dem Karton. Vor zehn Minuten war Grendel ins Präsidium gekommen und hockte mit Quandt vor dem Notebook, das sie in Lydia Hechlers Zimmer gefunden hatten.

»Verdammt noch mal!«, rief der Kriminaltechniker und knüllte einen Notizzettel zusammen, auf dem er herumgekritzelt hatte.

»Was ist los?«, fragte Thal mit vollem Mund.

»Nichts.«

»Und warum fluchst du dann?«

»Ich meine: Es ist nichts auf dem Rechner. Absolut null. Die Festplatte wurde heute Nachmittag gelöscht. Wahrscheinlich nicht besonders professionell, sodass wir die Daten wiederherstellen können, aber das dauert.«

Thal wischte sich mit einer Serviette das Fett von den Lippen. »Habt ihr eine Ahnung, wer die Platte geputzt hat?«

Grendel grinste über das Wortspiel. »Nein, der Rechner war nicht durch ein Passwort geschützt, es kann also jeder gewesen sein, einschließlich des Besitzers.«

»Der Besitzerin«, entgegnete Thal.

»Nur weil der Computer in Lydia Hechlers Zimmer gefunden wurde, muss er ihr nicht auch gehört haben«, warf Bettina Berg immer noch kauend ein.

»Ach, komm!« Thal gingen ihre Spitzfindigkeiten langsam auf den Geist. Während er zum Sideboard ging, um einen Espresso zuzubereiten, kam Stephanie Bohlmann herein und begann ohne Umschweife, über ihre Ermittlungen zu berichten.

»Lydia Hechler war Single, ob aus Überzeugung oder mangels Gelegenheit, weiß ich noch nicht. Ihre Mutter lebt in einem Dorf bei Ulm, ihr Vater ist schon vor Jahren gestorben. Freundinnen scheint sie nicht gehabt zu haben, eine Kollegin meinte, sie wäre verschlossen gewesen.«

»Wie hat die Arbeitskollegin auf die Nachricht vom Selbstmord reagiert?«, fragte Madlaina, die bisher in Gedanken versunken am Fenster gesessen hatte.

»Geschockt. Sie konnte sich nicht vorstellen, was Lydia dazu gebracht hat.«

»Na, sieh mal einer an«, rief Quandt unvermittelt in das Brummen der Kaffeemühle.

Thal drehte sich um und sah den jungen Kollegen mit einem breiten Grinsen auf das Smartphone starren, das sie bei der Toten sichergestellt hatten. Er murmelte mehr zu sich selbst. »Womit mal wieder bewiesen wäre, dass man seinen Intuitionen folgen sollte.«

»Du sprichst in Rätseln, Jonas«, sagte Bettina und goss sich ein Glas Wasser ein.

»Irgendwas stimmte für mich an der Situation nicht«, erklärte Quandt. »Lydia Hechler arbeitet in einer IT-Firma und löscht ihre Festplatte, das passt nicht zusammen.«

»Sie wollte reinen Tisch machen, und weil sie sich mit Computern und dem Netz auskannte, hat sie natürlich auch ihre digitalen Spuren gelöscht. Was ist daran nicht logisch?«, fragte Madlaina.

»Im Prinzip hast du Recht, aber ich erinnerte mich an einen Artikel, dass viele Leute ihre Daten dadurch sichern, dass sie sich selbst E-Mails schicken. Also habe ich auf dem

Smartphone, auf dem übrigens auch keine Fotos oder andere Daten vorhanden sind, nach dem E-Mail-Programm gesucht. Es lag nicht auf dem Screen, war aber trotzdem vorhanden und nicht mal gesichert.«

»Ja und?«, fragte Thal, den das Gerede über technische Finessen langweilte.

»Lydia Hechler hat sich kurz vor ihrem Freitod eine E-Mail geschickt.« Er räusperte sich. »Ich war nichts wert. Ich bin nichts wert. Ich werde nichts wert sein. Nur er hätte mich retten können, aber er hat mich verstoßen. Deshalb ist es Zeit zu gehen.«

Quandt schaute in die Runde, als wolle er die Wirkung seiner Worte kontrollieren. Die Mail hat einen Anhang. Er hob das Smartphone und zeigte es langsam in die Runde. Thal hatte das Gefühl, als hielten alle kollektiv den Atem an. Das Foto zeigte Lydia Hechler auf einem Bett liegend, sie trug das Nachthemd, in dem man sie gefunden hatte, die Arme waren über den Bauch gekreuzt, die Augen geschlossen und der Mund leicht geöffnet. In einer Hand hielt sie eine weiße Blume.

»Sieht aus, als wäre sie aufgebahrt«, sagte Madlaina und starrte auf den kleinen Bildschirm. »Und diese Blume, irgendwie gruselig.«

Grendel nahm Quandt das Smartphone ab und vergrößerte das Bild. »Hundertprozentig kann ich es erst nach einer genauen Analyse sagen, aber das sieht mir sehr nach einem Fake aus.«

Thal trank den ersten Schluck Espresso und spürte dem Weg der heißen Flüssigkeit durch seine Speiseröhre nach. Achtsamkeitsübungen wie diese halfen ihm, sich auf das Wesentliche zu fokussieren. »Warum hängt sie dieses Foto ihrem Abschiedsbrief an, denn das ist die Mail ja wohl, so knapp sie auch formuliert sein mag. Ist das Bild möglicherweise der Grund für ihren Suizid?«

Bevor jemand antworten konnte, stürmte der Imam ohne anzuklopfen herein, steuerte auf Thal zu und hielt ihm ein Blatt Papier vor die Nase. »Ihr gewünschter Durchsuchungsbeschluss für die Büroräume von Barber Personality Training.«

Thal trank den zweiten Schluck Espresso, leckte sich über die Lippen und nickte. »Dann wollen wir mal.«

Achtundvierzig

Einundzwanzig Uhr fünfundzwanzig

»Ich kann es immer noch nicht glauben. Lydia ...« Der Rest ging in Tränen unter. Bettina Bohlmann war fast geneigt, die Frau in den Arm zu nehmen, so mitgenommen wirkte sie von Lydia Hechlers Tod. Thal schlug sein Notizbuch auf, wo er sich den Namen der Zeugin notiert hatte. »Möchten Sie etwas trinken, Frau Klemmstein?« Die füllige, aber durchaus sportliche Mittvierzigerin schüttelte den Kopf und wischte sich die Tränen mit einem schon durchnässten Papiertaschentuch ab. Bettina reichte ihr ein frisches Tempotuch. »Sie haben sich mit Frau Hechler während des Seminars angefreundet?«

»Na ja, was man so Freundin nennt. Ich fand sie nett, nicht so arrogant wie manche hier.« Sie schaute sich um, als wollte sie kontrollieren, ob eine dieser eingebildeten Damen in der Nähe wäre.

»Haben Sie irgendetwas an ihr bemerkt? Hat sie sich in der letzten Zeit verändert?«

»Natürlich! Was denken Sie?« Marianne Klemmstein nickte, als müsste sie die Aussage unterstreichen. »Sie hat sich verändert, wie wir alle. Sie war gut drauf, hat ihre Haare abgeschnitten. Die neue Frisur stand ihr prima und passte viel besser zu ihr als dieser toupierte Helm, den sie vorher trug. Sie wurde echt immer lockerer. Bis ...« Sie schluckte und schaute zu Boden.

»Bis was?«, versuchte Bettina, sie wieder zum Reden zu bewegen.

»Bis zum Abend mit der Eisenstange. Das hat sie zu Boden geworfen, im wahrsten Sinn des Wortes, danach war sie voller Selbstzweifel, wie am Anfang.«

Bettina verstand nur Bahnhof und es dauerte drei Minuten, bis Marianne Klemmstein ihr die Übung mit dem Metallrohr erklärt hatte.

Was für ein Wahnsinn!, dachte Thal und schaute sich in der Halle rum. Es war nicht leicht gewesen, zu dieser späten Stunde mehrere Teams für die Durchsuchung zusammenzustellen, aber jetzt waren zwölf Polizisten am Werk und zogen Barbers Firma auf links. Barber selbst war auf dem Weg von seiner Privatvilla zu seinem Firmensitz, sicherheitshalber in Begleitung von zwei uniformierten Beamten. Quandt kam aus einem Nebenraum, Thal winkte ihn zu sich. »Und? Gibt es schon was?«

»Nichts Außergewöhnliches, aber wir wissen ja auch nicht, was wir suchen. Alle Akten, Dokumente und so weiter nehmen wir mit ins Präsidium. Es wird Tage dauern, die zu sichten.« Thal sah ihm an, dass ihn allein die Vorstellung weiterer Aktenfresserei erschreckte. Er kam aber nicht dazu, ihn aufzumuntern, weil Barber durch den Eingang stürmte. Als er Thal erblickte, ging er mit raumgreifenden Schritten auf ihn zu. »Was fällt Ihnen ein, Herr Kommissar?«

»Hauptkommissar«, korrigierte Quandt und Thal lächelte. Der Kollege wusste, wie man wütende Verdächtige anstachelte. Er zog die Durchsuchungsanordnung aus der Tasche und hielt sie Barber entgegen. »Mir fällt gar nichts ein, sondern dem Ermittlungsrichter.«

»Haarspalterei! Erklären Sie mir lieber, was das Theater soll?«

»Nachdem zwei Frauen getötet wurden, die Seminare Ihrer Firma besucht hatten, nahm sich heute eine Teilnehmerin des aktuellen Kurses das Leben. Und Sie fragen mich, warum wir hier sind?«

»Glauben Sie die Ursache für Lydia Hechlers Lebenskrise in meinen Akten oder auf meinen Computern zu finden?« Barber hatte sich wieder in der Gewalt und grinste Thal an, als hätte er einen guten Witz gemacht.

»Wir glauben viel mehr, dass Sie persönlich damit zu tun haben, Herr Barber.« Thal drehte sich erstaunt zur Seite, er hatte Madlaina nicht kommen hören.

»Heute ohne Akzent unterwegs, Frau Veicht?« Barber verzog den Mund zu einem spöttischen Lächeln. »Und was den Tod dieser Frau angeht ...« Er hob theatralisch die Schultern. »Nicht alle Menschen können mit der Selbsterkenntnis umgehen, die wir ihnen ermöglichen. So wie jemand erschrickt, wenn er in einen Spiegel sieht«

»Das eigene Spiegelbild jagt einem Menschen keinen Schrecken ein, es sei denn, er wäre plötzlich entstellt. Verändern Sie die Menschen so zu ihrem Nachteil, dass sie sich nicht mehr erkennen, Herr Barber?«

Thal beobachtete die Reaktion des Mannes, aber er blieb kühl und gelassen. »Die Menschen erschrecken, weil sie zuvor noch nie in einen Spiegel gesehen haben, den stellen wir ihnen erst zur Verfügung.«

Thal zog Lydia Hechlers Smartphone aus der Tasche und öffnete die E-Mail. »Lesen Sie das«, sagte er barsch.

»Was soll das sein?«, frage Barber.

»Der Abschiedsbrief von Lydia Hechler und wenn wir es richtig deuten, sind Sie derjenige, der sie verstoßen hat.«

Barber lachte. »Alle Kursteilnehmerinnen verlieben sich in mich, das ist normaler Teil des Prozesses. Ich ermuntere sie nicht, aber ich untersage es auch nicht, und manche deuten das falsch.«

»Da haben wir aber andere Geschichten gehört«, mischte sich Madlaina erneut ein.

»Dann sind Sie Märchen aufgesessen, gute Frau.«

Madlaina ging auf die Provokation nicht ein. »Hatten Sie Sex mit Lydia Hechler?«

Barber lachte laut auf. »Hat sie das erzählt?« Er schüttelte immer noch lachend den Kopf. »Natürlich! Ganz sicher hat sie das. Es passt zu ihr. Sie war eine durch und durch hysterische Person, dabei voller Ängste und Selbstzweifel – eine gefährliche Kombination. Sie hat sich eingebildet, ich hätte sie auserwählt. Sie drängte sich mir geradezu auf, aber ich habe Antennen dafür, wann ich mich zurückziehen muss. Bei ihr war Distanz geboten.« Er atmete tief ein und beugte den Kopf in Madlainas Richtung. »Glauben Sie mir, ich bin kein Anfänger in diesem Spiel. Ich mache keine Fehler.«

Thal fragte sich, was Barber mit Spiel meinte, ehe er die Frage stellen konnte, hörte er Quandt rufen: »Chef!« Der Kollege stand an der Kellertreppe und winkte aufgeregt. »Das müssen Sie sich ansehen«, sagte er, als Thal ihn erreichte.

Ein paar Sekunden später standen sie vor einer engen, höchstens einen Meter breiten und zwei Meter tiefen Abstellkammer. Grendel, der sich einen Schutzanzug übergestreift hatte, leuchtete sie mit einer Taschenlampe aus. »Das ist wirklich eigenartig, die zwei Notebooks hier sind moderne Geräte und gehören bestimmt nicht entsorgt.« Neben den Computern sah Thal Kästen, die er als Festplatten identifizierte, dazu einige Aktenordner und zwei Tiegel, auf deren Etikett eine chemische Formel stand. Grendel machte sich an einem Plastiksack zu schaffen, der mit einem Knoten verschlossen war. Nach einigem Fluchen gelang es ihm, den Beutel zu öffnen. »Holla, die Waldfee!«, rief er und hielt Thal und Quandt den geöffneten Sack entgegen. Er war voller Damenunterwäsche.

Neunundvierzig

Dreiundzwanzig Uhr fünfzig

Sie starrten auf den Bildschirm. Seit einer Stunde schaute sich das Team die Videos an, die auf den Notebooks und Festplatten aus Barbers Abstellraum gespeichert war. Die Durchsuchungsbeamten hatten in allen Gästezimmern des Seminarhauses von Barber Personality Training versteckte Kameras gefunden. Es handelte sich um High-End-Produkte modernster Bauart. Sie waren winzig, lieferten aber erstklassige Aufnahmen, wovon sie sich gerade überzeugten. Die Verstecke waren so gewählt, dass die Kameras selbst bei genauerem Hinsehen nicht auffielen.

Hunderte von Frauen waren auf diese Weise ausspioniert worden. Gelegentlich lief eine der Frauen nackt durchs Bild, ansonsten boten die Filme nichts Anstößiges oder Pornografisches. Für einen Voyeur waren sie aber sicher der Stoff, nach dem er gierte.

»Stell das ab, Jonas, ich habe genug gesehen.« Bettinas Blick war müde und leer.

Madlaina pflichtete ihr bei. »Wir wissen jetzt, dass Rita Wölfl und die anderen in der Gesellschaft der Barber-Geschädigten Recht hatten mit ihrer Vermutung. Die Frauen wurden rund um die Uhr beobachtet.« Nach einer kurzen Pause setzte sie hinzu: »Was für Schweine!«

Thal war vor allem froh, dass Lydia Hechlers letzte Stunde nicht festgehalten worden war, jemand hatte die Aufzeichnungen vorher gestoppt. Er hatte das Gefühl, es wäre heute über seine Kraft gegangen, dem Todeskampf der Frau, wenn auch nur virtuell, beizuwohnen. Material der Toten aus den Tagen zuvor gab es und Lydia Hechler machte keineswegs einen niedergeschlagenen Eindruck. Allerdings war eine deutliche Veränderung mit ihr vorgegangen. Oder lag das nur an ihrer neuen Frisur? Thal hatte das Gefühl, sich auf Nebenschauplätze zu verirren.

»Schwein trifft es haargenau«, nahm Stephanie Bohlmann den Faden auf. »Wahrscheinlich hat er beim Betrachten der Videos mit den Höschen der Frauen gespielt oder daran gerochen.«

»Und sich dabei einen runtergeholt«, ergänzte Quandt.

»Womit auch diese Vermutung von Rita Wölfl bestätigt ist«, sagte Madlaina und Bettina ergänzte: »Vorausgesetzt, Rieter ist das perverse Arschloch.«

»Rieter oder Barber, einer von beiden muss es sein. Nur gut, dass wir die beiden festgenommen haben, denen traue ich alles zu.«

Thal atmete tief durch und versuchte die Müdigkeit zu verscheuchen, die durch seinen Körper nach oben kroch und fast das Gehirn erreicht hatte. Er überlegte, ob ein Espresso helfen könnte, verwarf den Gedanken aber. Er brauchte Schlaf, sonst nichts. Die Diskussion in der Gruppe lief ihm allerdings zu sehr aus dem Ruder.

»Bleibt auf dem Teppich, Leute. Die Videos werden nicht reichen, um einen Haftbefehl gegen die beiden zu erwirken. Spätestens morgen Abend um Mitternacht müssen wir sie laufen lassen, wenn wir bis dahin keine weiteren Beweise auf den Tisch des Haftrichters legen können.«

Niemand entgegnete ein Wort, denn alle wussten, dass Thal Recht hatte und waren trotzdem entsetzt. In die bedrückende Stille platzte Grendel. Erstaunlich frisch für diese Uhrzeit stürmte er in das Büro. »Gute Nachrichten, Kollegen.« Alle wandten dem Techniker ihre Köpfe zu. »Wir haben reichlich DNA-Material auf der Unterwäsche und auf einigen Slips auch Spermaspuren. Ihr solltet bei euren Verdächten so schnell wie möglich Speichelproben nehmen.«

Sechster Tag

Fünfzig

Neun Uhr fünf

Bei jeder Mordermittlung kam irgendwann der Zeitpunkt, an dem sich die Zeit, die zuvor gerast war, wie Kaugummi in die Länge zog. Thal hasste das Warten auf Labor-Ergebnisse vom ersten Tag seiner Laufbahn als Kriminalpolizist. Am liebsten hätte er sich abgesetzt, wäre mit dem Schiff nach Lindau gefahren und durch die Altstadt flaniert, statt wie ein eingesperrter Tiger im Büro auf und ab zu laufen. In den letzten Stunden war die Polizeiarbeit praktisch zum Verwaltungsakt geworden. Barber und Rieter hatten sich geweigert, freiwillig eine Speichelprobe abzugeben. Der Motivationstrainer lachte nur höhnisch, als Thal ihn darum bat, und verwies auf seinen Anwalt Dr. Dr. Albert Kellinghaus, einen der erfolgreichsten Strafverteidiger Südwestdeutschlands, der auch Rieters Mandat hatte. Der Rechtsanwalt verweigerte für seine Mandanten die freiwillige Abgabe genetischen Materials. »Hören Sie Thal«, flüsterte er arrogant ins Telefon seiner vermutlich noblen Kanzlei in Stuttgart, »Sie haben nichts gegen meine Mandanten in der Hand, was einen konkreten Tatverdacht rechtfertigen könnte. Sie haben uns ja noch nicht einmal mitgeteilt, welcher Tat sie Jason Barber oder Adrian Rieter überhaupt beschuldigen. Und da verlangen Sie von uns Kooperationsbereitschaft. Dass ich nicht lache!«

Thal hatte Mühe gehabt, so viel Ruhe zu bewahren, dass er den Verteidiger nicht anbrüllte. Eine Retourkutsche konnte er sich aber nicht verkneifen und verzichtete ebenfalls auf Anrede und Titel. »Dann hören Sie mir auch mal zu, Kellinghaus!« Er machte eine kurze Pause und freute sich über das Schnaufen des Mannes am anderen Ende der Leitung. »Die richterliche Anordnung zur Entnahme von Körperzellen für eine DNA-Identitätsfeststellung haben wir früher, als sie es an den Bodensee schaffen.« Wütend und ohne ein weiteres Wort zu sagen hatte er den Hörer auf den Apparat geknallt. Wenigstens hatte seine Prognose gestimmt, der Ermittlungsrichter hatte die Entnahme der Proben ohne Umschweife angeordnet und die Teströhrchen waren schon im Labor.

Die Durchsuchung von Barbers Seminargebäude war inzwischen abgeschlossen, ohne weitere Erkenntnisse zu liefern. Die versteckten Kameras und Mikrofone hatten die Techniker ausgebaut und als Beweisstücke gesichert. Barber konnte einpacken, wenn in der Öffentlichkeit bekannt wurde, dass seine Gästezimmer perfekter verkabelt gewesen waren als die Zimmer eines Stasi-Hotels in Ostberlin. Lange konnte es nicht mehr dauern, bis die ersten Informationen durchsickerten, Tobias hatte ihn heute Morgen um halb sieben geweckt und mit konkreten Fragen gelöchert. Einen oder zwei Tage konnten sie eine Informationssperre unter Hinweis auf eine laufende Ermittlung noch durchhalten, aber danach würden alle Dämme brechen, was das Ende von Barber Personality Training bedeutete.

Am meisten ärgerte sich Thal darüber, dass der Ermittlungsrichter sich geweigert hatte, in den Durchsuchungsbeschluss auch Barbers Privatvilla einzubeziehen. Es war ihnen nichts anderes übrig geblieben, als ein paar Beamte rund um die Uhr an der Einfahrt zur Villa zu postieren. Sie dokumentierten jede verdächtige Bewegung und kontrollierten ein- und ausfahrende Fahrzeuge, damit keine Beweismittel beiseitegeschafft wurden.

Es gab wirklich nichts zu tun. Thal ging hinunter in die Abteilung für Kriminaltechnik, wo Berg, Bohlmann und Quandt Grendels Leute bei der Sichtung der im Seminargebäude sichergestellten Gegenstände unterstützten. Madlaina war nach St. Gallen gefahren, sie hatte etwas von Recherchen gemurmelt, die sie besser in ihrem Büro erledigen konnte. Die Luft im Asservatenraum war stickig. Die Tische waren vollgestellt mit den ausgebauten Kameras sowie den sichergestellten Computern und Akten.

»Was Interessantes?«, fragte Thal. Er erwartete keine Antwort, aber irgendetwas musste er ja sagen.

»Wir arbeiten dran«, murmelte Grendel, der lässig vor einem Bildschirm saß und sich durch Schriftstücke klickte.

Stephanie Bohlmann hielt eine Akte auf dem Schoß und biss in einen Apfel. »Möchtest du auch ...?« Mit einer Kopfbewegung deutete sie auf eine Schale voller Äpfel und Bananen. »Ist doch nett vom Imam, an uns Kellerkinder zu denken.«

Das hätte Thal Schober gar nicht zugetraut, er war normalerweise nicht so fürsorglich zu seinen Mitarbeitern. Er nahm sich eine Banane und bereute seinen Entschluss beim ersten Biss. Wie bei Supermarktware üblich, war die Frucht noch unreif und kaum genießbar. Kein Vergleich zu den zuckersüßen Köstlichkeiten in Südostasien. Bevor seine Gedanken zu glücklichen Reiseerlebnissen mit Leah abschweiften, nahm er einen der Tiegel in die Hand, die sie in dem versteckten Abstellraum gefunden hatten. Hg2(NO3)2 stand auf dem Etikett. Die Naturwissenschaften waren ihm immer fremd gewesen und Chemie kam ihm wie eine alchemistische Geheimlehre vor.

»Quecksilbernitratlösung«, sagte Grendel, ohne den Blick vom Computerbildschirm vor ihm zu nehmen.

»Wozu braucht man das?«, fragte Thal und stellte den Behälter zurück auf den Tisch.

»Zur Feuervergoldung oder zum Schwärzen von Messing«, antwortete der Techniker einsilbig.

»Und warum hat Barber das Zeug im Keller liegen?«

»Keine Ahnung, Tierfelle hat er ja wohl nicht bearbeitet, in der Gerberei wird es nämlich auch eingesetzt.«

»Und in der Zauberei«, rief Quandt fröhlich, während sein aschfahles Gesicht und seine glanzlosen Augen darauf hinwiesen, wie übermüdet er war. Schlief der junge Kollege überhaupt einmal? Thal fiel ein, dass er ihn noch nicht gefragt hatte, wo er in Konstanz untergekommen war, eine bezahlbare Wohnung zu finden war in der Bodenseemetropole eine echte Herausforderung. Bevor er das Thema ansprechen konnte, griff Quandt nach einer der Dosen und verschwand hinter einem Regal. Die Ermittler im Raum sahen sich fragend an. Was hatte der Frischling vor? Eine halbe Minute später kam er hinter dem Regal hervor und machte eine theatralische Verbeugung. »Es ist an der Zeit, dass ich euch mit meinen magischen Fähigkeiten bekannt mache. Mir ist es gegeben, nur mit der Kraft meiner Gedanken, Metall zu verbiegen.« Er drehte eine Pirouette auf dem Absatz und kam mit dem Gesicht zu Stephanie Bohlmann zum Stehen. »Dürfte ich das Fräulein bitten, mir ihren Kaffeelöffel zu reichen?«

Stephanie Bohlmann nahm den Löffel aus einem Becher, leckte ihn ab, bevor sie ihn Quandt reichte und sagte: »Teelöffel, wenn schon, denn schon.«

Quandt hielt Thal den Löffel hin. »Würde sich der Meister überzeugen, dass es sich um ein stabiles und massives

Essgerät handelt?« Thal amüsierte sich über Quandts antiquierte Sprache und sein komödiantisches Talent, deshalb ließ er die Sache laufen. Sie arbeiteten seit Tagen so hart, dass ein kleiner Spaß guttat. Er drückte und zerrte an dem silbernen Besteck, ehe er es Quandt zurückreichte, der es hochhielt und im Publikum herumzeigte. Mit großer Geste legte er das Stiel-Ende des Löffels zwischen Daumen und Zeigefinger und führte die andere Hand mit kreisenden Bewegungen darüber. Thal glaubte, seinen Augen nicht zu trauen, als sich der Löffel zu biegen begann, ohne dass Quandt sichtbar Druck auf ihn ausübte. Er rieb nur leicht mit den Fingern über das Metall, mehr nicht, und trotzdem hing der Stiel inzwischen herunter. Jonas blies auf den Löffel und zum Erstaunen aller, fiel der Stiel zu Boden. Das Stück war ohne Gewaltanwendung zerbrochen.

Alle applaudierten, nur Grendel wandte sich schnell wieder der Arbeit zu. »Der alte Uri-Geller-Trick«, sagte er misslaunig. Thal vermutete, dass er sich ärgerte, nicht selbst darauf gekommen zu sein. Aber worauf eigentlich? Quandt reagierte nicht auf Grendels schlechte Laune, sondern lachte lauthals heraus. »Ihr müsstet die Fragezeichen in euren Gesichtern sehen! Der alte Brummbär Hartmut hat Recht, Uri Geller hat diesen Trick einst berühmt gemacht. Er funktioniert denkbar einfach, ein bisschen Quecksilbernitratlösung auf den Löffelstiel und schon biegt er sich wie von Geisterhand.«

Stephanie Bohlmann hob den abgebrochenen Stil vom Boden auf und betrachtete ihn von allen Seiten. »Und wofür braucht Barber das Zeug? Hat er die Frauen mit Taschenspielertricks ...?« In diesem Moment fiel es ihr ein. »Nein! Was für ein Arschloch! Die Nummer mit der Eisenstange ist nur ein Fake!«

»Genau!« Quandt strahlte die Kollegin an. »Vor allem aber: Barber entscheidet jedes Mal, ob es der für das Experiment ausgewählten Frau gelingt, das Metall zu biegen.«

»Und Lydia Hechler hat er damit in den Tod getrieben.«

Thal schloss die Augen. Barber machte ihm Angst.

Einundfünfzig

Fünfzehn Uhr zwanzig

»Was hat das heute so lange gedauert?«

Im Gegensatz zu früher, als DNA-Abgleiche Tage brauchten, schaffte das Labor es inzwischen normalerweise in zwei oder drei Stunden, ein vorläufiges Ergebnis zu präsentieren. Anschließend brauchten sie zwar noch mindestens einen Tag, um es gerichtsfest zu machen, aber das war für die Ermittlungen nicht von Bedeutung.

Grendel winkte ab. »Nun mach mal halb lang, Thal, die Leute im Labor haben getan, was sie konnten, aber wir hatten ja nicht nur ein einziges Unterhöschen abzusuchen.«

»Und?« Bettina hockte auf der Kante von Thals Schreibtisch. »Gibt es irgendwas, das uns weiter bringt?«

»Auf jedem Stück konnten wir DNA sicherstellen. Bei einigen nur Hautschuppen, bei anderen Vaginalsekret und bei zwei Slips Spermaspuren. Der Typ steht übrigens auf Seide.«

Grendels anzügliches Grinsen reizte Thal, aber er unterdrückte den Impuls, den Techniker zurechtzuweisen, er reagierte bei Kritik gerne mimosenhaft. Zum Glück stellte Bettina ihre Fragen ruhig und sachlich.

»Von wem stammt das Sperma?«

»Nun mal langsam mit den jungen Pferden«, sagte Grendel, der sich diese Show nicht aus der Hand nehmen lassen wollte. Er packte drei Spurenbeutel aus seiner abgewetzten Aktentasche und legte sie auf den Tisch.

»Wie gesagt, wir haben bei allen sichergestellten Beweisstücken verwertbare DNA-Spuren gefunden. Die meisten konnten wir aber keiner bekannten DNA-Identität zuordnen.«

»Wenn Rita Wölfl Recht hat, gehören die Dessous Seminarteilnehmerinnen«, warf Bettina ein.

»Das sind Hunderte, es würde Wochen dauern, bis wir die ausfindig gemacht und Speichelproben entnommen haben«, entgegnete Thal ungeduldig. »Für die Ermittlungen würde uns das eh nichts bringen, für Dessous-Diebstahl sind wir nicht zuständig.«

»Wenn ihr mich einfach mal aussprechen lasst, werdet ihr sehen, dass wir dennoch erfolgreich waren.« Grendel schaute von Berg zu Thal und zurück. Beide schwiegen und er nahm einen der Spurenbeutel in die Hand. »Wichtig sind nur diese drei Asservate. Es handelt sich um drei Damenslips aus reiner Seide.«

Er kontrollierte die Nummer auf dem Spurenbeutel, legte ihn zurück auf den Tisch und nahm den nächsten. »In diesem Slip konnten wir Hautschuppen und sogar eine Spur Vaginalsekret sichern, dessen DNA wir in der Datenbank fanden.«

»Hartmut!« Thal stöhnte, langsam verlor er die Geduld. »Dein Auftritt sei dir gegönnt, aber würdest du bitte zur Sache kommen.«

»Ihr unterbrecht mich doch ständig«, antwortete Grendel. Er hob den Spurenbeutel noch ein paar Zentimeter höher. »In diesem Asservat fand sich die DNA von Katja Grell.«

Thal platzte endgültig der Kragen. »Dass unser Opfer ein Seminar bei Barber besucht hat, wissen wir schon lange. Jetzt verfügen wir auch noch über die bahnbrechende Information, dass ihr dabei ein Slip geklaut worden ist. Ja, und?«

Diesmal ließ Grendel sich nicht provozieren, sondern lächelte Thal an. »Wir wissen auch, wer der Dieb war. Ich sagte doch, der Perversling steht auf Seide.«

»Und wer ist es nun?«, fragte Bettina und glitt von der Tischkante.

»Na, wer wohl?« Grendel warf den Plastikbeutel auf den Tisch. »Rieter natürlich.«

»Sicher?«, fragte Thal.

Der Techniker stöhnte genervt auf. »Die berühmten neunundneunzig Komma neun Prozent.«

»Und die anderen beiden Schlüpfer?«

»Nummer eins dürfte Alina Schaller gehört haben. Es gibt auch Hautspuren von Rieter, allerdings kein Sperma. Nummer drei stammt von Lydia Hechler.«

»Und Rieter ...«

»Hat drauf gewichst«, vollendete Grendel den Satz.

Eine halbe Stunde später saßen Berg und Thal Adrian Rieter gegenüber. Sie hatten sich bewusst für den Vernehmungsraum 2 entschieden; er war der kleinste und dunkelste, die Kollegen nannten ihn die Grillstube, weil hier schon viele harte Junges weichgekocht worden waren. Bei Rieter war eine harte Gangart aber nicht nötig, obwohl er anfangs überheblich war und grinsend fragte, wie lange sie ihn noch festhalten wollten, sie hätten gegen ihn doch überhaupt nichts in der Hand. Schweigend hatte Bettina die Spurenbeutel auf den Tisch gelegt. Thal hatte nie zuvor erlebt, dass ein Mensch binnen Sekunden derart in sich zusammenfiel. Rieter begann zu zittern, sein Atem ging schnell und flach, es sah aus, als bräche sein Kreislauf zusammen. Mehrere Minuten war er zu keinem klaren Satz fähig, stammelte nur unverständliches Zeug. Als Bettina gemerkt hatte, dass bei ihm die Konfrontationsstrategie zum Erfolg führte, ließ sie ein Notebook auf einen kleinen Tisch an der hinteren Wand des Zimmers stellen. Die Überwachungsvideos gaben Rieter den Rest, er legte den Kopf auf die Tischplatte und heulte. Thal fürchtete, er könne den Schädel auf das Holz schlagen, aber Rieter lag still, nur sein Oberkörper wurde vom Schluchzen durchgeschüttelt. Nach einer Minute hob er den Kopf und bat um ein Taschentuch. Nachdem er sich die Tränen abgewischt hatte, begann er zu sprechen. Das Geständnis war hinsichtlich des Diebstahls der Unterwäsche und des Anbringens der Überwachungskameras vollständig. Er hatte damit schon vor acht Jahren begonnen, die alten Filme aber inzwischen vernichtet.

»Verglichen mit der heutigen Qualität waren sie unbrauchbar«, sagte er sachlich, als rede er über Spielfilme aus der Videothek.

»Ist Ihnen nie jemand auf die Schliche gekommen? Gab es keine Anschuldigungen?«

Er schüttelte den Kopf. »Die Frauen sind total auf Jason fixiert, mich nehmen sie nur am Rande wahr. Er ist der Lehrer, ich bin nur der Adjutor.«

»Eine Rolle als Diener ist doch auch nicht das, was Sie sich fürs Leben gewünscht haben, oder?« Bettina lockerte die Zügel etwas, um sie später wieder anziehen zu können, eine Strategie, für die Thal sie schon immer bewundert hatte.

»Was wissen Sie schon?«, fauchte Rieter sie an. »Wenn Sie einmal eine Frau angefasst haben und die Schlampe hinterher behauptet, nicht drei Mal Ja gesagt zu haben, sind Sie gebrandmarkt für den Rest Ihres Lebens. Jason hat mich damals gerettet, ohne ihn wäre ich in der Gosse gelandet. Er gab mir eine Chance, ich werde ihm dankbar sein, bis man Erde auf meinen Sarg schaufelt.«

»Wo haben Sie Jason Barber kennengelernt?«, fragte Thal, einer plötzlichen Eingebung folgend, von der er nicht wusste, wohin sie führen würde.

»Er hat mich angerufen, nachdem er über den Prozess in der Zeitung gelesen hatte.«

»Einfach so?«

Rieter zuckte mit den Schultern und in seinem Gesichtsausdruck war noch heute das Echo seiner damaligen Verwunderung zu sehen. »Er ist eben ein guter Mensch und wollte mir helfen. Außerdem suchte er einen Assistenten; seine Firma begann zu expandieren.«

»Und um Ihre Loyalität brauchte er sich nie zu sorgen«, sagte Thal mehr zu sich selbst. Bettina ging auf den Einwurf nicht ein, sie fand es an der Zeit, die Schlinge endgültig um Rieters Hals zu legen.

»Der Diebstahl der Unterwäsche und die illegale Überwachung der Damen interessiert uns nur am Rande, Herr Rieter, damit würden wir uns normalerweise nicht abgeben. Dieses hier ist eine Mordermittlung ...«

»Stopp!«, brüllte Barbers Assistent. »Ja, ich habe den Tussis ihre Slips geklaut! Ja, ich habe sie heimlich in ihren Zimmern gefilmt, weil es mich erregte, sie nackt zu sehen und gleichzeitig riechen zu können. Aber ich habe keiner der Frauen auch nur ein Haar gekrümmt. Gewalt macht mich nicht an, müssen Sie wissen!« Rieter überkreuzte seine Arme. »Von nun an folge ich dem Rat meines Anwalts und verweigere die Aussage.«

Tatsächlich war die Befragung in einer Sackgasse. Was auch immer Berg oder Thal fragten, Rieter schwieg. Er saß aufrecht und doch völlig verschlossen auf seinem Stuhl, die

Lippen zusammengepresst und die Augen geschlossen. Nach zwanzig Minuten gaben sie auf.

Auf dem Weg zu Thal Büro begegnete ihnen der Anwalt.

»Ah, Herr Doktor, Doktor Kellinghaus!« Thal konnte sich den Spot über den Doppeltitel vor dem Namen nicht verkneifen. »Haben Sie es auch schon an den See geschafft? Ihre Mandanten haben Ihren Beistand auch dringend nötig!«

Der Anwalt lächelte. »Herr Hauptkommissar Thal, nehme ich an. Schön, dass Sie zu höflichen Umgangsformen zurückgefunden haben.«

Bettina sah Thal von der Seite an, aber er zuckte nur kurz mit den Schultern.

»Was meine Mandanten angeht«, fuhr Kellinghaus fort, »habe ich soeben den ersten Erfolg erreicht. Der Herr Kriminaldirektor ist wesentlich einsichtiger und klüger als Sie, Herr Thal. Er weiß, wann eine Schlacht verloren ist und war so gut, meinen Mandanten Barber aus dem Gewahrsam zu entlassen.«

Thal glaubte nicht, was er hörte und war sprachlos – was der Anwalt mit einem ironischen Heben der Augenbrauen erwiderte. »Nun gut, da Sie nichts weiter vorzubringen haben, werde ich mich um meinen zweiten Schützling kümmern.« Er hob seine Hand und lüpfte einen imaginären Hut, bevor er sich zwischen Berg und Thal hindurchdrängte.

»Sind Sie wahnsinnig geworden?«

»Thal, mäßigen Sie sich!«

Alexander dachte gar nicht daran, sondern ging wie von der Tarantel gestochen im Büro des Kriminaldirektors auf und ab.

»Wie können Sie Barber aus dem Gewahrsam entlassen, ohne es mit uns abzusprechen.« Er schüttelte energisch den Kopf. Wir hatten noch bis Mitternacht, wer weiß ...«

»Sie haben nichts gegen den Mann in der Hand, geben Sie das doch wenigstens zu, Thal! Die Ergebnisse der Ermittlungen weisen eindeutig auf Rieter als Täter. Konzentrieren Sie sich gefälligst darauf, dass Sie den Fall wasserdicht machen, morgen gehen wir damit an die Öffentlichkeit!«

»Was?« Thal schrie es heraus. »Sie wollen Rieter als Täter präsentieren, obwohl wir bisher keinen einzigen Beweis haben, dass er mit den Morden an Katja Grell und Alina Schaller überhaupt etwas zu tun hat?«

»Dann suchen Sie diese Beweise, anstatt hier rumzulamentieren. Und was diesen Barber angeht, der und sein schleimiger Anwalt sind mir genauso unsympathisch wie Ihnen. Sie können sicher sein, dass der nach der Pressekonferenz morgen in dieser Stadt auch kein Bein mehr auf die Erde bekommt. Er trägt zumindest ein gerütteltes Maß Mitschuld.«

»Wann?«, fragte Thal, der wusste, dass jeder weitere Versuch, den Imam umzustimmen, sinnlos war.

»Wie bitte?«

»Die Pressekonferenz, wann findet sie statt?«

»Morgen Vormittag. Zehn Uhr.«

Zweiundfünfzig

Siebzehn Uhr dreißig

Die MS Karlsruhe lief gemächlich aus dem Meersburger Hafen aus und nahm Kurs auf die Insel Mainau. Das Oberdeck war auf diesem späten Kurs über den Überlinger See nur spärlich besetzt. Thal legte einen Arm um Madlaina, die vor einer Stunde angerufen und die Schifffahrt vorgeschlagen hatte.

»Wunderschön«, sagte sie mit Blick auf das Schloss und die alte Burg.

»Stimmt«, antwortete Thal. »Ich war viel zu lange nicht mehr auf dem See.«

»Hast du mir nicht mal erzählt, dass du ein Segelboot besitzt?«

»Das habe ich dieses Jahr gar nicht zu Wasser gelassen.«

»Du solltest dein Leben ändern, Alexander Thal!«

Wie Recht Madlaina hatte! Nach Leahs Tod hatte er alles hinschmeißen und irgendwo in Südostasien neu anfangen wollen. Dann wurde ihm klar, dass dieser Ausstieg nicht sein, sondern Leahs Plan war und er ohne sie keinen Sinn hatte. Also kehrte er zurück in sein altes Leben und steckte jetzt tiefer als je zuvor im typischen Bullen-Alltag, in dem es für Freizeit keinen Platz gab.

»Ich habe heute übrigens Erfolg gehabt«, sagte Madlaina und legte ihren Kopf auf seine Schulter.

»Bei deinen geheimnisvollen Recherchen?«

»Auch. Vor allem habe ich einen Käufer für das Haus meiner Mutter gefunden.«

Thal holte tief Luft und versuchte, sich auf seinen ein- und ausströmenden Atem zu konzentrieren, eine Übung, die sich anschleichende Panikattacke abzuwehren.

»Und wo willst du wohnen?«

»Das habe ich noch nicht endgültig entschieden. Ich hoffe, dass mir diese Schifffahrt hilft.«

Thal verstand nicht, worauf sie hinauswollte. Seit sie aus den USA zurück in die Schweiz gezogen war, hatte sie bei ihrer Mutter gewohnt. Es war praktisch, denn von Anfang an war klar gewesen, dass die Demenz eines Tages eine intensive Betreuung notwendig machen würde. Im selben Haus zu leben, sparte viel der ohnehin knappen Zeit.

»Ich mag Konstanz«, sagte Madlaina und Thal hielt die Luft an. Das Gespräch schien eine Wendung zu nehmen, die er nicht einmal zu hoffen gewagt hatte.

»Ich mag auch deine Wohnung«, fuhr Madlaina fort. »Eigentlich wäre es mir ja lieber, wenn wir etwas Gemeinsames kaufen. Aber bekommen wir jemals ein Apartment in solch perfekter Lage, groß und hell und mit dieser riesigen Dachterrasse. Was meinst du?«

Thal lächelte und schüttelte den Kopf. »Nein, das ist fast ausgeschlossen. Wir haben jahrelang gesucht.«

»Dachte ich mir«, sagte Madlaina und ihre Stimme war beinahe nur noch ein Flüstern. »Könntest du dir vorstellen, dass ich bei dir einziehe?«

»Nichts lieber als das!« Thal hätte sich gerne gekniffen, um sicher zugehen, dass er nicht träumte.

»Ein paar Sachen möchte ich ändern, ein paar neue Möbel kaufen, einige Bilder für deine kahlen Wände.«

Bis auf Leahs Selbstporträt im Büro hatte Thal alle ihre Werke verkauft und neue Kunstwerke zu erwerben, war ihm nie in den Sinn gekommen. Obwohl er sich nichts sehnlicher wünschte, als mit Madlaina zusammenzuleben, spürte er einen Kloß im Hals. Die Wohnung war so sehr Leahs Zuhause gewesen ... Er schluckte und schob den Gedanken beiseite. Die Zeit der Trauer war endgültig vorbei – und das war gut. Trotzdem konnte er einen Umstand nicht außen vor lassen.

»Und was ist mit deinem Job? Nach St. Gallen ist es ein weiter Weg, wir werden uns kaum sehen.«

Madlaina richtete sich auf und schaute auf den See. Die Mainau lag vor ihnen, zahlreiche Touristen standen auf dem Steg und warteten auf das Schiff.

»Komm, lass uns aussteigen, ich war noch nie auf der Insel.«

Sie beeilten sich, zum Ausgang zu kommen und verließen das Schiff als Erste. Schweigend gingen sie den steilen Weg von Schiffanlegestelle hinauf zum Schloss.

»Hast du Hunger?«, fragte Thal außer Atem vom Anstieg und Madlaina nickte. »Oh ja, lass uns etwas essen!«

Sie steuerten die Schwedenschenke an und fanden einen freien Tisch am Rande des Gartenrestaurants. Nachdem sie bestellt hatten, nahm Madlaina den Gesprächsfaden wieder auf.

»Mir liegt nichts an meiner Arbeit bei der Kantonspolizei, ich habe die Stelle damals angetreten, weil es für mich bequem war und Beat Steininger ein netter Kerl und Chef ist, der mir meine Ruhe ließ.«

Thal glaubte, sich verhört zu haben, Madlaina war durch und durch Ermittlerin. »Du willst deinen Job als Polizistin aufgeben?«

»Ja und nein. Ich bin jetzt 54 und habe mein halbes Leben Verbrecher der übelsten Sorte gejagt. Es hat mich erfüllt, aber auch ermüdet. Es ist an der Zeit, etwas zu ändern.«

Thal lief ein Schauer über den Rücken. Das gleiche Gespräch hatte er unzählige Male mit Leah geführt, damals ging es aber stets um ihn, von dem seine Frau erwartete, dass er sich von seinem Beruf löste. Madlaina, die hoffentlich neue Frau an seiner Seite, war anscheinend schon einen Schritt weiter.

»In den USA gibt es freiberufliche Fallanalytiker und Profiler, die von der Polizei in schwierigen Fällen herangezogen werden. Meinst du nicht, so etwas würde auch in Deutschland funktionieren?«

»Bei unserem starren Beamtenapparat bin ich da nicht so sicher«, antwortete Thal und ärgerte sich im gleichen Augenblick. Warum bestärkte er Madlaina nicht in ihren Überlegungen. Sie schien aber ohnehin fest entschlossen. »No risk, no fun. Am Hungertuch müssen wir ohnehin nicht nagen, dafür sorgt die Olsenbande.«

Fast hätte Thal aufgelacht angesichts der Tatsache, dass er neben der Wohnung in bester Konstanzer Lage noch mehr als eine Million Vermögen besaß. Er hatte Madlaina davon erzählt, es war typisch, dass sie seinen Reichtum mit keinem Wort erwähnte.

»Habt ihr den Vertrag für die Tour bekommen?«, fragte er.

»Ja, und einen Zwei-Platten-Vertrag beim größten deutschen Musikverlag.«

»Das ist ja wunderbar!« Thal beugte sich über den Tisch und gab ihr einen Kuss. »Wann ziehst du bei mir ein?«

»Ich hatte gedacht, in einem Monat.«

Thal strahlte sie an, winkte nach dem Kellner und bestellte eine Flasche Champagner. »Das muss gefeiert werden!«

Sie alberten eine Weile herum, tranken und aßen, bis Madlaina ernst wurde.

»Du könntest meine Dienste als Analytikerin gleich einmal in Anspruch nehmen.«

Thal brauchte einige Augenblicke, bis er verstand, worauf sie hinauswollte.

»Du meinst deine geheimnisvollen Recherchen.«

»Da ist nichts Mysteriöses dabei, ich habe mich ein paar Stunden mit dem Privatleben von Jason Barber beschäftigt.«

»Das hilft uns nicht mehr weiter. Der Imam hat seine Entscheidung getroffen, morgen wird Adrian Rieter als Hauptverdächtiger für die Ermordung von Katja Grell präsentiert und unsere Aufgabe besteht nur noch darin, das zu beweisen.«

»Das werden wir nicht schaffen, weil Rieter nicht der Täter ist.«

Thal nickte stumm. Madlaina zog eine Mappe aus ihrer Handtasche.

»Erinnerst du dich an die Fakten über Barbers Kindheit und Jugend?«

»Der Vater ist Deutscher, die Mutter Amerikanerin«, begann Thal, als repetiere er Fakten, um sie für einen Vortrag auswendig zu lernen. »Barber hat eine Zwillingsschwester. Die Mutter stirbt bei einem Unfall, als er drei ist, kurze Zeit später heiratet sein Vater erneut, und zwar eine deutlich jüngere Frau. Sie übernimmt die Firma und führt sie fort, als auch Jasons Vater relativ jung das Zeitliche gesegnet. Jason reist in die USA ...«

»Stopp!«, rief Madlaina. »Achte nicht auf die Fakten, sondern versuche, Muster und Gefühle zu erkennen.«

Thal hatte keine Ahnung, worauf Madlaina hinauswollte, und schüttelte nur den Kopf, woraufhin sie fortfuhr.

»Es ist nicht leicht, hinter seine Fassade zu schauen, weil Barber nur selten über seine Kindheit und Jugend spricht. Es gibt gerade mal eine Handvoll Interviews und Talkshowauftritte, in denen Erlebnisse aus seinen jungen Jahren zur Sprache kommen. Meistens erzählte er vom frühen Tod der Eltern, den er nie verarbeitet hat, und von seiner Schwester, unter deren Selbstmord er bis heute leidet. Wenn man genau zuhört, erfährt man noch etwas: Er hasst die zweite Frau seines Vaters und ihre Tochter, die in seinen Augen die Position eingenommen hatte, die seiner Schwester zustand.«

Sie machte eine Pause und leerte ihr Champagnerglas. Während Thal nachschenkte, sagte sie mehr zu sich selbst. »Ich habe auch lange gebraucht zu verstehen, was das mit unserem Fall zu tun hat.«

Thal trank einen Schluck, am liebsten hätte er das Gespräch beendet, dessen Inhalt so gar nicht zu dem herrlich fruchtigen und eleganten Taittinger passte, aber Madlaina war die Sache zu wichtig. »Benutze einfach andere Begriffe, Alex.«

»Wofür?«, fragte Thal, der nur noch Bahnhof verstand.

»Zum Beispiel für 'er hasste die zweite Frau seines Vaters'.«

Thal kam sich vor wie in einer dieser unerträglichen Quizshows, in denen er mit Sicherheit kläglich versagen würde. Madlaina holte tief Luft.

»Er hasste seine Stiefmutter und ...?«

Thal brauchte immer noch einige Sekunden, bis er begriff. »Und seine Stiefschwestern.«

»Du hast es, Alex. Die böse Stiefschwester und die niederträchtige Stiefmutter, die Aschenputtels Leben zerstören wollen.«

Thal spürte, wie sich sein Puls beschleunigte. Die Jagd, die er schon fast als aussichtslos aufgegeben hatte, begann von Neuem und das Adrenalin machte ihn hellwach. »Du meinst, Barber bringt die bösen Stiefschwestern um?«

Madlaina nickte. »Bis hierhin basieren meine Überlegungen auf Fakten, die ich aus den Interviews extrahieren konnte. Jetzt spekuliere ich, aber das gehört im Profiling dazu, solange die Hypothese logisch aus den Tatsachen abgeleitet wird. Einverstanden?«

»Natürlich«, antwortete Thal gehetzt.

»Jason Barber analysiert die Frauen, die seine Seminare besuchen oder denen er anderweitig begegnet, mit kühlem Verstand. Ihn interessiert vor allem, worauf ihre Karrieren gründen, denn er hasst Blenderinnen, die eine Position einnehmen, die ihnen nicht zusteht – so wie seine Stiefmutter und seine Stiefschwester. Er ist überzeugt, dass sein Vater die Schuld am Tod seiner Mutter trägt, ich halte es sogar für möglich, dass er glaubt, sein Vater habe die Mutter getötet, um für die neue, junge Frau frei zu sein. Später, davon ist Barber überzeugt, hat seine Stiefmutter seinen Vater in den Tod getrieben, um sich das Unternehmen unter den Nagel zu reißen.«

Thal stieß die Luft mit einem lauten Geräusch aus. »Starker Tobak.«

»Es geht noch weiter. Wenn er glaubt, in seinen Seminaren eine solche Blenderin entdeckt zu haben, macht er sie zunächst zu seiner Geliebten, um sie anschließend in seine

Gewalt zu bringen und kurz darauf zu töten. Danach stigmatisiert er die böse Stiefschwester, schneidet ihr eine Zehe ab, verstümmelt den Fußballen und entfernt die Augäpfel. Alles, wie im Märchen. Er zieht der Leiche billigste Kleidung an und begräbt sie. Mit ins Grab legt er einen goldenen Schuh, dessen Spitze er in das Blut der Toten getaucht hat.«

Thals Gedanken rasten. Madlainas Überlegungen klangen schlüssig, es gab nur ein Problem.

»Wir brauchen Beweise!«

Madlaina leerte das Glas in einem Zug.

»Ich weiß. Genau das ist unser Problem. Weil Barber ein kühl kalkulierender Psychopath ist, wird es keine geben. Soll ich dir noch eine Theorie erzählen, von deren Richtigkeit ich überzeugt bin?«

»Nur zu, mich haut heute nichts mehr um.«

»Barbers erster Mord liegt lange zurück, ich glaube, dass es eine Affekttat war, die allerdings der Auslöser sein sollte für alles, was folgte. Barber glaubte, eine Mission zu haben. Es war seine Aufgabe, die Welt von den bösen Stiefschwestern, diesen elenden Blenderinnen und Lügnerinnen, zu befreien, indem er sie ermordete. Er wusste, dass er einen Plan brauchte, um nicht eines Tages der Polizei ins Netz zu gehen. Als er zufällig auf Adrian Rieter traf, kam ihm eine geniale Idee. Er stellte den soeben wegen Vergewaltigung verurteilten Mann als seinen Assistenten ein. In Wirklichkeit hatte Rieter eine ganz andere Aufgabe: Sollte die Polizei jemals Barber in Verdacht nehmen, würden alle Indizien auf seinen Assistenten deuten. Barber wusste, dass Rieter ein Voyeur und Fetischist ist. Er hinderte ihn nicht daran, seine Lust auszuleben, im Gegenteil. Ich bin sicher, dass

Barber von den Überwachungskameras wusste, genauso von den Dessous-Diebstählen.«

Madlaina schaute Thal an, der hoffte, dass sie nicht sagen würde, was auf der Hand lag. »Jason Barber benutzt uns. Er hat uns die Beweisstücke zugespielt, damit wir Adrian Rieter der Morde beschuldigen, die er selbst begangen hat.«

»Und wir sind ihm auf den Leim gegangen«, stellte Thal resigniert fest. »Welche Chance haben wir überhaupt, wenn Barber so intelligent und berechnend ist, wie du sagst.«

»Nur eine winzige, aber immerhin«, antwortete Madlaina und steckte ihre Mappe zurück in die Tasche. »Barber fühlt sich sicher und darin liegt unsere Chance. Einen Fehler wird er nur begehen, wenn er für einen Augenblick in seiner Wachsamkeit nachlässig ist.«

»Dann können wir nur hoffen, dass er sich keine Zeit mehr lässt.«

Siebter Tag

Dreiundfünfzig

Acht Uhr fünf

»Glaubt ihr ernsthaft, dass wir mit diesen Hirngespinsten Schober davon abhalten können, Adrian Rieter der Presse als Aschenputtel-Mörder zu präsentieren.« Bettina winkte energisch ab und schaute in die Runde. Das gesamte KK 1 und Madlaina hatte sich in Thals Büro versammelt. »Was guckt ihr so? Der Begriff ist mir gerade so eingefallen, aber er würde dem Imam sicher gefallen.«

Thal zog sich das Jackett aus, schon um diese Uhrzeit war es entsetzlich warm im Büro. »Wir reden hier nicht über Fantastereien, sondern von Hypothesen auf der Basis fallanalytischer Erkenntnisse. Wenn Schober in zwei Stunden vor die Presse tritt, schafft er Fakten, die wir nie wieder aus der Welt bekommen. Damit macht er uns zu reinen Ermittlungssklaven, wir müssen ihm Beweise bringen, die seine These stützen. Wenn ihr das wollt ...!«

Er lehnte sich in seinem Schreibtischstuhl zurück und schloss die Augen. Das Blut rauschte in seinen Ohren. Das Klingeln des Telefons nahm er wie durch Watte wahr. Erst als Bettina ihn fragte, ob er nicht drangehen wollte, hob er den Hörer ab.

»Hast du schon gehört, Paps?«

»Was denn?«

»Barber gibt eine Pressekonferenz. Neun Uhr in seiner Firma. Clever, oder? Der Typ nimmt euch den Wind aus den Segeln.«

Als legte jemand den Schalter um, verschwanden Thals Ohrgeräusche. Er griff nach seinem Jackett und stürmte zur Tür. »Keine Ahnung, was er vorhat, aber Barber tritt schon in einer guten Stunde vor die Presse. Bettina und Madlaina, ihr kommt mit mir. Stephanie und Jonas halten hier die Stellung. Wir informieren euch, wenn sich etwas ergibt, das für den Imam relevant ist.«

Der Konferenzraum von Barber Personality Training war gut gefüllt. Drei Kamerateams hatten sich die besten Plätze gesichert, dazu noch einmal so viele Radiostationen und mindestens zehn schreibende Journalisten saßen um den Tisch. Thal entdeckte seinen Sohn und winkte ihm zu.

»Ich gehe mal kurz zu Jonas.« Bettina schlängelte sich an den Kameras vorbei, während Thal und Madlaina sich einen Platz suchten. »Was zum Teufel hat der Kerl vor?«, fragte Thal flüsternd.

»Ich weiß nur eines: Er hätte diese Pressekonferenz niemals einberufen, wenn er sich nicht absolut sicher und unantastbar fühlte. Das ist unsere Chance.«

Thal verstand, was sie meinte, aber er wusste nicht, ob er hoffen oder bangen sollte. Er drehte sich um und sah, dass Bettina und Tobias sich in die hintere Ecke des Raums zurückgezogen hatten. Bettina redete auf seinen Sohn ein, der immer wieder nickte. Tobias sah mitgenommen aus, Thal fürchtete, er könne zu weinen beginnen. Wann hatte er seinen Sohn zum letzten Mal derart aufgewühlt gesehen? Er konnte sich nicht erinnern. Bettina legte ihm die Hand auf die Schulter und ihre Stirn an seine. Sie schauten sich in die Augen. Tobias sagte etwas, Thal hätte ein Vermögen dafür gegeben, Lippen lesen zu können. Die beiden umarmten sich. Thal starrte in ihre Richtung. Er hatte das

Gefühl, sein Sohn und seine Kollegin hielten sich eine Ewigkeit aneinander fest.

»Lass sie!«, sagte Madlaina. »Wenn sie reden wollen, werden sie es tun.«

Die Tür öffnete sich und Barber betrat den Raum. Er trug einen eleganten, schwarzen Anzug, ein eng anliegendes Hemd mit offenen Kragen und einen schwarz-grau gestreiften Schal. Mit einer schwungvollen Handbewegung bat er die Anwesenden, Platz zu nehmen. Aus dem Augenwinkel sah Thal, dass Bettina sich neben Tobias ans Ende einer Stuhlreihe setzte.

»Guten Tag, meine Damen und Herren. Danke, dass Sie so kurzfristig meiner Einladung folgen konnten. Leider wusste ich gestern noch nicht, dass dieser Termin nötig sein würde. Wir leben in schrecklichen Zeiten.«

Thal wäre fast ein mitleidiges Oohh entfahren, zum Glück schaffte er es, nur schweigend zu grinsen. Barber erläuterte langatmig die Erfolgsgeschichte seines Unternehmens, nannte Teilnehmerzahlen und Auflagen, bezifferte den Umsatz und wies mehrmals darauf hin, dass er ein zwar kleiner, aber feiner Arbeitgeber und ein nicht unbedeutender Steuerzahler der Stadt sei. Es dauerte fast fünf Minuten, bis er endlich zur Sache kam.

»Sie alle dürften wissen, dass gestern mein engster Mitarbeiter verhaftet wurde. Die Anschuldigungen gegen ihn sind schwerwiegend und erschreckend. Ich habe zu ihm gestanden, von Anfang an.«

Madlaina flüsterte Thal zu. »Jetzt drückt er auf die Tränendrüse.«

Sie hatte Recht, Barber erzählte ausschweifend, dass er Adrian Rieter von der Straße geholt und ihn vor dem Abrutschen in ein asoziales Leben bewahrt habe. »Ich wusste, dass mein Freund – ja, er war mein Freund – Probleme mit seiner Sexualität hatte, dass er nicht in der Lage war, befriedigende Kontakte mit Partnern aufzubauen und zu unterhalten. Aber wer bin ich, darüber zu urteilen? Es steht mir nicht zu, meinen Freund Adrian wegen seiner ungewöhnlichen Sexpraktiken fallen zu lassen.«

Barber machte eine kurze Pause und schaute in die Runde, es sah so aus, als fixiere er jeden Anwesenden für einen winzigen Augenblick. »Ich gebe Ihnen aber mein Ehrenwort, dass ich keine Ahnung von den Stasi-Überwachungsmethoden hatte, mit denen Adrian Rieter sich die optischen Reize holte, um seine Lust zu befriedigen. Ich wusste nichts davon, dass die Frauen, die mir vertrauten, die mich in die intimsten Geheimnisse ihres Lebens einweihten und oft genug ihre Zukunft in meine Hände legten, auf die infamste Weise erniedrigt wurden. Ich schäme mich zutiefst, nicht genug auf Adrian Rieter geachtet und meine Schützlinge vor dieser Demütigung bewahrt zu haben.«

Erneut machte Barber eine Pause. Es war mucksmäuschenstill im Raum. Barber richtete sich kerzengerade auf, bevor er mit leiser, zerbrechlicher Stimme weitersprach. »All das ist aber nichts gegen die Verbrechen, die Adrian Rieter noch zur Last gelegt werden. Ich mag es kaum aussprechen, aber die Polizei geht davon aus – und ich habe keinen Grund, daran zu zweifeln –, dass der Mann, der zehn Jahre lang an meiner Seite war, mehrere Frauen mit eigenen Händen erwürgte. Nach ihrem Tod schnitt er ihnen eine Zehe ab und zertrümmerte ihre Ferse. Unvorstellbare Grausamkeiten, die darin gipfelten, dass Adrian Rieter seinen Opfern die Augäpfel ausriss. Ich habe in meinem Leben in viele Abgründe der menschlichen Seele geblickt, aber eine vergleichbare Bestialität ...«

Thal hatte das Gefühl, in eine andere Realität katapultiert zu werden. Barbers Worte drangen nur noch leise in sein Bewusstsein, als hätte jemand den Lautstärkeregler an einem Verstärker heruntergedreht. Stattdessen formte sich in seinem Gehirn ein Gedanke, der nach und nach zur Erkenntnis wurde. Wie in Zeitlupe erhob er sich. Madlaina blickte fragend und mit sorgenvoller Miene zu ihm auf, er schloss aber nur die Augen und nickte. Langsam drehte er sich nach rechts und sah, dass Bettina sich ebenfalls erhoben hatte. Sie starrte ihn an. Er wusste, dass auch sie verstanden hatte.

Vierundfünfzig

Zwölf Uhr fünfzehn

»Ich warne Sie, Thal! Wenn diese Durchsuchung erfolglos bleibt, tragen Sie die Konsequenzen. Dieser Barber wird uns öffentlich zerreißen!« Schober drehte sich ohne jedes weitere Wort um und stürmte aus dem Haus.

Wie sehr ihn der Imam nervte mit seiner ewigen Angst vor öffentlicher Kritik! Es zwang ihn ja niemand, den Kriminaldirektor am Bodensee zu geben, er könnte sich jederzeit auf einen ruhigen Büroposten im Innenministerium bewerben. Aber nein, er brauchte das Rampenlicht, in das er sich nach jeder erfolgreichen Ermittlung stellen konnte. Dann sollte er gefälligst auch aushalten, dass es darin hin und wieder etwas heißer werden konnte. Immerhin hatte er sich nicht quergestellt und den Durchsuchungsbeschluss für Barbers Privatvilla beantragt. Der Ermittlungsrichter war innerhalb weniger Minuten überzeugt, wenigstens ihn beeindruckten die neuen Ermittlungserkenntnisse, während der Imam so tat, als handelte es sich um eine Lappalie. »Das ist doch alles Quatsch«, hatte er gerufen, als Thal ihn nach Barbers Pressekonferenz erregt ins Bild setzte.

Am schlimmsten war, dass Schober recht hatte. Vor Gericht kämen sie damit allein nie durch, aber es war ein Anfang, den es fast nicht gegeben hätte. Thal erinnerte sich noch genau, wie er den Imam überreden musste, sich an das kriminalistische Einmaleins zu halten.

Auf jeden Fall brauchten sie noch mehr handfeste Beweise, sonst marschierte Barber spätestens morgen Abend zum zweiten Mal aus dem Polizeigewahrsam. Und diesmal würde er, da war sich Thal sicher, auf Nimmerwiedersehen verschwinden.

Thal stieg die Treppe ins Obergeschoss von Barbers nobler Villa am Seeufer hinauf. Zehn Polizisten waren seit einer Stunde damit beschäftigt, jedes Möbelstück zu verrücken, unter jedes Bett zu schauen und jedes Buch umzudrehen. Paradoxerweise dürfte die Untersuchung in diesem Prachtbau schneller beendet sein als in so mancher Vierzimmerwohnung, die mit Nippes und Kleinkram zugemüllt war. Hier herrschte edler Minimalismus. Nur wenig, aber dafür nur das Beste. Sie hatten anfangs überlegt, die Wohnung komplett erkennungsdienstlich zu untersuchen, aber das hätte aufgrund der schieren Größe des Gebäudes Tage gedauert. Außerdem wirkte alles klinisch rein, vermutlich war kein Fingerabdruck älter als drei Tage.

»Kommt mal in die Bibliothek und seht euch das an!« Grendel stand in der Mitte des Raums. Die Regale reichten vom Boden bis zur Decke und waren bis auf den letzten Millimeter mit Büchern vollgestellt.

»Beeindruckend, nicht?«, fragte Grendel. Madlaina, die hinter Thal eingetreten war, ließ ihr tiefes Lachen hören. »Was anderen Leuten die Briefmarkensammlung ist dem Bildungsbürger die Bibliothek.«

»Wie viele Bände mögen das sein?« Bettina hörte sich leicht verschnupft an, als brüte sie eine Erkältung aus.

Grendel winkte die Drei zu sich. »Stellt euch mal hier hin und schaut euch um. Fällt euch etwas auf?«

Alexander, Bettina und Madlaina stellten sich direkt neben den Techniker und drehten sich wie er langsam um die eigene Achse.

»Außer dass mir schwindelig wird, bemerke ich nichts«, sagte Bettina trocken.

»Achtet auf die Symmetrie!«, forderte sie Grendel auf.

Die anderen drei schauten sich noch einmal um und schüttelten anschließend den Kopf.

Grendel hob theatralisch die Arme. »Das müsst ihr doch sehen!« Er schritt die Regale entlang und dozierte: »Dieser Raum ist wie das gesamte Gebäude streng symmetrisch ausgerichtet. Gerade Linien und rechte Winkel, sonst nichts.« Er ging weiter am Fenster vorbei und blieb stehen. »Außer ...«

»Da ist ein Vorsprung«, sagte Madlaina.

»Gut erkannt, Kollegin. Was für einen Grund mag der Innenarchitekt gehabt haben, das Regal rechts neben dem Fenster um vierzig Zentimeter nach vorne zu ziehen? Und zwar nur hier und nicht gleichzeitig auf der linken Seite, wie man es bei einem derart auf Gleichmaß ausgerichteten Gebäude erwarten dürfte.

Grendel schaute von einem zum anderen, aber niemand sagte etwas. »Ihr habt keine Antwort? Soll ich euch etwas sagen: Ich auch nicht, außer der, dass ich finde, wir sollten nachsehen, ob sich hinter der Rückwand dieses Regals nicht ein versteckter Raum befindet.«

Die Atmosphäre in der Bibliothek veränderte sich schlagartig. Die Ermittler waren elektrisiert. Thal trat neben Grendel und sie räumten in Windeseile die Bücher aus dem Regal. Mit den Händen tasteten sie die Rückwand ab, aber es fand sich keine Lücke oder Vertiefung.

»Nun macht schon!«, rief Bettina.

»Leicht gesagt«, antwortetet Thal und sah Grendel Hilfe suchend an, in praktischen Dingen war er der Fachmann. »Ich bin sicher, dass es einen Mechanismus gibt, der die

Wand öffnet, aber ...« Er rannte aus dem Raum und kehrte keine Minute später mit einer Axt in der Hand zurück. »Nun denn, lasst rohe Kräfte walten!«

Mit zwei wuchtigen Hieben schlug er eine Kerbe in die Nahtstelle zwischen Rücken- und Seitenwand des Regals, schob anschließend das Axtblatt in die Lücke und hebelte die Rückwand heraus. Grendel und Thal, der direkt neben ihm gestanden hatte, konnten sich nur mit einem Sprung zur Seite retten, als die massive Regalrückwand krachend zu Boden fiel.

Thal hatte vor Schreck die Augen geschlossen. Als er sie wieder öffnete, blickte er in Madlainas vor Schreck verzerrtes Gesicht. Er drehte sich um und hatte für einen Augenblick das Gefühl, dass sein Herzschlag aussetzte. Sie hatten ein gemauertes, weiß verputztes Regal freigelegt, in dem sauber aufgereiht Schuhe standen. High Heels, alle ähnlich in der Form und alle in der gleichen Farbe. Gold. Es handelte sich ausschließlich um Einzelstücke, genauer um linke Exemplare, insgesamt dreizehn Stück. An den Absätzen hing ein mit einer Art Paketschnur befestigter Zettel, ähnlich denen, die in der Rechtsmedizin an den großen Zeh eines Toten gebunden wurden, um den Namen und das Einlieferungsdatum eines Leichnams zu dokumentieren. Thal drehte den Zettel am letzten Schuh herum, sodass er ihn lesen konnte. »Katja Grell, August 2014«. Er ließ das Stück Papier los, als könnte er sich daran verletzen. Madlaina trat neben ihn und nahm am ersten Schuh hängenden Zettel in die Hand. »Oh nein!«, sagte sie und Thal hatte das Gefühl, sie stützen zu müssen. »Wir waren schon so nah dran«, flüsterte sie und drehte sich zu den anderen um. »Marylou Parker, 1995«.

Sie fuhr mit der Hand die Schuhe entlang, als müsse sie eine Verbindung zu ihnen herstellen. Nach und nach las sie die Namen vor, die meisten kannten sie nicht, bis auf drei. Nadine Lenz, die nach einem Einstellungsgespräch für eine Stelle im Schöffel-Konzern verschwand, Claire Nolan, die von Bauarbeitern in der Nähe von San Francisco ausgegraben worden war und Alina Schaller, die Tote aus St. Gallen.

Dreizehn tote Frauen und in den meisten Fällen hatten die Angehörigen ihre Liebste nicht einmal zu Grabe tragen und sich von ihr verabschieden können. Fassungslos standen die Ermittler vor dem Schrein.

Thal spürte, wie Tränen sich ihren Weg bahnten und er wehrte sich nicht dagegen.

Fünfundfünfzig

Sechzehn Uhr zwanzig

Die Erschöpfung drückte Thal zu Boden, er hatte das Gefühl, nicht mehr Herr seiner Sinne zu sein. Sein Kopf dröhnte und sein Herz schlug einen Rhythmus, der mit einem gleichmäßigen Takt nichts gemeinsam hatte. Bettina umfasste mit kräftigem Druck seinen Oberarm und hielt ihn zurück. Sie hatte Recht, es hatte keinen Zweck, wenn er Barber beleidigte. Der Mann war eiskalt und intellektuell jederzeit in der Lage, auf eine neue Situation zu reagieren. Auf Anraten Madlainas verzichteten sie darauf, ihn schon jetzt mit seinem Fehler zu konfrontieren. Er ahnte nicht, wie nah er dem Abgrund war, sondern provozierte sie mit seinem hämischen Grinsen.

»Einen Schuhschrank haben sie also hinter meinem Bücherregal gefunden, so so. Wissen Sie was? Ich habe keine Ahnung, wie er dahin gekommen ist. Obwohl ...«

Wieder dieses Lächeln, das Thal zur Weißglut brachte. Er beherrschte sich nur mühsam, der Bestie vor ihm nicht die Faust ins Gesicht zu schlagen.

»Vielleicht kann ich Ihnen ja doch weiterhelfen.«

»Das können Sie sogar sicher, Herr Barber.« Thal bewunderte Bettina, sie schien die Ruhe selbst zu sein, dabei wusste er genau, dass es in ihr brodelte. »Unsere Techniker haben den Mechanismus entdeckt, mit dem sich die Tür zu diesem Schuhschrank öffnen ließ. So etwas konnte niemand ohne Ihr Wissen einbauen.«

Barber nickte, das Lächeln schien ihm angewachsen.

»Sie haben natürlich Recht, Frau Berg. Ich hatte ja gehofft, mein kleines Laster vor Ihnen verbergen zu können, aber sie sind einfach zu clever. Chapeau vor der deutschen Kriminalpolizei!«

Thal überlegte, den Raum zu verlassen, lange würde er das Theater nicht mehr aushalten.

»Dann erzählen Sie uns von Ihrer Unsitte«, fuhr Bettina fort. »Lassen Sie mich raten. Sie stehen auf Schuhe!«

Barber breitete in einer Geste, die Bewunderung ausdrücken sollte, ihm aber misslang, die Arme aus. »Sie werden verstehen, dass ich darüber nicht so gerne spreche.«

»Woher haben Sie die Schuhe?«

»Von Adrian. Der Gute wusste von meiner Schwäche und besorgte mir gelegentlich auf seinen Streifzügen durch die Gästezimmer ein Paar Schuhe.«

»Keine Paare?«, warf Thal ein.

»Richtig, Herr Kommissar, immer nur linke Einzelstücke. Ich habe bis heute nicht verstanden, was das sollte.«

»Außerdem stammen keineswegs alle von Ihren Seminarteilnehmerinnen.«

»Stimmt. Einige hat Adrian angeblich von verflossenen Geliebten einbehalten. Ich fand das besonders reizvoll.«

»Das ist aber eigenartig. Wie konnte Ihr Assistent mit Marylou Parker liiert gewesen sein, der glühenden Anhängerin von Barry Bernard, die verschwand, kurz bevor Sie den Dienst bei diesem Prediger quittierten.«

Für eine Sekunde schien es, als verlöre Barber seine Sicherheit, er fing sich aber sofort wieder.

»Sind Sie sich sicher, dass dieser Name einmalig ist, Frau Berg? Vielleicht hat Adrian ihn auch erfunden. Ich gestehe, dass ich keine Ahnung mehr habe, was in seinem kranken Hirn vorgegangen ist.«

Die Tür wurde aufgerissen und Madlaina betrat den Vernehmungsraum. Sie ging schnell zu Thal und legte einen Zettel vor ihn auf den Tisch.

»Sofort abbrechen!«

Thal stand auf. »Wir sollten eine Pause machen.« Er ignorierte Bettinas fragenden Blick und wies den Wachmann an, Barber in eine Zelle zu bringen. Als er abgeführt worden war, stöhnte Bettina auf. »Was soll das, Alex, wir hatten ihn fast weich gekocht.«

»Gar nichts hattet ihr«, schnauzte Madlaina die Kollegin an. »Im Gegenteil. Je mehr Informationen über die Schuhe ihr Barber eröffnet habt, desto einfacher wurde es für ihn, darauf zu reagieren. Vergesst nicht: Er ist ein Meister der Lüge. Erst hat er geleugnet, von dem Schuhschrank überhaupt zu wissen. Als dass keinen Zweck mehr hatte, präsentierte er eine neue, aber plausible Geschichte. Was glaubt ihr wohl, wie es in der Öffentlichkeit ankommt, wenn er sich reuig gibt und unter Tränen erzählt, dass er seit seiner Kindheit unter einem Schuhfetisch leidet.«

»Aber bei den Namen kann er sich nicht rausreden.« Bettina reagierte patzig auf Madlainas Zurechtweisung, die ihre Ruhe aber wiedergefunden hatte. »Doch, ein Psychopath wie Barber kann das, weil er selbst von seinen Geschichten überzeugt ist. Zu jedem Namen, den ihr ihm nennt, wird er sich eine plausible Geschichte ausdenken.«

»Und wie sollen wir ihn dann deiner Meinung nach festnageln?«, fragte Bettina scharf.

Madlaina holte tief Luft. »Tut mir leid, ich wollte dich vorhin nicht so anblaffen, aber ich sah unsere Felle davonschwimmen. Wir haben nur eine Chance, wenn wir zumindest zwei oder drei der Namen mit Fakten unterlegen und gleichzeitig beweisen können, dass Barber Kontakt zu den Frauen hatte.«

»Das ist eine Sisyphusarbeit«, sagte Bettina deutlich versöhnt.

»Nein«, antwortete Madlaina. »Eher eine Herkulesaufgabe. Und dann haben wir da noch unseren Trumpf. Aber den dürfen wir erst ganz zuletzt ziehen.«

Sechsundfünfzig

Zweiundzwanzig Uhr fünfzig

Die Akte klatschte auf den Besprechungstisch.

»Damit sind wir einen Schritt weiter«, sagte Quandt, der vor jedem schwungvoll einen Ausdruck des momentanen Ermittlungsstandes fallen ließ.

»Wir haben zwölf Vermisstenfälle oder Leichenfunde, die mit unseren Namen übereinstimmen, bleibt nur ein Schuh, von dessen Trägerin wir nichts wissen.«

Thal konnte kaum glauben, dass sie es in vier Stunden geschafft hatten, so weit zu kommen. Barber hatte eine Blutspur in Europa und Amerika gelegt. Die Namen führten nach Boston, Hamburg, Turin, St. Francisco, Lindau, Köln, St. Gallen, Heiligendamm, Berlin, Münster, Toronto und schließlich Konstanz.

»Gute Arbeit, Jonas«, lobte Madlaina den Kollegen und kam Thal damit zuvor. »Bleibt ein Problem. Das nützt uns alles nichts, wenn wir Barber nicht mit den Frauen und den Orten in Verbindung bringen können.«

Quandt stöhnte auf und öffnete eine Flasche Karting Daeng. »Das ist mir auch klar, ich habe die entsprechenden Anfragen auch längst gestartet, aber das kann dauern.«

»Gibt es keine Möglichkeit, das zu beschleunigen?«

»Kaum. Wir sollten uns vordringlich auf die Fälle in den USA konzentrieren. Wenn Barber zu dieser Zeit vor Ort war, können wir das nachweisen. Außerdem ist in Amiland je nach Küste erst Mittag oder früher Nachmittag, da erreicht man die Kollegen noch.«

Für einige Augenblicke herrschte Schweigen, ehe Bettina sich räusperte. »Schaffst du das überhaupt noch, Jonas?«

Quandt lächelte sie an. »Was soll ich in meinem muffigen Pensionzimmer, da ist es hier doch viel heimeliger.«

Achter Tag

Siebenundfünfzig

Neun Uhr fünf

Was so ein paar Stunden Schlaf doch ausmachten! Thal fühlte sich frisch und Barbers Zynismus wesentlich besser gewachsen als gestern. Auf jeden Fall fiel es ihm leichter, seine Hände nicht zu Fäusten zu ballen und davon zu träumen, diesem Psychopathen das Lächeln aus dem Gesicht zu schlagen. Er hatte beschlossen, sich beim Haftprüfungstermin zurückzuhalten. Am liebsten hätte er Madlaina die Gesprächsführung überlassen, aber als Schweizer Polizistin konnte sie vor einem deutschen Gericht nicht als Vertreterin der Ermittlungsbehörde auftreten. Also legte Bettina ihre Beweisstücke vor.

Der Ermittlungsrichter Malte Krenz war neu am Konstanzer Amtsgericht; Berg und Thal hatten bisher noch nicht mit ihm zu tun gehabt. Er konnte nicht älter als dreißig sein, war groß und hager. Seine Hände, mit denen er die von Bettina ausgebreiteten Papiere ergriff, waren knochig.

Quandt hatte in der vergangenen Nacht ganze Arbeit geleistet. In neun der dreizehn Fälle konnten sie nachweisen, dass sich Barber zur Zeit des Verschwindens der Frau zumindest in der Nähe des Tatorts aufgehalten hatte. In sechs Fällen hatten Angehörige oder Freunde der verschwundenen Frauen Quandt am Telefon bestätigt, dass das Opfer Jason Barber kannte, entweder hatte es eine seiner Veranstaltungen besucht und war ihm in einem anderen, beruflichen Zusammenhang begegnet wie Nadine Lenz, die Bewerberin auf eine Stelle im Schöffel-Konzern.

Auf etwas hatten die Ermittler gar nicht zu hoffen gewagt, wurden aber überrascht. Bei den Schuhen, die das Namensschild Alina Schaller und Katja Grell trugen, hatte Grendel DNA-Spuren gesichert, die eindeutig den beiden ermordeten Frauen zugeordnet werden konnten. Als der Richter das entsprechende Dokument mit den Labor-Ergebnissen zur Hand nahm, sagte Bettina mit einem leichten Triumph in der Stimme: »Das ist sozusagen das Missing Link, die fehlende Verbindung zwischen Jason Barber und den beiden Mordopfern.«

»Papperlapapp!«, warf Barbers Anwalt ein und hielt seinen Mandanten zurück, der aufspringen wollte. »Ihre Indizien sind überhaupt nichts wert!«

Richter Krenz legte das Blatt Papier auf den Tisch, lehnte sich zurück und führte die Finger vor seinem Mund zu einer auf dem Kopf stehenden Merkel-Raute zusammen. Kellinghaus hatte seine volle Aufmerksamkeit, wofür er sich mit einem leichten Kopfnicken bedankte. »Niemand bestreitet, dass die Schuhe, die in der Bibliothek meines Mandanten gefunden wurden, möglicherweise in Beziehungen zu Verbrechen stehen. Allerdings weisen wir jeden Verdacht zurück, dass Jason Barber in diese Straftaten verwickelt ist. Er hat die Schuhe von seinem Assistenten Adrian Rieter bekommen. Dessen Verteidigung habe ich natürlich niedergelegt, bevor da irgendwelche Fragen aufkommen. Es entzieht sich unserer Kenntnisse, welcher Quellen Rieter sich beim Besorgen der Schuhe bedient hat.«

»Quellen! Dass ich nicht lache!« Bettina drohte für einen Augenblick die Beherrschung zu verlieren, hatte sich aber schnell wieder im Griff und wandte sich dem Ermittlungsrichter zu. »Diese Einlassung der Verteidigung ist eine Schutzbehauptung, Herr Krenz. Das Manöver des Herrn Anwalt ist ausgesprochen durchsichtig, er versucht den Verdacht vollständig von seinem Mandanten weg- und auf den Assistenten Rieter hinzulenken.«

»Aber ist das denn völlig ausgeschlossen, Frau Berg?«

Bettina nickte. »Selbstverständlich ermitteln wir in alle Richtungen.«

»Wie es Ihre verdammte Pflicht und Schuldigkeit ist«, brummte Kellinghaus, aber Bettina ließ sich nicht aus dem Konzept bringen.

»Wir überprüfen nicht nur, ob Jason Barber zum Zeitpunkt des Verschwindens der auf den Namensschildern genannten Frauen in der Nähe eines möglichen Tatorts war, sondern beziehen selbstverständlich auch Rieter in diese Abfrage mit ein.«

»Mit welchem Ergebnis?«, fragte Krenz.

Thal hielt die Luft an, denn das war der Schwachpunkt ihrer Argumentation. In vier Fällen handelte es sich um Frauen, die Barber bei Seminaren oder Vorträgen kennengelernt hatte, bei denen Rieter ebenfalls zugegen war.

Bettina nahm ein Blatt Papier vom Tisch und schaute darauf, als enthalte es eine entscheidende Information. »In nicht einmal der Hälfte der Fälle hielt sich auch Adrian Rieter vor Ort auf, was angesichts der Tatsache, dass er Barber bei allen Dienstreisen begleitete, ein signifikant niedriger Wert ist.«

Thal zuckte zusammen, denn Barber lachte schallend. Sein Anwalt verzog verärgert über diesen Ausbruch seines Mandanten das Gesicht.

»Herr Barber, ich darf doch bitten!«, wandte sich Krenz an den Verdächtigen.

»Entschuldigen Sie, Herr Richter, aber das ist doch lächerlich. Die Polizei hat sich in etwas verrannt und ich soll es ausbaden. Das ist so durchschaubar!«

»Bleiben wir bei den Fakten«, sagte der Richter und schaute Kellinghaus an. Es war ihm sichtbar lieber, mit dem Anwalt zu verhandeln als mit Barber.

»Das ist ein guter Vorschlag! Frau Berg sprach gerade von signifikanten Werten, ein schönes Fremdwort, das die Wirklichkeit verschleiern soll. Von ihren sogenannten Beweisen bleibt substanziell nichts übrig, denn die Tatsache, dass man Rieter in einigen Fällen die Anwesenheit an einem möglichen Tatort nicht nachweisen kann, heißt ja nicht, dass er nicht doch vor Ort gewesen sein kann. Was wir bisher gehört haben, ist reine Spekulation. Darauf können Sie unmöglich einen Haftbeschluss stützen, Herr Krenz. Die Polizei stiehlt nur Ihre und unsere Zeit. Aus diesem Grund erlaube ich mir zu beantragen, den Antrag auf Erlass eines Haftbefehls gegen meinen Mandanten als unbegründet abzulehnen.«

Kellinghaus schlug seine Schreibmappe zu und verstaute sie demonstrativ in seiner Aktentasche.

Thal fand es an der Zeit einzugreifen. Er klappte sein Notebook auf und drehte den Bildschirm in die Richtung des Richters. Schließlich hatten sie ihren Trumpf noch in der Tasche.

»Bevor Sie eine Entscheidung fällen, sollten Sie sich diese Aufzeichnung hier ansehen.«

Krenz deutete mit einer Handbewegung an, dass Thal das Video starten sollte. Er hatte alles so vorbereitet, dass nur die entscheidenden dreißig Sekunden von Barbers Pressekonferenz gezeigt wurden. Am Ende der Aufzeichnung schlug Kellinghaus mit der Hand auf den Tisch.

»Ich bin es jetzt wirklich leid! Ständig kommen diese beiden Polizeidarsteller mit neuen Zaubertricks um die Ecke. Was soll uns dieses Filmchen sagen?«

»Ganz einfach«, sagte Thal und klappte das Notebook zu. »Es ist der Beweis, dass Jason Barber der Mörder von Katja Grell und Alina Schaller ist. Und es gibt nicht nur diese Aufzeichnung, sondern ein Dutzend Zeugen.«

Erneut lachte der Beschuldigte laut auf. Diesmal versuchte sein Anwalt nicht, ihn zu beruhigen, sondern schaute Thal fragend an, der sich aber ausschließlich an den Richter wandte.

»Sie wissen, dass wir in jedem Fall Informationen zurückhalten und nicht an die Öffentlichkeit geben. Dieses Täterwissen hilft uns zum Beispiel falsche Geständnisse zu entlarven.«

»Und manchmal«, übernahm Bettina Berg, als wollte sie den Höhepunkt dieser Stunde unbedingt mitgestalten, »können wir damit sogar einen Mörder überführen.«

Kellinghaus sah demonstrativ zur Uhr. »Können wir bitte zur Sache kommen, ich habe heute noch weitere Termine.«

Bettina verbeugte sich leicht. »Gerne, Herr Anwalt. Wir haben die Öffentlichkeit selbstverständlich über den Fund einer Frauenleiche im Lorettowald informiert. Ebenfalls haben wir mitgeteilt, dass der Toten ein Zeh entfernt und die Ferse zertrümmert worden ist.«

»Ja, ja, ja ...«, murmelte Kellinghaus und Thal begann, sich über das Theater des Anwalts zu amüsieren. Bettina ließ sich nicht ablenken.

»Eine Information haben wir aber zurückgehalten.«

Thal warf einen Blick auf Barber, der Bettina mit zusammengekniffenen Augen anstarrte. Täuschte er sich, oder standen einige Schweißperlen auf seiner Stirn?

Bettina richtete sich kerzengerade auf und atmete tief ein.

»Nur der Mörder weiß, dass er seinen Opfern die Augäpfel entfernt hat.«

Die einsetzende Stille war fast beängstigend, nicht einmal das Atmen der Anwesenden war zu hören. Barber stierte auf die Tischplatte, sein Anwalt wischte eine Fluse von seinem Ärmel und der Richter heftete seinen Blick auf Alexander Thal, der langsam aufstand und seinen Arm hob. Mit ausgestrecktem Finger zeigte er auf Jason Barber. »Und dieser Mörder sitzt dort!«

Achtundfünfzig

Zwölf Uhr fünfzig

»Barbers Gesichtsausdruck hättest du sehen müssen, Madlaina, den werde ich nie vergessen. Nur gut, dass wir solange damit hinter dem Berg gehalten haben, dass wir Barber aufgrund seines Täterwissens festnageln können.«

Thal drückte gegen die Tür von Donatos Delikatessengeschäft und verstand die Welt nicht mehr. Geschlossene Gesellschaft stand auf einem handgeschriebenen Schild, das er nie zuvor gesehen hatte. »Das gibt's doch gar nicht!«, sagte er und rüttelte an der Tür. Madlaina stellte sich auf die Zehenspitzen und schaute in den Raum. »Da sitzen doch Bettina und dein Sohn.«

Thal reckte sich ebenfalls. Tatsächlich. Er klopfte an die Scheibe, wenige Sekunden später öffnete Donato die Tür.

»Schön, dass du auch noch kommst, Commissario! Und dann auch noch in so reizender Begleitung. Bella!« Er legte den Kopf schief und strahlte Madlaina an.

»Was soll denn dieser Unsinn mit der geschlossenen Gesellschaft?«, fragte Thal und hob das Schild mit dem Zeigefinger an, sodass es hin und her baumelte.

»Nix Unsinn. Ist private Feier, aber ihr seid eingeladen.«

Thal ließ Madlaina den Vortritt, die mit großem Hallo begrüßt wurde. Neben Bettina und Tobias saßen Stephanie Bohlmann, Jonas Quandt und Hartmut Grendel auf Barhockern an den Stehtischen, die heute mitten im Raum standen.

»Nehmt Platz!«, sagte Donato und schenkte Rotwein in die Gläser.

»Lasst es euch schmecken«, rief Maria aus der Küche und Madlaina und Alexander bedienten sich an den Vorspeisen, die auf dem Tisch standen.

»Wer ist denn auf die Idee gekommen, zur Feier des Tages das ganze Lokal zu mieten?«, fragte Thal.

»Ich«, sagte Bettina. »Selten hat es mir so viel Befriedigung verschafft, einen Mörder zu überführen wie bei Jason Barber.«

»Vorsicht«, sagte Madlaina, noch sitzt er nicht im Gefängnis.

»Im Moment schon«, mischte sich Thal ein, »der Ermittlungsrichter hat seinen Beschluss nach dem Video innerhalb von ein paar Sekunden gefällt und ich glaube nicht, dass Kellinghaus bei der Beweislage so schnell einen Antrag auf Haftprüfung stellt.«

»Im Prozess müssen wir allerdings noch ganz andere Geschütze auffahren, sonst werden wir von Barber gegrillt.«

»Keine Sorge«, sagte Quandt, der sich mit beiden Händen an der Tischplatte festhielt. Thal hatte das Gefühl, er könnte im nächsten Augenblick einschlafen und vom Hocker fallen. Selbst seine Sprache war leicht verwaschen. »Die Ermittlungen werden in allen Vermisstenfällen, mit denen wir Barber in Verbindung bringen, neu aufgenommen. Auf der Basis unserer Erkenntnisse können die Kollegen viel konkretere Fragen stellen. Vor allem die Amis waren geradezu aus dem Häuschen. Es würde mich wundern, wenn da nicht noch der eine oder andere Zeuge auftaucht, der Barber mit einem Opfer gesehen hat.«

»Wollen wir es hoffen«, sagte Madlaina, aber Quandt reagierte nicht mehr darauf, er hatte die Augen geschlossen und den Kopf gesenkt, als nehme er ein Nickerchen.

»Wo ist eigentlich der Imam?«, fragte Thal und steckte sich ein Stück der köstlichen Fenchelsalami in den Mund. »Ist er sauer, weil wir Recht hatten, auf das zurückgehaltene Täterwissen zu bauen? Wenn es nach ihm gegangen wäre, suchten wir immer noch nach Beweisen für Rieters Schuld und Barber wäre längst auf und davon.«

Bettina räusperte sich. »Schober ist nicht da, weil wir ihn nicht eingeladen haben. Das hier ist keine Feier des KK 1, sondern ein privater Anlass.«

Jonas Quandt hob kurz den Kopf, als wolle er sich vergewissern, dass er sich nicht verhört hatte, aber Bettina legte ihm die Hand auf die Schulter. »Mit privat meinen wir, Tobias und ich, Verwandte und Freunde.«

Quandt lächelte, selbst im Halbschlaf hatte er verstanden, dass er gerade vom Kollegen zum Freund befördert worden war.

»So, so, ein privater Anlass«, sagte Thal und legte seinen Arm um Madlaina. »Da hätten wir auch etwas zu bieten.«

Madlaina legte ihm den Finger auf den Mund. »Ich glaube, heute ist der Tag der Jungen. Lass Bettina doch endlich erzählen.« Sie nickte Berg zu, die jeden für eine Sekunde ansah, ehe sie zu sprechen begann.

»Ihr habt sicher gemerkt, dass ich in den letzten Wochen nicht immer bei der Sache war. Das hatte einen Grund. Ich musste eine schwierige Entscheidung treffen, die mein Leben radikal verändern wird.«

Thal schaffte es nicht, Bissen runterzuschlucken. Er hatte also tatsächlich Recht gehabt, Bettina würde Konstanz verlassen und er musste gute Miene zu diesem bösen Spiel machen. Mit leicht zitternder Hand führte er das Glas Mineralwasser zum Mund.

»Nicht nur mein Leben wird bald anders aussehen, sondern es betrifft euch alle mehr oder weniger.«

»Nun komm schon, Bettina! Raus mit der Sprache!« Grendel hielt das Weinglas in der Hand und machte den Eindruck, wirklich gespannt auf die Eröffnung der Kollegin zu sein.

»Es ist wirklich an der Zeit, dass ich es euch sage, denn bald werdet ihr es eh sehen können.« Sie fuhr sich mit der Hand über den Bauch. »Ich bekomme ein Baby!«

Madlaina jauchzte auf, während alle anderen Bettina schweigend anstarrten.

»Ein Baby?«, fragte Thal und wusste nicht, ob er erleichtert oder entsetzt war.

»Ja«, rief Tobias in das langsam einsetzende Klatschen. »Seit heute wissen wir auch, dass es ein Mädchen ist.«

»Und was hast du damit zu tun, Tobias?«, fragte Thal und löste schallendes Gelächter aller Anwesenden aus.

»Ach, Paps«, antwortete sein Sohn und schüttelte lachend den Kopf. Bettina hob um Ruhe bittend die Hand.

»Du hast auch sehr direkt damit zu tun, Alexander.«

Thal hob fragend die Schultern, während Madlaina ihn feixend in die Seite boxte. Bettina hob ihr Wasserglas.

»Auf dich, Alex! Den zukünftigen Opa!«

Alle hoben lachend ihre Gläser! »Auf den Opa Thal!«

Nur Quandt saß zusammengesunken auf seinem Stuhl und ließ als einzigen Kommentar ein lautes Schnarchen hören.

Liebe Leserinnen und Leser,

zum Schluss möchte ich mich bei Ihnen bedanken, dass Sie diesen Roman gelesen haben, denn nur für Sie habe ich ihn geschrieben. Wie alle Autoren wünsche ich mir, dass meine Geschichten und Figuren in Ihrer Fantasie zu neuem Leben erwachen.

Deshalb freuen ich mich auch über jede Leserzuschrift. Schreiben Sie mir, ob Ihnen »Aschenputtel tanzt nicht mehr« oder einer meiner anderen Romane gefallen hat. Meine E-Mail-Adresse lautet:

belabolten@email.de

Leseproben aus einigen anderen meiner Krimis finden Sie im Anschluss.

In diesem Zusammenhang habe ich noch eine Bitte. Als verlagsunabhängiger Autor muss ich mich auch um das Marketing für meine Bücher selbst kümmern. Deshalb bin ich auf die Unterstützung meiner Leserinnen und Leser angewiesen. Sie helfen mir sehr, wenn Sie meine Bücher bei Amazon bewerten, über sie sprechen und sie weiterempfehlen. Twittern Sie über das Buch, erwähnen Sie es auf Facebook, Google+ oder anderen Plattformen.

Übrigens: Ich belohne meine treuen Leserinnen und Leser bei jeder Neuerscheinung, denn Sie können das E-Book für einige Tage zu einem äußerst günstigen Sonderpreis erwerben. Besuchen Sie meine Internetseite

http://belabolten.wordpress.com/

und abonnieren Sie dort meinen Newsletter, dann erfahren Sie rechtzeitig von diesen Aktionen.

Herzlichst

Ihr Béla Bolten

Mehr von Béla Bolten

Die Berg und Thal Krimis

Bettina Berg und Alexander Thal ermitteln in Konstanz am Bodensee. Alle bisherigen Fälle mit den beiden sympathischen Ermittlern erreichten Spitzenplätze in den Amazon Bestsellerlisten. Die Romane sind in sich abgeschlossen und können losgelöst von den anderen gelesen werden.

Folgende Titel sind in dieser Reihe bisher erschienen:

Leahs Vermächtnis
Sünders Fall
Bankers Tod
Claras Schatten
Tote Mädchen weinen nicht
Aschenputtel tanzt nicht mehr

Axel Dauts Fälle

Die zeithistorische Krimiserie um den Ermittler Axel Daut spielt während des Zweiten Weltkriegs in Berlin und verbindet auf besondere Weise Fiktion und Realität.
Bisher sind drei Bücher erschienen:
Die Romane "Codewort Rothenburg", und "Der Aufbewarier" sowie die Kurzgeschichte "Luises Schweigen".

»**Das Jesuskomplott**« ist ein Thriller um fromme Legenden und historische Fakten, um Reliquienkult und skeptische Wissenschaft, um Sein und Schein.

Leseprobe

Neun Tage vor der Auferstehung

Engel nahm den Finger von Sanikas Hals und wischte ihn an seiner Hose ab, als müsse er die Erinnerung an die kühle Haut von jeder Nervenfaser tilgen. Mit der rechten Hand versuchte er, die Augenlieder zu schließen, wie man es in Hollywoodfilmen tat, sie blieben aber nicht in dieser Position, und so starrte sie ihn weiterhin aus aufgerissenen, aber leblosen Augen an. Langsam hob Engel den Kopf und schaute zu Sarah auf, die wie angewurzelt zwei Meter neben der in einen weißen Sari gehüllten Leiche stand, den Blick auf das Regal auf der gegenüberliegenden Seite des Zimmers gerichtet, als könne sie damit die Wirklichkeit ausblenden. Engel stand auf, machte einen weiten Schritt über die in grotesker Verrenkung auf dem Boden liegende Tote, ging auf sie zu und berührte sie leicht am Arm. Sie zuckte zusammen, als hätte sie ein Stromschlag getroffen.

«Sanika ist tot, Sarah.»

Sie wendete ihm langsam den Kopf zu und verkrampfte dabei die Hände, als koste sie diese Bewegung die letzte Kraft. Kaum vernehmbar flüsterte sie:

«Wir sollten Pat holen.»

«Er kann ihr auch nicht mehr helfen, und seine Fähigkeiten als Gerichtsmediziner werden erst später gebraucht. Es ist wichtiger, nach Hinweisen zu suchen, warum sie sterben musste, bevor ...»

«Warum, warum!» Sarahs Stimme war plötzlich laut und kräftig, dabei höher als gewöhnlich. «Wir wissen doch eh, wie er es drehen wird. Ihr Tod passt ihm gut ins Konzept, glaub mir doch endlich.»

Engel hätte ihr in diesem Moment gerne widersprochen, um ihr und vor allem auch sich selbst Mut zu machen. Aber was sollte er sagen? Auch wenn er bei einer oberflächlichen Betrachtung der Leiche keine äußerlichen Spuren von Gewaltanwendung finden konnte, glaubte er nicht an einen natürlichen Tod. Der Körper lag seltsam verkrampft auf dem Boden, als hätte er sich in einem furchtbar schmerzhaften Todeskampf gewunden. Erbrochenes lag neben dem Kopf, und dem Geruch nach zu urteilen, hatte Sanika auch ihren Stuhlgang nicht halten können. Gesicht, Unterarme und Hände waren bläulich verfärbt. Nein, so sah kein Mensch aus, der an einem plötzlichen Herztod gestorben war, da war sich Engel sicher. Hawley würde die Todesursache später herausfinden, jetzt allerdings kam es darauf an, nach Beweisen zu suchen für die ungeheuerliche Theorie, mit der Sarah ihn vor einer Stunde konfrontiert hatte. Was hat Sanika ihr gesagt? Engel erinnerte sich noch genau an den Wortlaut: «Nicht alles ist so, wie es aussieht. Auch hier nicht. Ganz besonders hier nicht.»

Er ging zum Schreibtisch und setzte sich auf den altmodischen Drehsessel. Sanika Nuris Appartement unterschied sich deutlich von den Suiten der leitenden Teammitglieder. Es war einfach und funktionell eingerichtet. Neben dem Schlafraum und der Nasszelle gab es nur diesen kombinierten Wohn- und Arbeitsraum. Vor einem abgewetzten Sofa stand ein ovaler Rauchglastisch, darauf drei Styroporbehälter mit der Aufschrift «Delhi Delights». In einem steckte eine Plastikgabel, während ein Plastiklöffel zu Boden gefallen war. Augenscheinlich hatte sich Sanika ihr Abendessen von außerhalb liefern lassen und bevorzugte noch immer die scharf gewürzten Speisen aus dem Land ihrer Großeltern, obwohl sie selbst in Harrow im Nordwesten Londons geboren und aufgewachsen war. Der Schreibtisch war aufgeräumt, nur eine einzige Aktenmappe lag exakt ausgerichtet am rechten Rand. Engel schlug sie auf. Sie enthielt drei eng mit einer Art Steno beschriebene Blätter, vermutlich Sanikas Protokollnotizen der abendlichen Gruppensitzung. Engel zog die Computertastatur zu sich und drückte die Enter-Taste, woraufhin der Bildschirmschoner verschwand und der Dateiexplorer erschien. Engel klickte sich durch einige Ordner. Alle waren klar strukturiert: Korrespondenz und Protokolle zeitlich geordnet, dazu je ein Ordner pro Themenbereich: Grab, Ossuarien, DNA-Spuren und so weiter. In jedem dieser Ordner befanden sich zahlreiche Unterordner, in denen die Berichte der entsprechenden Teammitglieder abgelegt waren. Der Fortschritt ihrer Arbeit der letzten Wochen war komplett dokumentiert und jederzeit nachvollziehbar. Sanika Nuri war die perfekte Sekretärin und Assistentin.

Engel klickte auf den Reiter mit der Bezeichnung «Grab». Er enthielt weitere Unterordner, in denen sich die Zeichnungen des Fundes, die Berichte der Techniker, die Fotos sowie seine eigene Dokumentation zur zeitlichen Einordnung in den historischen Zusammenhang befanden. Er wollte den Ordner schon schließen, als er ein unbeschriftetes Verzeichnis sah. Vermutlich hatte Sanika einen neuen Ordner angelegt, ihn dann doch nicht gebraucht und vergessen, ihn zu löschen. Einer Eingebung folgend, öffnete

Engel den Ordner. Zu seiner Überraschung war er nicht leer, sondern enthielt ein einziges Bilddokument. Als die Zeichnung den Bildschirm füllte, erkannte er sofort, um was es sich handelte. Am unteren Rand der Skizze gab es eine handschriftliche Notiz - zu klein, um sie lesen zu können. Er vergrößerte die Ansicht und scrollte zum Ende des Dokuments. Als er das eilig hingekritzelte Datum entzifferte, verfiel er in eine Schockstarre und merkte nicht, dass Sarah hinter ihn getreten war.

«Du weißt, was das bedeutet?», fragte sie mit tonloser Stimme.

Engel nickte.

«Wir werden sterben. Alle.»

Neugierig geworden? Möchten Sie weiterlesen?

„Das Jesuskomplott" erhalten Sie wie alle Taschenbücher von Béla Bolten exklusiv bei Amazon.

4744560R00168

Printed in Germany
by Amazon Distribution
GmbH, Leipzig